日本語を科学する

《説話物語文学編》

塩谷 典

展望社

はじめに

中等教育課程における国語の授業で扱われる教材の内容は、昭和二十二年度に制定された『教育基本法』直後の一・二年後に定められた「卒業までに習得すべき単位数」には、八十五から九十単位が基準とされている。前期（中学校）でも、後期（高等学校）でも同じで、『現代文』・『古文』（『漢文』を含む）の他に、『文学史・作家論』・『文法・言語・音韻』の分野にも、指導の要点を中心として各授業の教育課程は編成されている。

これまでの本書のシリーズでは【言語・音韻】と【文法】の分野について観てきた。これと同時並行して国語の授業で学習する分野は『文学・芸能＝文芸』の分野が続くことになる。

週三十時間のうち、国語科では五〜八時間が当てられ、平成八年の『教育法規』には国語科目として、〔国語Ⅰ・Ⅱ、古典Ⅰ・Ⅱ、現代文、現代語、国語表現、古典講読〕が設定されている。『現代文』分野と『古典』分野で多くの項目を学習することになっている。『現代文』で扱われている内容には、【詩歌、俳句、随筆、小説、評論】などが含まれ、『古典』の中には【和歌、俳諧・俳文、神話・伝説、日記、随筆、物語】に関係する作品の文学史的位置やその作家論も補足される。加えて【漢詩・漢文、史話、古代思想】なども含まれている。こんなに多くの分野の『文芸』作品のうち、教科書に取り扱われる各分野はごくわずかであり、そのうちの代表的な作品を取り上げて、いろいろな方向から分析し統合して、共通する普遍的な法則性を見つけ出すことは困難であるが、国語の教科書に採択されている作品を、それぞれの分野ごとに一・二取り上げることにより、学習者諸君が興味を持ってこの参考書を読み、理解の手助けが出来、知識が少しでも広がり増えれば幸せである。

今日『文芸』と呼称してきた内容のものは、本来、『ものがたり』と言って、身の回りに起こった珍しい物事について語る＝「物事を語る＝物語する」という動詞として使われていた言葉であった。文字が使われ一般化した平安時代になって、話し手が見聞したことに、想像を加えて相手に語る形で叙述した散文的な作品を、『ものがたり』と名詞化して言うようになった。説話・伝説を緒として作り物語や歌物語から、歴史物語・軍記物語などを含め、近世までの呼称として、小説的叙述の中に和歌が詠み込まれた作品のことを指していた。『文学』ということばの文献上の用例は七五一年、漢詩集『懐風藻』の序文に見られる。『文芸』の用例の最初は、時代が下って一三三九年、北畠親房の『神皇正統記』中巻、「村上天皇」の巻に見られるのが初めてである。その下巻の「後村上天皇」の巻には『文学』の用語も見られる。この場合の『文学・文芸』の内容としては、主に漢詩漢文を指して使われている。

今日使っている芸術体系の一様式として、「言語を媒材とした小説・詩歌・戯曲・評論・随筆・日記など、作者の想像力によって構築した虚構の世界を通じて、作者自身の思想・感情などを表現し、読者の感情や情緒に訴える芸術作品」という意味に使われるようになったのは、明治に到って、英語の『literature』の訳語として、始めて『文学』と訳され、それにやや遅れて、明治二十年頃から同じ訳語の一つに、『文芸』が加えられて一般化したといわれているほど、まだ歴史の浅いことばである。

そのことばの歴史とは裏腹に、大和民族の『ものがたり（文学）』はすでに有史以前、まだ文字を待たなかったころから成立していた。自分たちが今生きているのはわれわれの祖先がいたからである。その祖先はどこから来て、どのようにしてこの生活を築き上げたのか。このようにして生き続けられたのは祖先だけでなく、祖先を守り助けた神々が居たからであろう、と言う素朴単純な疑問想像を抱き続ける中で、各部族・部落・村の古老・長老の記憶、あるいは記憶力の優れた女性たちの覚えていることを、それぞれが他に口承し、その内容を誦習・伝承して行った。

その後、数世紀を経て『古事記』・『日本書紀』・『風土記』などが編纂された頃には、部族・地方・特定社会などの歴史について口承し、伝承する特殊な記憶力をもつ集団を『語部（かたりべ）』と称して一定の地位が与えられた。『語部』が声誦・伝承する『語り』の内容は種々であり、単にこれまでの歴史・生活のみならず、部落・地方の祝祭・農作物などの生産状況とそれに関する租・庸・調などの経済的実態、村落内の人口・家族状況など次第に政治的側面と、文学的・音楽的な要素が加わりながら、『語部』は専門化し、その特殊能力は当時の権力に利用されるうちに、社会的にも一定の資格が付与されるようになっていった。例えば「神代語部・地域語部・氏子語部・祝（はふり）・神人・巫女」などがそれである。この人たちの口承により、儀式に伴って形式化してさらに伝統として伝えられ、万葉仮名によって書承化され、古典文芸は後世に伝えられてきた。その中に見る、音韻・言語とそれにより語られ書きとめられた文章に付いての決まり＝「文法」以外はすべて「文芸」である。

文芸の形式・内容面から一般的に分類するならば、《散文》と《韻文》とに分けなければならないであろう。『散文的文学』を内容から見れば『叙情文学・叙事文学・劇文学』の三形体になるが、その内容を科学的に分析統合して、把握しようとするならば、日本の古典文学には散文的叙述の中に和歌が読み込まれている文章が多い。つまり韻文と散文統合の文学（文芸作品）が多く、形の上ではそのように見えるが、本来、日本の文芸は「うた」が起源であり主体であって、その詠われた「うた」の前に付けられた《詞書（ことばがき）》を含めて一首の「うた」であり、その「詞書」が次第に長くなり、「詞書」の中に「うた」があるような形の《物語文学》がある。

中学・高校の国語教科書に採り上げられている教材については、このシリーズの《文法編》下巻の末尾に掲示している【引例索引】を一つの拠り所として、先ず、その例文の多い作品を取り上げて検討を進めてみたい。そのときの順序については、文学史的に上代から現代へという視点で、学習参考書として【語句の解説・通釈】に加えてその意味の根拠を、多くの学説から嘗ての生徒諸君に分かりやすく説明した私的の『授業ノート』から拾い出して、各例文の最後の【補説・鑑賞】に記述した。

内容は、民俗学や歴史的な観点から、やや筆者の独断的な考えで、学習に疲れた時にでも息抜きに寝転んで軽い気持ちで読んでもらえるような事項まで多く、参考書というよりも、その物語について関わりのある論説を加えた。中・高校生の学習者でなく、一般読書家ならばこの部分に関心が集まると考える。

以上述べた視点に拠り、文芸のうち文学史的に見て、先ず説話文学から取り上げ、学習者諸君の参考になるように纏めた。

【日本語を科学する】《説話物語文学編》●目次

【日本語を科学する】《説話物語文学編》

第一章　日本文学における「説話物語」の位置

先ず散文についての特徴は、『散文』という用語の歴史は浅く、明治四年に西周《にしあまね》＝1829～1897、江戸末期にオランダに留学して、哲学・法学を学び、帰国後日本の哲学・論理学の発展に貢献した思想家）が、「Prose」の訳語として使ってから普遍化した。それ以前は、『物語＝平安時代・小説＝明治18年』が一般的な呼称であった。さらに古来『文芸』の主体は『うた＝和歌《やまとうた》』［（はじめに）で既述したとおり＝3頁］であった。ちょうど『雅楽』が奈良・平安時代から宮中など公式に演奏されるものに対して、それ以外の演奏を『散楽』（『散』は「形式にとらわれず、その作者の書いた文学特有な自由形式のもの」と言う意味に使われている。また散文の種類は、韻文以外の文学で、説話・伝説・日記・随筆・小説・評論などが上げられる。然しこのうちの随筆や小説の、ある部分に五七調・七五調、あるいは四・六駢儷体などの語数や句数で整えたり、文末が一定した語句や音韻で揃えたりしていることから、おのずとリズムが感じられるような、読誦する時に相応しい文や文章を含むものもある。それはそれとして、その作者の文体の特質と把えるべきであって、その文章自体は韻文とは見ない。［このシリーズの〈文法編〉下巻の【引例索引】により、教科書に多く採用されている古い順に取り上げると、《古事記》が上級学年の教材として多くの教科書が採用している］

大和民族が語り伝えた口承文学には、神話と民話、伝説・昔話などの説話物語がある。上古では、日常生活の大部分が天候や地形状態、つまり自然条件に支配されていた。この自然を支配しているのが神々だと考えて、神を中心とした話を想像し、語った世界で一緒に住み、神々をわれわれ人間に近づけ、親しみをこめて語られる話が「神話」である。『神話』の語源は、ギリシヤ語「mythus＝ミュートス」の訳語で、《語られるもの・話される事》などの意味で明治以降の用語であり、『古事記』や、江戸時代以前には使われていなかったが、倭民族のように口承説話など「神人」が語り伝えてきた『説話』には、用語の有無はともかく、かなり文学性のある『神話』が語られていたと考えられる」神話は、本来文字を持っていなかった当時の古代人の生活習慣・社会生活・信仰などが内容として、取り入れられ目には見えないが、人間のあらゆる面にわたり超越した内容を語り仮想した「神人」が語っていると考え、その事柄や展開には同時に、文学性の豊かな内容を含んでいる。語り始めは、村々の古老（豪族）が、自然災害などに対して当時の経験により対応するが、より困窮した時には、村の古豪も大人たちも神に祈るしか方法はなかった。そのようなときに登場して来たのが巫祝師《フシュクシ》＝巫女《ミコ》＝「シャーマン」たちである。後で詳述するが、これらシャーマンの存続により、大和民族の社会的・文化・文明上の進化発展が８０００年もの長きにわたり停滞した。

　巫女たちが語る時、その話を聞きながら心深く惹かれて納得し、自ら実行してみて話のようになったときは、古老の話は真実となって、その時々の神事として、やがて村の行事になっていくのである。このことは当時の人には、ことばには霊力があり、古老の話したことは実現化すると言う『言霊《ことだま》』を信じたのである。

説話も、ムラの古老がこれまでに経験したことについて、自分が信じて疑わない内容を、聞き手にもぜひ信じさせたいという強い欲求があり、自然、伝承者は話に情熱をこめて語る。神話と異なり話の主体は、神ではなく一般の人や、現実に存在する大木や大きな巌であり、形のすばらしい山や丘、高いところから落ちる滝や美しい湧き水の流れる小川、あるいは鶴や亀などの動物など目に見えるものを対象として語られる。聞き手は幼い子供たちを対象としていたと想像されるが、同じ所で聞こえる古老の話には、自然、心惹かれ傾聴した大人たちも、その話のストーリーを中心に、他の子供たちに聞かせてムラ全体に広まっていく。

その後数世紀の間に、大陸から多くの文化が伝来する。特に六・七世紀までに大陸から伝わった仏教美術を中心とした「飛鳥文化」、次に続く七・八世紀の大陸文化摂取の最盛期を成した「白鳳文化」、これまで長い間醸成されてきた口承文学が、記紀・万葉・風土記など奈良時代の記載文学の編成を中心に、寺院建築・仏像彫刻など広く花開いた「天平文化」に到る。そして『文学』が急激に発展し、その分野も拡大していった。

このように発展してきた『文芸』は、歌から始まり神話・民話、伝説・昔話などの口承・説話物語が源であるから、今日『古典文芸』の学習では、まず家庭での予習として読誦することである。声を出して何回もくりかえして同じ文章を読み返すことから始める事が、学校での授業を早く理解できる緒である。『素読』は『古典文芸』の学習の基礎・基本であると言うと、時代錯誤かと思われるかも知れないが、いつであったか湯川秀樹博士が同じことを話されていたのを聴いたことを思い出した。難解だと思う文章でも、声を出して読んでいるうちに文の概要が把握できるのである。

第二章　『古事記』の成立

先ず神話のジャンルにおいて、教科書に取り扱われている最も古い文学は『古事記』であるが、言うまでもなく「古事記」の内容は、上・中・下巻すべてにわたって人間性豊かな内容を含み、現代語訳されたものは児童文学として小学校の教科書にも取り扱われている。中学・高校での古典としては、もちろん原文の万葉仮名ではなく、普通の古典教科書と同様の仮名混り文である。その表現内容からほとんど、高校の上級生が学ぶ時期に設定して採択されている。平安時代の文法を基準にした古典文法にマッチしていない部分もあって、教科書には取り扱われているものは少ない。その少ない『古事記』のうちで扱われているのは以下に見る二・三ヵ所に集中している。「神話」が含まれている古典の中にはそのほか、『祝詞・宣命・風土記・日本書紀』などもあるが、高校教科書にはほとんど採択されていない。ただ『風土記』の一部から採択する教科書がごくわずか見られるくらいである。

『古事記（こじき・ふることふみ）』は、その序文から見て、太安万侶が和銅四（711）年九月十八日に、旧辞の誤りを正して献上するように天武天皇に命じられ、稗田阿礼（当時二十八歳の舎人＝男・女不明）に天皇から与えられた『帝紀（帝皇日継）』と『旧辞（先代旧辞）』を誦習するのを聞いて安万呂が記録し、和銅五（712）年正月二十八日、元明天皇に献上した。

阿礼の『誦習』に関して後世の学者間では、「暗誦説」と「訓読説」に別れていて今日なお未決である。また阿礼がひたすら「誦習」したといわれている『古事記』の底本としての『原古事記』などが無ければ、これほどの複雑にして長文の史実書の著述編纂は不可能であると『神話的空想論』を主張する学者も多い。然し『古事記』序文を正当に読み損れば、まず、天武天皇の『諸家のもたる帝紀及び本辞、既に正実に違ひ、多く虚偽を加ふ…（中略）…偽りを削り実を定めて後葉（のちのよ）に流《つた》へむと欲《おも》ふ。』という趣旨を遵守して、文武天皇の『大宝律令』において大化の改新が確立し、継いて元明天皇が令律政治の精神面の徹底を諮られた。この三帝に奉仕した稗田阿礼は、元明帝から甚く評価を賜り『人となり聡明にして、目に度《わた》れば口に誦《よ》み、耳に拂《ふ》るれば心に勒《しる》しき』と『古事記』序文に記述されている通り、三帝の『古事記』編纂の趣旨を享受した阿礼は、内容を三巻に纏め、記録の太安万侶や、他の聴き手に誤解されたり、聞き飽きられたりしないように、聡明な阿礼の力量からすれば自分が誦習した『古事記』の三巻の文面は既に全て暗誦してはいたが、登場人物や男女により声の強弱抑揚や、話題の違いにより間の採り加減を調整しながら、書き手や聞き手に対して、自分の「誦習」によって内容を正当に理解し、自分の誦読に引き付ける方法に努力し、自然調で「誦習」し続けたと筆者は考えるのである。

第一節　『須佐之男命《すさのをのみこと》神話』＝『八俣大蛇《やまたのおろち》伝説』（上巻・6番の物語）

1，『須佐之男命神話』までの概説

八岐大蛇伝説の主人公『建速須佐之男命《タケハヤスサノオノミコト》』は、伊邪那岐《イザナキ》・伊邪那美《イザナミ》二神の子として、天照大神《アマテラスオオミカミ》［天空における太陽の神］、月読命《ツキヨミノミコト》［夜の世界を司る月の神として季節や暦を定め、食料を作り出す神］、次に生まれた男神、須佐之男命［地上に広がる海を支配し、海に浮かぶ島々を治める地上の神］の三柱の神を、『三貴子』として父神伊邪那岐之命は、それぞれに全世界の分治を命じた。

今から二十万年以上も前の旧石器時代には、古代大和時代の民族はまだ採集生活をしていた頃のことである。天地創造の神や、自然界の神々がいるとまでは思っていなかったのではないだろうか。天候さえよければ、山や森に出かけては、木の実や草の若葉などを採ったり、鳥やウサギなどを射たりして家族や一族の食餌として豊富な採集生活を続けていた。海や川でも多くの魚や貝・海草などを採って十分に生きてゆくだけの暮らしを続けることが出来ていた。こうした生活状況の中では、山や森・海や川にわれわれの食糧となるものを与えてくれる神々がいるお陰であると、具体的な生活を続ける場所・地域に神の存在を感じながら感謝の気持ちを抱くようになったのは、かなり後になってからの事である。また天気の悪いときには、家族や一族の生活する

住居は水害に遭遇したり、大風が吹けば屋根や囲いが破壊されたり、雪が降れば寒くて耐えられなく、太陽の暖かさを求めたりしたであろう。この頃になって初めて古代人は雨や風・雪や雷にまでも神が存在すると考えるようになっていた。大雨や大風・雷が落ちるときには、それぞれの神が怒りを現していると思って畏怖恐惶した。当時の遺跡は東北地方に集中している。旧石器時代では宮城県の上高森遺跡・馬場段Ａ遺跡・中峰Ｃ遺跡、秋田県の柚原三遺跡などから発掘された多くの資料から推察できることである。

時代が下り今から一万年ほど前頃から、次第に大陸や朝鮮半島から定着農業（水稲・野菜の栽培・家畜の飼育など）の技術が入ってくると、神々はさらに多くなる。その神々による豊作を集団で祈り、災害による不作・飢饉の時には、また神々に対する鎮めの神事が創り出された。それが『祭り』である。

これらの具体的な神々については『古事記』の上巻に記載されている。先にも記述したように、稗田阿礼が、多くの資料を与えられ暗証し誦習するのを太安万侶が記述し構成している。稗田阿礼が覚えた資料には、各地方の『風土記』に残る神々の伝説話や、『日本書紀』の旧辞に属する巻一・二、またその「一書《あるふみ》」、『延喜式祝詞』の巻八などが含まれていた。古事記冒頭には、古代大和民族が信じた神について意識した順ではなく、つまり日々の生活が無事に成立していることについての喜びや感謝を表し、生活環境のすべての物に神は宿っている。その神々に親近感を持って、敬愛したところに古代人の心には常に『神』があった。思考の範囲は狭く素朴で原始的・野性的である。さらに時代が下って、縄文から弥生時代に至ると、大陸や朝鮮半島からの渡来者・帰化人が同族化する中で次第に差別・階級性が芽生えると同時に、八百万《やおよろず》の神々の世界についての見方が変化していった。稗田阿礼が誦習したのを太安万侶が組み替えて書き上げている『古事記』の神々の出現は、高天原《たかまがはら》を支配する天上神の登場であり、最後の天上神が『天照大神』で、天皇家の氏神である伊勢神宮の神と連結する構成になっている。上巻の神代の巻は、中・下巻の人代（天皇）の巻の系図上の先祖として書かれている。

『古事記』の冒頭は、天と地がまだ渾然としていてはっきり分かれていなかった頃に神のいたところ『高天原《たかまがはら》』に、天之御中主神《アメノミナカヌシノカミ》「＝天の中央に存在する神」・高御産巣《タカミムス》日神《ビノカミ》「＝高い天から光臨し火や日を作り出す霊能をもつ神」・神産巣日神《カミムスビノカミ》「＝多くの物を生産する神」の三柱の神がいたということから始まっている。続いてこの宇宙がまだ水に油が浮き、海にくらげが漂うようにすべてが固定せず、不安定な状況にある時代に登場する二柱の神、宇麻志阿斯訶備比古遅神《ウマシアシカビヒコジノカミ》「＝立派な葦の芽のように大空に向かって雄々しく伸びようとする力のある男神」・天之常立神《アメノトコタチノカミ》「＝この天下に常住する国土の根源の神」の五柱は、共に現実に姿を現さず、天上から地上の者へ必要なさまざまな物を、生産する自然神の象徴である。序文の中で太安万侶は、『自然神の中でも特別な神＝別天神』として記述している。

この別天神五柱の神の後に、神世七代が続きその最後の七神目に宇宙のすべてのものの生命力・生産力、生命の連続性・枯渇したものからの発芽再生・起死回生と言う生命永遠の力量を持つ、伊邪那岐命《イザナギノミコト》・伊邪那美命《イザナミノミコト》が登場する。この二神の名は《相手に呼びかけて自分の目指す方へ誘う行為》を『誘ふ』という。その『誘ふ』という動詞の語幹に、男女の性別を表す『岐』と『美』を着けて『イザナギ・イザナミ』と神名としている。この二柱の神は兄妹であったがのち、夫婦神となる。原始時代においての婚姻制度はもちろん無く、愛するもの同士の自由婚であり、この二人が結婚したときに子供が出産できないことについて、別天神の一柱から広い館の中央に立つ天にもとどくほどの大きな柱の周りを回る時の方向について男女には決まりがあることを守っていなかったこと、また最初に声を掛けるのは男神でなければならないという暗示を促す。別天神五柱の希望に応え、天之浮橋の上に立ち、混沌とした水に油が浮いているような沼の中を、天之瓊矛《アメノヌボコ》に由って滄溟《あおうなばら》をかき混ぜてその矛の鉾先から滴る雫が固まり、大八島をはじめ、他にも多くの島々を生み（今からおよそ二百万年以上前の『更新世』の頃）、さらに山川草木・岩石土砂・金鉱火水などさまざまの神を生み出した。イザナミは最後に火の神『火之迦具土神《ヒノカグツチノカミ》』を産んで死んでしまう。兄妹の二人が愛し合ってどちらからともなく誘い合って八広殿の中央に立てられた美柱の周りを廻って、夫婦の誓いを立てたその際の状況について、別天神が兄妹二神にそれとなく忠告したと『古事記』の作者稗田阿礼・太安万呂の時代には、これまでの慣例や決まりを守らなければ生まれる子供が育たなかった事を言っているが、当時としてはもちろん科学的な遺伝学上の認識はあるはずはないが、やはり重要な時には女性が先走る事は控えなければならないという社会的習慣はこの時代に重要視されていたことと考えられる。

然し、当時六・七世紀頃の人々の宗教哲学では、死んだ人は黄泉《よみ》の国に逝って生き返り、黄泉津大神《ヨミツオオミカミ》となったイザナミは、他の死者と共に生き続けていると信じていた。そこで『古事記』編纂の目的意識で叙述は続けられていく。多くの学者の説のように『古事記』上巻の旧辞の中には、編纂より数千年、否や、数万年以上も前から口承されているものも含まれてはいると思われるが、中・下巻の帝紀の結末に首尾の連結が構想されている部分がある。

再生の神の天父神イザナギは、死んで黄泉の国に逝った妻の地母神イザナミを取り戻そうとして妻に会いに行く。生きている世界『明界』に居るものが、死んで黄泉（真っ暗な『闇の世界』）の国に去った者の、死顔を見てはならんという死者の顔を覗くのは禁忌《タブー》とする習俗があるが、イザナギは『自分の妻であった者に逢いに行くのに何ら神の怒りも無いだろう』と考えて気にもしないで会いに行くのである。しかしイザナミは「私の姿を見てはならん」と言ったのに、暗黒の中でふと光が差した時に思わず妻の顔を見てしまい、変わり果てた妻は約束を守らなかったと大いに怒り、妻のイザナミに取り付いた八種の恐ろしい悪神が追いかけ、（つまり死霊から逃れようと必死になって黄泉の国から逃れようとしている）夫のイザナギを捕らえようと追いかける。イザナギは必死に逃げ、九州は日向の小さな水辺のムラ、橘に到る。黄泉の国の穢れ（八種の悪神）とイザナミの腐敗し変わり果てた状態を思い出し、自分の身についた穢れを橘の清水で洗い落とし、元の身になるように祈りながら清めた。この行為がのちの、罪を犯したときや親族の死後の禊祓《みそぎ》や服喪の儀式となったのである。しかし古代大和諸国においても、死者の顔を覗くことをタブーとしないで、むしろ死後幾日かの期間、死者を葬った箇所に行き、死者との惜別の情を交わす習俗の所がある。大和民族だけではなく他民族にも、死者の顔を覗き見しながら、生存者が死者に対しての愛惜の情や、死者が生前に自分たちに対して施した情愛を回想する儀礼としている民俗が今日でもある。このような風俗習慣を作り出したのは、多くは女性が人々の不安恐怖を払拭しようとする母性本能からであろうか、怯える子供たちの心を少しでも鎮めたい、癒したいという母親の気持ちは、神への祈りを言葉や形で表し、事柄により次第に種別化して、ついにはその祈る人物が専門化し、呪術師や巫女といわれる祈祷師が成立した。社会状況を直視しない、その恐ろしい状況の根拠・原因を検証しないまま、心理的・精神的に癒すことばかりに努力していた。人々の目が巫女の呪言や呪文によって、冷静な判断力を奪われ停滞してしまったのである。このことが、八千年以上も続いた旧石器時代以降の日本列島に、生息する民族全体の進歩・発展を大きく遅らせた原因の一つになったのである。この事実については先に既述したように、『漢書』の

「魏志」東夷伝の倭人の条［つまり俗に言う「倭人伝」である］に既述されている。諸外国でも、このような呪術の時代はあったであろうが、日本のようにこれほど長期に亘ることはなかった。また日本列島のように、資源として石と土が多く、鉄や銅の含有する鉱石が少ないからというだけではなく、他の大陸では銅も鉄も豊富であるために、早くから多くの天然資源を精製して、青銅器・鉄製品の製造技術が発展し生活に取り入れられてきた。

2，『須佐之男命の神格』について

イザナギが黄泉の国から帰ってきて日向の水辺で禊《ミソギ》をし、穢れた体のあちこちを洗うたびに飛び散る水滴から、いろいろな神々が誕生する。その時最後に左目を清めていると、天照大神《天に在って、地上を照らし輝やかすすばらしい女神の太陽神》が、右目を洗っていると月読命《夜の世界で月を司り、暦を作り季節をよみ分けて食料の生産を計る月神》が、そして最後に鼻を清めているときに建速須佐之男命《あれすさぶ地上の暴風雨や暴族を支配する地上神》の三貴神が誕生した。

天夫神イザナギノミコトは、三貴神それぞれに任務を与え、天照大神には太陽神、月読命には月神を、須佐之男命には地上神の資格が与えられた。スサノヲ以外の二神は天夫神の命令に素直に従い、アマテラスとツキヨミは、一日一晩の違いで地上にその力を施す任務である。地上に降臨するスサノヲは、地上の島々や海の統治について、この二神の恩恵を受けることになるのである。スサノヲも、天上界で他の二神と共に居たいと言って、激しく泣き続けるのである《古事記の記述に依れば、『髭は胸の前まで垂れるほど、草木は枯れ、海に水がなくなるほどスサノヲは涙に吸い上げてしまった』とある》。父神のイザナギがその訳を訊くと、スサノヲは、母神のいる『根の国』に行きたいと言うので、父神は大いに怒り『この天上界にいることは許さん、直ちに出て行け』と命じられてしまう。スサノオは父神に背いたのではなく、母神イサナミノミコトのもとに逢いに行きたかったのである。スサノオは自分の本心を、姉神のアマテラスに告げてから地上へ行こうと考え直し、アマテラスのもとに行くが、アマテラスは、勘違いをしてしまい、自分のいる高天原を捕りに来たと逆に怒らせてしまった。そこでアマテラスは『天の岩屋戸』に身を隠してしまう結果となった。世界は一度に暗闇となり、困り果てた八百萬の神々は集まって相談する。人間の世界のみならず、神々の世界においてもこのように真心をもって行う者の行為に対して、受け取り方の勘違いがあったようである。この表現はいかにもこの時代の人々に読み聞かせるために神人の状況作為である。そこで先ずアマテラスを岩屋戸から誘い出さねばならない。スサノオノ処罰についてはその後に相談することにして、アマテラスを誘い出すのには、岩戸の前で八百萬の神々が騒ぎ立ててアマテラスに岩戸をあけ覗かせようと考えて、天宇受賣命《アメノウズメノミコト》（＝「ウズ」は、《おずし・おぞし・おぞまし》と同じ語源で、一般的には、品位のない行動を人前で振舞う態度を言うが、記においては、このときの騒ぎはのちの祭礼となり、宇受賣命の踊りが神楽舞の起源といわれている。)が、天の香具山から持ってきた榊とヒカゲノカズラ(神事の時には現在でも使われている)を身にまとって、多くの神々が大騒ぎをするのに合わせて滑稽な踊りをするので、岩戸の前に集まった多くの神々はさらに面白がって大騒ぎになった。アマテラスは外の騒ぎを不審に思い、岩戸を少し空けて覗き見た。そのとき物陰に隠れていた手力男《タヂカラヲノ》命《ミコト》(=腕の力が特に強い神)が、飛び出して来て岩戸を引き開け、アマテラスを天上界に引き出して、再び高天原は明るく照らされるようになった。

その後、スサノオには『千位の置き戸=《宗教思想による最も重い罪として、身についているこれまでのものを全て祓い収めて身を清める神罰》』と髭と爪を抜いて、永久に高天原から追放するという処罰が決められた。スサノオを含めてここまで登場する神々は、天上界にあってその姿を見せない天上神である。

そこで、スサノオは、追われて出雲の国、肥の川上にある鳥髪という所に降臨することにより、半分神格を失うことになる。すなわち、出雲の国で、足名椎《アシナヅチ》夫婦と、その娘櫛名田姫《クシナダヒメ》「=櫛の歯のように整ってよく実った稲穂がしな垂れているような、謙虚で美しい稲田のような姫君」に会い、人間の目に見える神、つまりスサノオ命は人格神になったのである。人格神とは、一般の人には出来ないいろいろなことが出来る不思議な知能・技能・官能などあらゆる面で優れている不思議な能力(霊力)を持った人で、人々の救済活動の先頭に立って指揮する英雄神に変ったのである。

英雄神として降臨したスサノオは、最初に出会った足名椎親子を救済することになる。古事記上巻の中では、このスサノオのオロチ伝説が最も多く高校の古典の教科書に採択されている。

3，『八岐大蛇伝説』の解読

(1) 関係する出典について＝次に挙げる古文は、本来すべて漢字表記、即ち万葉仮名［第一篇＝「言語・音韻編」の30頁・第二篇『文法編』の18頁参照］である。したがって多くの表記法が混じった「変体漢文」であるが、それを高等学校古典教材として相応しい表記法に改めたもののうちから選んで次に取り上げた［『日本古典大系1』（岩波書店）より］。
実際にはまだ、固有名詞の万葉仮名表記や、接続詞の旧漢字などを常用漢字に改めて表記した古典教材もあるが、出来る限りルビを付けて分かりやすくした。解釈する時難しい部分には品詞分解も付記した。後記の語句の説明や現代語訳は参考にしてほしい。［なお例文中の傍線部の数字は、後の《語句の解説》の番号である。なお、その解説文中の、活用語に付いての品詞・活用形・意味用法などについては、文法編と同じ略式記述にしている］。

一、『須佐之男命の大蛇退治』

（1）【本文】『①避《やら》追はえて、出雲国《いづものくに》②肥川上《ひのかはかみ》、名は鳥髪《とりかみ》といふ所に③降《くだ》り給ひき。この時箸《はし》その川より流れ下りき。④ここに須佐之男命《すさのをのみこと》、人その川上にありと⑤思ほして、⑥尋ね求めて上り⑦行きたまへば、⑧老父《おきな》と老女《おみな》と二人在りて、⑨童女《をとめ》を中におきて⑩泣《な》けり（助動・完了・終止）。ここに『汝等《なれども》は誰ぞ。』と問ひ給ひき。⑪故《かれ》、その老夫《おきな》答へて⑫言《まを》ししく、『僕《あれ》は⑬国《くに》つ神《かみ》、⑭大山津見神《おおやまつみのかみ》の子《こ》ぞ。僕《あ》が名は⑮足名椎《あしなつち》と謂《い》ひ、妻《め》の名は⑮手名椎《てなづち》と謂ひ、女《むすめ》の名は⑯櫛名田姫《くしなだひめ》と謂ふ。』とまをしき。亦《また》『汝《な》が哭《な》く由《ゆゑ》は何ぞ。』と⑰問《と》ひ給《たま》へば、答《こた》へ⑱白言《まを》ししく、我が女《むすめ》は、本より⑲八稚女《やをとめ》在《あ》りしを、この高志《こし》の⑳八俣《やまた》の遠呂智《をろち》年毎に来《き》て㉑喫《くら》へり。今それが㉒来《く》べき時なり。故《かれ》、泣く。』と㉓まをしき。爾《ここ》に『その形は如何《いかに》。』と問ひたまへば、答へ白《まを》ししく、『彼《そ》の目は㉔赤加賀智《あかかがち》の如くして、身一つに八頭八尾《やがしらやを》在り。亦其《そ》の身に蘿《こけ》と檜榲《ひのきすぎ》と生《お》ひ、其の長《たけ》は㉕谿八谷峡八尾《たにやたにをやお》に度《わた》りて、其の腹を見れば、悉《ことごと》くに常に血爛《ちただ》れつ。』とましき。

爾《ここ》に速須佐之男命《はやすさのをのみこと》、其の老夫《おきな》に㉖詔《の》り給《たま》ひしく、「是《こ》の汝《な》が女《むすめ》をば吾《あれ》に奉らむや。」とのりたまひしに、「㉗恐《かしこ》けれども御名を覚《し》らず。」と答へ白《まを》しき。爾に答へ詔りたまひしく、『吾《あ》は天照大神の㉘伊呂勢《いろせ》なり。故《かれ》今、天より降り㉙坐《くだま》しつ。』とのりたまひき。爾に足名椎・手名椎神、「然《しか》坐《ま》さば恐《かしこ》し㉚立奉《たてまつ》らむ。」と白《まを》しき。爾に速須佐之男命《はやすさのをのみこと》、㉛乃《すなは》ち㉜湯津爪櫛《ゆつつまくし》に其の童女《をとめ》を㉝取《と》り成《な》して、㉞御美豆良《みみづら》に刺して、其の足名椎・手名椎神に告《の》りたまひしく、「汝等《なれども》は㉟八《や》塩折《しほをり》の酒《さけ》を醸《か》み、亦垣を作り廻《もとほ》し、その垣に八門《やかど》を作り、門毎に㊲八佐受岐《やさづき》を結ひ、其の佐受岐毎に㊳酒船《さかぶね》を置きて、船毎に其の八塩折の酒を盛りて待ちてよ。」とのりたまひき。故、告りたまひし随《まにま》に、如此《かく》設け備へて待ちし時、其の八俣遠呂智《やまたのをろち》、信に㊴言《い》ひしが如来《ごとき》つ。乃《すなは》ち船毎に己《おの》が頭《かしら》を垂《た》入れて、其の酒を飲みき。是《ここ》に飲み酔《ゑ》ひて㊵留《とど》まり伏し寝《ね》き。爾に速須佐之男命、其の御㊶佩《はか》せる十拳剣《とつかのつるぎ》を抜きて、其の大蛇を㊷切《き》り散《はふ》りたまひしかば、肥河《ひのかは》血に変《な》りて流れき。故《かれ》、其の中の尾を切りたまひし時、㊸御刀《みはかし》の刃毀《はか》けき。爾に怪しと思ほして、御刀の前《まへ》以《も》ちて刺し割きて見たまへば、㊹都牟刈《つむがり》の太刀《たち》在《あ》りき。故、此の太刀を取りて、異《あや》しき物と思ほして、天照大神に白《まを》し上げたまひき。是は㊺草那藝《くさなぎ》の太刀《たち》なり。

故是《かれここ》を以《も》ちて速須佐之男命、宮㊻造作《つく》るべき地《ところ》を出雲国に求めたまひき。爾に須賀《すが》の地に到り坐《ま》して詔《の》りたまひしく、『吾此地《あれここ》に来て、我が㊼御心須賀須賀《みこころすがすが》し。』とのりたまひて、其地に宮を作りて坐しき。故、其地をば今に須賀と云ふ。茲《こ》の大神、初めて須賀の宮を作りたまひし時、其地より雲立ち騰《のぼ》りき。爾に御歌を詠みたまひき。其の歌は、

　㊽八雲《やくも》立《た》つ出雲八重垣　㊾妻籠《つまご》みに八重垣作る其の八重垣を

是に其の足名椎の神を呼びて、『汝我が㊿宮《みや》の主《おびと》任《た》れ。』と告《の》言りしたまひ、且《また》名を負せて、稲田宮主須賀之八耳神《いなたのみやぬしすがのやつみみのかみ》と号《なづ》けたまひき。

（2）「語句の解説と語訳」（例文中の傍線部について）

①『追放サセラレテ』＝「やら」は「やる＝動・四・未」・「は＝助動・継続（ふ）・未」・「え＝助動・受・（ゆ）の連用」・「て＝接・助」。②今の「斐伊川」で、上流地帯を昔「肥」と言った。この川は、昔から変わらず、船通山を源流として北流し、宍

道湖に注いでいる。③『降リテイラッシャッタ。』=「降り=(高天原カラ)降臨シテ」=ラ行四・動・連用」・「給ひ=ハ行四・動・連用・尊」「き=助動・過去・終止」。④『ココ』=「場所を示す近称の指示代名詞」・「に=場所を示す格助詞」=「コノ場デ・ココデ=接続詞的用法」。⑤「あり」は、もともと全ての物についての存在を表現した。「居(ゐ)る」は、一定箇所に居続ける=存在の継続を示すという状態から、「立つ」の対応語として使われた《「立ち居振る舞い」などの慣用句が残っている》。⑥『オ思イニナッテ・オ考エニナッテ』=「「思ほし」=「(思ふ→思す)の尊敬語・サ行四・動・連用」・「て=接・助」」。⑦『オイデニナルト』=(たまへ=ハ行四・動・尊・補助動詞)直前の「往き」を尊敬。⑧「おきな」=年を取った男性・「おみな」=年を取った女性、「をとこ」=男性一般の呼称・「をみな(小美女)」=女性一般の呼称で、もとの意味は漢字書きのように、若くて美しい女性・「をみなご」は少女を言う。⑨成人した若い未婚の女性。⑩『泣イテイタ。』=『り』は、『あり』の完了形=助動・完了・終止。⑪上代語のひとつであるが、文頭・文が切れていったん別の話題を挿入する場合、文が切れて前文を受けて続ける場合に使う接続詞=『ソモソモ・カクテ・サテ・ソウイウシダイデ』=『故・爾に』。⑫『申シ上ゲタコトニハ(申シ上ゲルニハ)』=(言し)=「いう」の謙譲語、(し)=助動・過去・連体、(く)=形式名詞を作る(ク語法)。=同様の用法には、文中にも他に『まをしく・白言しく・白しく』などが遣われている」。⑬『地上ノ神』=本来どこから来たのか素性も不明な、顔も姿も見たことのない、《高天原》の神を《天つ神》と呼んでいた。それと同じように、この辺りでは、これまでに使ったこともない多くの生活道具や、その造り方やその技術など、一般生活者の知らないことを知っている不思議な人物について、《天つ神》と称して使った言葉。今から数千年も前から、大陸や朝鮮半島から移入者が当時の大和の国のあちこちに渡来して、当時の大和民族の知らない農耕生産・工業製造の技術などをもたらして、人の良い純朴な大和民族に不思議がられ、すばらしい技術のもち主であり、このムラの人ではないから《天つ神》といって尊敬を得ていた。それから時代が数世紀下って日本の歴史上大きな問題にされている『大和の五王』がその最たる《天つ神》であろう。⑭　イザナギ・イザナミノミコトが大八洲を次々と生成し、次に石や土・砂の神、家や草や木など水に関わる八神を生成するのに続いて、風の神・木の神・山の神・野の神を生み続けた。その「山の神」が《大山津見神＝広大な山々の全体を掌る神》である。（子ぞ）＝まだ翁は、相手がスサノオノ命である事を知らないので、平叙文で答えている＝『子デアルゾ』。⑮　「老夫・老女」の具体的な名前であり、「童女」の両親である。この名前はいかにも慈父母らしく付けられている。すなわち、父のほうは、優しく足を使って世話をし、母のほうは細やかな気配りをして、共に娘の「櫛名田姫」の手足となって慈しんでいる愛情溢れる父母に付けられた名前である。「椎＝つち」の「つ」は、上代語の格助詞で、今日の《ノ》であり、「ち」は美称の接尾語。
⑯　この名前の由来は、前文二の後半部分にも記述したように、《よく実って櫛のよ

うに垂れている稲穂が、そよ風に吹かれ静かにそろってそよぐように、物静かで優しく美しい稲田の姫》。⑰『オ尋ネニナルト』＝「たまへ」＝ハ行四・動・已、直前の「問ひ」を尊敬した補助動詞、「ば」は接続助詞。上の語の活用が已然形であるから確定条件法である。⑱『オ答エ申シ上ゲルニハ』＝まえの⑫と同じである。「白」も、（申す）の意味であるので、⑫よりもやや強調表現になっている。⑲『八人ノ童女ガイタノニ』。＝この神話にはあらゆるものを「八」で現していることが特徴の一つである。「在り」＝［⑤で説明したとおりであるが、そのあとにも「二人ありて、」も⑤と同じである。然し、この部分では漢字で表記して強調している。＝「八人モ居タノデスヨ、ソレナノニ…」と言う気持ちが強く表現されている」。「し」＝（助動・過去・連体＝タ。）。「を」＝逆接助詞＝《…ナノニ・…デアルガ》。⑳「八俣」＝（八岐）と同様の意味で、後にも出ているように頭と尾が八つに分岐している様子。「遠呂智」＝「遠＝を＝尾」・「呂＝大きくて霊的に強い事や物の接尾語」・「智＝神の古語、威力のあるものを意味した語。」。㉑『飲ミ込ンデシマッタ』＝［「り」は、⑩と同じ」。㉒『ヤッテキソウナ時期デアル』。＝「べき」＝助動・推・連体＝（べし）は、上の語からは活用語の終止形に続くので、「来」は（こ・き）ではなく（く）である。「なり」は助動・断定・終止。㉓『申シタ』＝「まをし」＝「申す」で、サ行四段動・連用・謙譲語、「き」は、③で説明済み。㉔『日本書紀』のほうには『赤酸醤』とあることから《真ッ赤ナ酸漿ノ実》のこと。㉕『八ツノ谷八ツノ丘ニマデノ長サニ及ブホドデ、』＝

「度りて」は、《匹敵スル・ソレト同ジ程度デ・及ンデ》の意味。㉖『オッシャッタコトニハ』＝「詔り＝（言ふ）の敬語・動」、「給ひ＝（詔り）の尊敬の補助動詞・ハ行四段・動・連用」、「しく＝⑫⑯の（しく）同様、助動・過去・連体＋形式体言（こと）のク語法」＝…タコトニハ。㉗『恐レ多イコトデスガ』＝「恐けれ」＝形容・已然＋「ども」＝逆接・助。㉘［（いろ）＝同母（「まま」の対語）の兄弟姉妹のことで、親愛の情が深い気持ちを含んで言う語・（せ）＝女性から男性を親しんでいう語」。㉙『（今）下ッテキタ（バカリノトコロダ）』＝「坐し」＝上代語で、（行く・来）の尊敬の補助動・連用＝筆者がスサノオノミコトを尊敬（スサノオノミコトが高天原を尊崇しているということを推察しての表現）・「つ」＝助動・完了・終止。㉚二行前の「奉らむや」は一字で表記しているがこのような場合はスサノオ自身のことばであるから自敬表現であるが、（たて）に本来の《貴人に献上する》の意味の謙譲語（スサノオノミコトに対して老父が）であり、（まつる）はその意味の語に着いて、さらに尊敬の気持ちを添える上代語の接尾語の付いた複合動詞・未然＋助動・推量（意思の用法）＝『（童女ヲ）差シ上ゲマショウ』。㉛この場合は副詞＝《直チニ・スグニ》。㉜《キレイニ歯ノソロッタ硬イ爪ノヨウナ櫛》の意味、諸説ある。㉝（とり）＝接頭語・（成し）＝『ワザワザ手ヲ加エテ変形スル』が元の意味＝サ行四段・動・連用＋（て）＝接・助＝そのまま童女の姿で居たのでは、オロチに飲まれるので櫛に変姿したのである。㉞（み）＝美称の接頭語・（みづら）＝「耳連」のことで、上代の男子の髪型。頭髪を中央で左右に分けて、それぞれを耳の上で纏め、その下に延びた部分を、両肩の上ほどで纏め、その真ん中あたりの耳の下ほどのところで紐などで結んだ髪型。時代が下ると少年の髪型になった。㉟（八）＝日本神話の常套数詞で、数の多いこと・状態が豊かなことを示す場合に使われる。（しほ）＝（絞る）の語幹で、草木の葉や皮を染料として、一回その染料の甕の中に入れる度数の数詞を《一入＝ひとしほ》という。（折）＝繰り返して行うこと。（醸み）＝醗酵させ、熟成すること「かもす」の古語。＝何回モ醗酵サセタ濃度ノ高イ酒ヲ醸造シ。㊱『（もとほす）＝（めぐらす）の古語。㊲（八）は⑲・㉕・㉟と同じ。（さずき）＝桟敷（漢字では「仮肢」と表記）＝八つの桟敷。㊳（ふね）＝液体を入れる容器《今日でも「湯船」など使われている》＝酒樽・酒槽。㊴《（老父ガ）言ッタ通リニヤッテ来タ》＝［（シ）＝助動・過去・連体、（つ）＝助動・完了・終止（上の語からは、活用語の連用形から付くので、「来」は、22の場合とは異なり訓みは（き）である）］。㊵『留マッタママ臥シテ寝タ』＝古来酒は神聖なものであり、人助けのために飲ませた者の気持ちは、神に通じていて、神の霊により人を困らしている悪者は、罰を受ける状態に陥る。（き）＝助動・過去・終止。㊶《腰ニ着ケテイラッシャッタ長イ剣》＝「佩く」＝身に着ける。特に腰から下半身に装着すること、（御）は敬語の接頭語。（御佩＝はか）は（はく）のカ行四段動・未然＋助動・尊敬・未然＋助動・完了・連体、（十拳）＝刀身の長さが、十握りもある長剣のこと（一こぶしは手の指四本の長さ）。㊷《ズタズタニオキリニナッタノデ》＝（きりはふる）はそのままの意味、つまり『切リ散ラス・細カク切リ刻ム』・（しか）＝助動・過去・已然、（ば）＝上の語が已然形に付いた場合は確定条件法＝『…タノデ』。㊸《御剣ノ刃ガカケタ》＝（みはかし）は、41の「御佩」の名詞形、（き）は40と同じ。㊹（つむがり）は、「づかり」からできた語で、刀の切れ味のよさを表現した擬音語から転生した名詞＝（異説もある）。㊺この剣の命名は、次の二で解説する「倭建命」が、富士の裾野で『荒ぶる神』に謀られた時に草を薙ぎ、命を得た時に付いた名である。「大蛇と草を薙ぐ」ことには関係があるという説もある。㊻《建造スルノニ相応シイ場所》＝（べき）＝前出の22と同じで、助動・推量・連体＝この場合は《適当》の用法である。㊼《私ノ気持チハサワヤカデアル。》。㊽（彌雲＝八雲＝やくも立つ）＝は《サカンニ雲ガ立チアカル様子》を云っていたが、後には出雲の枕詞として使われるようになった言葉。＝全く余談であるが、ギリシア生まれの、パトリック・ラフィカディオ・ハーンが、1890年ごろ、アメリカのハーバーマガジンの通信員をしていた頃に、米国で「古事記」の英訳本が盛んに読まれていて、それに描かれている日本に惹かれて四月に横浜港までやって来た。その後ハーンは、島根県立尋常中学校（現・島根県立松江北高等学校）や熊本第五高等学校（現・熊本大学）などの英語教師を歴任した後、1896年に東京帝国大学文学部の英語の講師に赴任したのを機に、《小泉八雲》という日本名で日本に帰化した「八雲」は、帰化する五年前に（1891年）松江藩士の娘『小泉セツ』と結婚していることから、彼が愛読した『古事記』の英訳本にも通じていたハーンは、この歌に遣われたこの枕詞の『八雲』を日本名としたと言われている（他説もある）。㊾《妻ト共ニ籠ル場所》＝夫婦が二人で生活する家のこと。㊿《宮殿ノ首長》。㊿（稲田＝仁多郡の）・（須賀＝大原郡の）は、共に出雲の地名で、其の広大な地域の統治者として二個所の地名を付けている。

（3）通釈

《（スサノオノ命ハ高天原ヲ）追放サセラレテ、出雲ノ国ノ肥ノ川ノ上流デ、地名ハ鳥髪ト言ウ所ニ降臨ナサッタ。コノ時、箸ガソノ川上カラ流レ下ッテキタ。ソコデ須佐之男命ハ、人ガソノ川上ニ居ルトオ考エニナリ、尋ネ探シナガラ川上ノホウヘ上ッテ行キナサルト、翁ト媼ガ二人イテ、少女ヲ中ニシテ泣イテイルトコロデアッタ。ソコデ（スサノオノ命ハ）『オ前タチハタレダ（ドウイウ素性ノモノカ）。』トオ尋ネニナッタ。ソレ故ニ、ソノ翁ガ答エテ申シ上ゲタコトニハ、『私ハコノ（山深イ）地域ノ神デアル大山津見神ノ子デアル。私ノ名ハ足名椎トイイ、妻ノ名ハ手名椎トイイ、娘ノ名ハ櫛名田比売ト言ウ。』ト申シ上ゲタ。マタサラニ、（スサノオノ命ハ）『オ前ガ泣クノハドウイウワケ（ガアルノ）カ。』トオ聞キニナルノデ、（翁ガ）答エテ申シ上ゲタコトニハ、『私ノ娘ハ、モトモト八人居リマシタノニ、コノ高志ニ棲ム八俣大蛇ガ毎年ヤッテ来テ飲ミ込ンデシマッタ。今ソノ大蛇ガヤッテキソウナ時期デス。ソンナ訳デ泣イテイマス。』ト答エタ。ソコデマタ（須佐之男命ハ）『ソノ大蛇ノ姿カタチハドノヨウナモノカ』トオ聞キニナルノデ、（翁ガ）答エテ申シ上ゲタコトニハ、『目ハ真ッ赤ナ酸漿ノヨウデ、胴体ハ一ツデアルガ、八ツノ頭ト八ツノ尾ガアル。マタ大蛇ノ胴体ニハ苔ト檜ヤ椙ノ木ガ生エテイテ、ソノ身ノ丈ハ八ツノ谷ト八ツノ丘ノ長サニ及ブホドデ、大蛇ノ腹ヲ見ルト、（ソノ腹）一面ニイツモ血ガ爛レテイタ。』ト申シ上ゲタ。

ソコデ須佐之男命ハ、ソノ翁ニオッシャルコトニハ、『コノオ前ノ娘ヲ（私ノ妻トシテ）私ニ献上シナイカ。』トオッシャッタガ、（翁ハ）『恐レ多イコトデハアリマスガ、（私ハマダアナタノ）オ名前ヲ存ジマセン。』ト答エ申シタ。ソコデ（須佐之男命ハ）答エテオッシャッタコトニハ、『私ハ（敬愛スル）天照大神ノ弟デアル。ダカラ今、高天原カラ降リテ来タバカリダ。』トオッシャッタ。ソコデ足名椎・手名椎ノ夫婦神ハ、『ソウイウ事デイラッシャイマスナラバ恐レ多イコトデス。（娘ヲ）献上イタシマス。』ト申シタ。ソコデ須佐之男命ハ、美シイ歯ノソロッタ硬イ爪ノヨウナ櫛ニ（神ノ霊力デ）ソノ娘ノ姿ヲ変成シテ、自分ノミヅラ結イノ髪ニ刺シテ、ソノ足名椎・手名椎ノ夫婦神ニオッシャルコトニハ、『オ前タチハ、繰リ返シテ醗酵サセタ濃厚ナ酒ヲ醸造シ、ナオ垣ヲ巡ラシテ造リソノ垣ニハ八ツノ入リ口ヲ作リ、ソノ入リ口ゴトニ八ツノ桟敷ヲ設定シテ、ソノ桟敷ゴトニ大キナ酒ヲ入レル容器ヲ置イテ、ソノ容器ゴトニ先ニ醸造シタ濃度ノキツイ酒ヲイッパイニ満タシテ（オロチノ来ルトキヲ）待ッテ居ヨ』ト命ジラレタ。ソレユエ、命ジラレタトオリニ従ッテ、ソノトオリ設定シテ待ッテイタ時、ソノ八俣遠呂智ガ、本当ニ（翁ノ）言ッタトオリ（ノ姿デ）ヤッテ来タ。（遠呂智ハヤッテクルト）スグサマ（濃厚ナ酒ノ入ッタ）大キナ酒樽ゴトニ自分ノ頭ヲ差シ入レテ、ソノ酒ヲ飲ンダ。ソコデ（オロチハ）酔イツブレテ（桟敷ニ）留マッタママ伏シテ寝テシマッタ。ソコデ須佐之男命ハ、腰ニ着ケテイラッシャッタ長剣ヲ抜イテ、ソノ大蛇ヲズタズタニ切リ刻マレタノデ、肥川ハ（オロチノ）血ニナッテ流レタ。ソノヨウナ状況ノウチ、中ホドノ尾ヲオ切リニナッタ時、（スサノオノミコトノ）御剣ノ刃ガ欠ケタ。ソコデ不思議ニオ思イニナッテ、オ刀ノ先ノホウヲ使ッテ（オロチノ尾ニ）突キ刺シテ切リ開イテ御覧ニナルト、切レ味ノヨサソウナ立派ナ太刀ガ出テキタ。ソレデソノ太刀ヲオ取リニナッテ、異様ナ（霊力ノアリソウナ）太刀トオ思イニナッテ天照大神ニ事情ヲ話シ献上ナサッタ。コレガ（後ニ倭建命ガ草ヲ薙ギ倒シテ一命ヲ得タ）草薙ノ太刀デアル。

ソレデ以ッテソノ須佐之男命ハ、（自分タチガ生活スルタメノ）宮殿ヲ建造スルニ相応シイ土地ヲ出雲ノ国ニ探シ求メラレタ。ソコデ（出雲ノ国ノ中ニアル）須佐トイウ土地ニ到着ナサッテオッシャッタコトニ、『私ハ今ココニ来テ、自分ノ気持チガ実ニスガスガシイ。』トオッシャッテ、ソコニ宮殿ヲ建造ナサッタ。ソレ故ニ、其ノ地ヲ今ニ至ルマデ須賀トイウ。コノ地ニ須佐之男命ガ、初メテ宮殿ヲ建立ナサッタ時、ソノ土地カラ雲ガ立チ上ッタ。ソコデ（須佐之男命ハ）御歌ヲオ詠ミニナラレタ。ソノ歌ハ、

『スバラシイ雲ガ勢イヨクムクムクト立上リ　今建造シテイル宮殿ノ周リニ巡ラシテイル瑞垣玉垣ノヨウニ感ジラレル　妻トノ寝殿ノ周リニ造ルスバラシイ幾重ニモ廻ラス立派ナ垣ガ出来ルノダ　スバラシイ宮殿ガ出来ルノダ』。

ソコデ（命ノ側ニ控エテイル姫ノ父神）足名椎神ヲ呼ンデ、『オ前ハ我ガ宮殿ノ長官ニナレ』ト告示ナサリ、マタ官命ニオ命ジニナッテ、稲田宮長官デアッテ、名前ハ須賀之八耳神ト称号スルヨウニ付ケラレタ。》。

（4）『八俣遠呂智伝説』の補説と鑑賞

①．高校古典教科書の底本＝三で採り上げた【例文一】（28頁）も、次で採り上げる【例文二】も、前述したように、今日、高等学校で使用されている最も一般的な底本に成り得る資料であるのが、『日本古典文学大系1（岩波書店）』である。それでもまだ高校の教科書教材としては、用字、用語の点で、今日の常用漢字に改められているもが多い。ここに採り上げたのはその『日本古典文学大系1』の、85頁8行『須佐之男命の大蛇退治』の前半部89頁11行までである。

　また、『八俣の遠呂智伝説』については、『古事記』のこの神話が最も古来の伝承に誠実に記述されていると考えられている。その面から、他の高校教科書も『日本書紀』や『出雲風土記』でなく『古事記』から採られている。

②．『天孫降臨』に関する諸問題＝【例文一】の冒頭文について

ア、神々が高天原から大八洲《おほやしま》に降臨する（事を『垂直降臨』と言っている）話は、九州高千穂の峰に、邇邇芸命《ニニギノミコト》が降臨した神話もある。その他にもこのような天孫降臨神話は、農耕民族にとって太陽は唯一の豊穣の神であり、すべてのものへの生命力を譲与恵授する神であって、崇敬と共に親愛の対象として存在していた。その意味においてニニギノミコトに次いで、火遠理命《ホオリノミコト》＝（またの名＝天津日高《アマツヒタカ》

日子穂穂手見命《ヒコホホテミノミコト》)、そして時代が下って、神倭磐余彦命《カムヤマトイハレヒコノミコト》つまり中国風の諡号《おくりな》は神武天皇のことである。(ここまでが『古事記』上巻の最終ページの記述である)。高天原と大八洲との連携がこの高千穂の峰において行われたのであろうか。これと同じような神話は、大和民族のみならず、大陸や朝鮮半島を始め、東南アジア諸国の民族も同じで、農耕民族にとって日神信仰は広範囲に及ぶ。また農耕民族のみならず、内陸アジアの遊牧民、北アジアの狩猟民族にも太陽神崇拝の神話は伝えられている。例えば、カンボジア、ラオス、タイ、ビルマ(シアン族・バラウング族)、インドのカン族、ニコバル島などにも伝承されている「『日本の歴史1』(中公文庫)」。このような状況は、先の［言語・音韻編］で記述したアルタイ語族に共通していることでもある。

イ、朝鮮の『檀君神話』では、「天の神が子に三つの天符を授け、三千人の護衛兵を与えて、大白山の頂上にある大きな神檀樹に垂直降臨して朝鮮を開いた」という神話。また、南鮮新羅には「聖なる山の峰で、各酋長が集まって話し合っているところに、天から色鮮やかな縄が垂れ下がってきた。その先に赤い布に包まれたものが結ばれていて、開いてみると中には黄金の卵が入っていた。その卵を酋長たちが温めていると立派な若者が生まれた。その男性はまもなく新羅の王となった。」という説話が『三国遺事』に書かれている「これも同じ『日本の歴史1』《中公文庫》より」。

ウ、このことも前の二話と同じで、《中公文庫》の『日本の歴史』に拠るが、「天照大神の神命により、ニニギノミコトが九州高千穂の曾褒里《ソホリ》の山に降臨することを命じられた」ことが、『日本書紀』第六の一書《あるふみ》に書かれている。つまり一度高天原から大白山の頂上に降臨したニニギノミコトが、九州鹿児島の空を雲に乗って迂回し、宮崎のこの「ソホリ山」に降臨するのを『水平降臨』と言う。それはともかく、現存の西臼杵郡五箇所村の添利山神社などの「ソホリ」の名や、古来朝鮮語では「都」のことを『ソホリ』とも言う。百済の都、泗沘を所夫里《ソフリ》、新羅の京城を蘇伐（ソフル＝ソウル）という地名と同じ語源である。つまりこの神話の成立していた頃には、既に朝鮮半島から九州地方をはじめとして、半島から大和の土地に渡航し、半島の農耕技術や製銅・製鉄技術を持って大和民族の中に深く住み着いていたことが分かる。

　大和への渡航渡来の事実は、記・紀・風土記などの神話が成立する以前の太古（弥生時代かそれよりも前の時代と思われる）の頃から、銅や鉄の精錬技法があり、対馬などでも140本以上の広鋒銅矛が出土している。これは対馬以外の当時の大和の各地にある神社の、神器とされ祭礼の時に使われる儀器であった。

　そして数世紀を経て『古事記』編纂の時機に至るのである。その頃には既に大陸や朝鮮半島においては、長年繰り返されていた戦乱などのために、自ずと身についた彼等渡来人の民族的習性、民族の資質となって闘争心・攻撃性が個々ではなく集団的に行われていた。しかしそのような社会的抗争・戦乱の中を生き抜く個々人の生きる手段として、さまざまな技術や知恵を身につけなければならなかった。自らが生きるために周りのものをも襲い、虚偽・残虐など不安な生活のなかで、朝鮮民族一般庶民の資質・性格は形成されてきた。この時機までに難民として倭へと渡来してきたことは既に記述したとおりである。これらの情況が数世紀続いて、当時の大和民族と自然同化し日本民族の中にも、このような虚偽・残虐・闘争・侵略という非人間的資質が植え付けられ芽生え、かつての大和民族の謙虚・譲歩・平和・友好という『魏志倭人伝』に書いて有るような人間性は、次第に喪失していった。この数世紀以前には、これまでの大和民族には見なかった反社会的行為を繰り返し、計画的に周到な策を企て、近隣諸国に対して脅しをかけて朝貢を取り立て、相手国の王を呼び付け拝跑《ハイキ》（ひざまづくこと）せていた。当時の中国宋朝の王は、倭の国王にも同様にして認定するなど、武力による恐喝行為を以って権威を振りかざし、大国主義然とした民族性はこの時代から、もはやその上層部において形成されていた。残虐非道な行為を執拗に繰り返すような民族性は、朝鮮半島を経て渡来した他民族の特性でしかなかった。大和民族の本来の資質も次第に変容し、渡来人との同化が深行するにつれて、意識も薄れていた。その傾向は、先ず上層部から発生した。例えば、「大和の五王」の件をはじめとして、「蘇我馬子の物部守屋暗殺」・「馬子は甥に当たる崇峻帝を暗殺」・「壬申の乱」・「長屋王の変」・「藤原広継の乱」・「恵美押勝の乱」など事件については歴史の授業で学習して理解しているように全てに、大陸や半島からの渡航者・帰化人（「天つ神」と崇められていた人物たち）が関係している。大和の各地に渡来した銅矛や鉄剣など（物と同時にその製法技術も）大和民族は当初前述のように神器として使用していた。それが右のような帰化人のかかわる動乱の際には戦器に替わっていた。

③・『英雄神話』についても地上に降臨した神が初めて、地上での妖怪や怪物に苦しめられている人々を見て、救済した女性と結婚するという怪物退治の英雄伝説は、これも大和民族だけでなく世界中にある話である。

ア、最も有名な伝説は、ギリシア神話に登場する英雄神・ベリセウスの話である。ベリセウスの先祖には、アラビアやエジプトの王族が続いている。ギリシア神話は、大和民族の神話伝説と異なり、大いに凄惨な物語が多い。『ベリセウスは生まれた時に、悪神の神託に因って箱船に載せられて海に流される。たまたまセリポス島の漁師によって救われ成長するにつれて立派な青年になり、その島の王一族に狙われ、度重なる騙まし討ちに合いながらも悪神どもを打ち倒して行く。エチオピアまで来たときに、その国の皇女アンドロメダが海の妖怪に襲われ、人身御供にされるところを救い出す。』。この話は、スサノオノ命が八岐大蛇を退治して櫛名田姫と結婚した話と同じストーリーである。このギリシア神話は明治時代に、英国のアストンとハートランドが『ベリウスとアンドロメダの伝説』を照会したのが始まりである。

イ、中国浙江省の伝説には、『狩人のチャンが、友達のユウと山頂で不思議な黒雲を見て、矢を射ると雲の中から女の靴が落ちてきた。翌日チャンが街へ行くと、その地の皇女が妖怪の蛇にさらわれたので、見つけたものは皇女の養子にすると言う話を聞き、早速皇女を探しに行き、山の洞窟の中を見ると、そこには妖怪の蛇が寝ているのを見つける。チャンは魔法の剣で蛇の頭を切り落とすが、蛇は魔力を使って生き返り、逆にチャンに襲いかかり倒してしまう。側にいた皇女は水の剣を使って蛇を倒し、薬草を探してチャンの傷を治し生き返らせた。二人が助け合って宮殿に帰る途中、友達のユウに見られて妬まれ、ユウはチャンを池の中に投げ込んでしまう。然しチャンは、水の精霊に助けられて宮殿に運ばれ助けられ、皇女と二人はめでたく結婚する。』。

ウ、また、インドシナの山地に住む原住民、ミュオン族に伝わる話に、『中国のある皇女が、竜の生贄に捧げられた。英雄リアングは真剣の魔力で竜を倒し皇女を救い出して、めでたくリアングはその皇女と結婚する。』。という話も英雄の若者は、神霊の宿る剣を使って皇女を救い、その功績により二人が結婚するという話の筋道が、日本に伝わる須佐之男伝説に共通している。

④『八岐大蛇伝説』とその土地の実状について

ア、スサノオノ命が降臨した場所は、「出雲の国 肥川の川上」である。当時の『出雲風土記』の地図によると、出雲南東部の鳥取県境にある現在の［船通山（標高1143ｍ）］が［鳥髪山］で、その西側にある現在の［吾妻山（標高1240ｍ）］の両高山から、急流が落ちて激しく合流する町で、スサノオが櫛名田姫と出逢った稲田の地（出雲国仁多郡横田村）がある。中国山脈から日本海に流れる川はどれも千ｍ以上の高さから流れ落ちているので、おのずと急流になっている。さらに、池之原山中から流れ出た「阿井川」と、備後国最北の出雲との境界に聳える御坂山中から流れる「阿位川」が三沢郷の下で激しく合流して、「斐伊川」となり、真っ赤な濁流となって北へと流れていた。その激流は両岸の山土を削って赤く染まって流れるので、ちょうど大蛇の血の滲んだ腹のように見えたのであろう。この斐伊川の激流に対して地域の人々は成す術も無く自然の猛威に対してただ恐れおののいていた。これを知ったスサノオは、先ずオロチが太い胴体に至るまでの小さな頭の部分のときに、八つの「酒船＝貯水池」を造らせ、そこに「オロチ＝増水し始めた斐伊川の流水」を集め、溢れかけた雨水が一度にあふれないように、貯水池へ四方八方から徐々に流れ込むように分流し、水圧を弱めた。スサノオはこのような治水の方法で当時の人々を救済したのであろう。この地方には今日でも、山の中腹のあちらこちらにたくさんの貯水池が見られる。言うまでもなく八岐大蛇は自然災害の比喩であり、自然の猛威に対してなす術を持たなかった時代の民衆の意識に対して時の呪者＝巫女の言うとおりに、自然の神が怒っているのである。それを鎮めるには、若い女性を捧げる事であるという『人身御供』を提案し、土地の責任者に娘がいればその女性を犠牲にしてきた。祈祷師の言葉は神から告げられた神託と、ただ無批判に、その地の国つ神（豪族）が責任を果たした形で、その娘を犠牲として、その災害が静まる時季を待つしか防ぐ術を知らなかったのである。

この頃までの日本列島に最も早くから生息し続けたのは，［第一篇の「言語・音韻編＝16頁前後」でも記述したが」今から約10万年ほど前の当時、狩猟・採集の食生活をしていたアイヌ民族であるといわれていた。狩猟採集生活では、一定の場所に長期にわたっては住むことができず、あちこちを少数で、移動しながら生き続けていたことは想像できる。長年を経て狩猟生活を維持発展させるために、古代大和民族も諸大陸の民族の歴史の始まりと同じように、地球資源の最も手近にある石材を用いて道具を加工し始めた。歴史的には原始社会の時代で、考古学では旧石器時代の中頃である。『古事記』冒頭では、『天地《あめつち》初めて發《ひら》けし時、（中略）国稚《わか》く浮きし油の如くして、久羅下《くらげ》為す漂《ただよ》へる時…（下略）』この頃に、地殻変動に伴って起こる激しい大気の流れや海流により、大陸から日本列島が徐々に分離し始めた頃のことであって、地球の歴史から見ると今から２０００万年前を中心に、前後各５００万年もの長きに亘って地球生成の時期が続き、１５００万年前頃にはほぼ五大大陸が形成されながらも地下に残るマグマの地熱や、地質がまだ軟弱な頃に収縮して高山が冷え、それに因る激しい気圧の変動（風）などにより、各大陸の端々は、分離したり亀裂したりして、ほぼ１００万年前頃には今日の地球に近い陸地が形成された。人類の元祖が生息し始めたのは、前期旧石器時代の初期の頃であるから、今から約50万年前である。

現在の高校生諸君は歴史の授業の初期段階で、日本列島各地の当時の地層から発掘された今日最も古いとされているのが、神戸の明石海岸の粘土層から発見された『明石原人』・石灰岩の採石場や洞窟から発見された栃木の『葛生原人』・同じように採石場から静岡の『三ケ日原人』・『浜北原人』・愛知の『牛川原人』の化石の破片が発掘された時期と同じ頃に、沖縄の『港川原人』は同時にほぼ完全な三体の人骨と他に小動物や石器などが発掘されている。これらの原人は全て更新世の時代に生きた人たちであるから、日本歴史年代で言えば旧石器時代の中・後期の頃の約二十万年の長きにわたって活躍した人たちである。日本国土に生活していた原始大和民族の第一期世代がこの原人たちである。当時狩猟採集生活を続けていたのは、アイヌ民族だけでなく、これも第一篇で記述したが、その後、三ルートを経て渡来した大和民族の元祖たちの石器加工については、出土された多くの石鏃・石斧・石槍・石錘・石皿など狩猟・採集生活の道具は、どこの大陸から出土するものよりも、最高に精密な出来栄えであることが実証されている。中には石鏃や石槍には小さな穴まで穿った高度な技術が見られるものもある。［恰も今日での中小企業における宇宙ロケットの精密的確な部品製造技術者の技量と根気、責任と完成意欲と同じ力量を持つ技術者であった。］しかし一方では、その後の縄文時代・弥生時代を経て大陸との交易が始まるまでの八千年以上の間、他の大陸では既に青銅器時代・鉄器時代に到り、精密な技術を進歩させていた。男性中心としての石器技術の著しい発展、あるいは縄文土器の大型化・弥生土器の大甕など男性の手によると思われる物が多く見つかっている。このような精密で堅固な製品を器用に製造する本来の大和民族の男性たちが中心となって、社会国家の発展進歩を担い続けていれば、旧石器時代から弥生時代までの八千年の間には、どれ程か大和国家の文化文明は発展していたことであろうか。原始時代のわが国の状況を知る最も古い資料とされている『魏志』倭人伝（51行約2010字余りの文中32行目に書かれている）の一部分に『王名曰卑弥呼事鬼道能惑衆』《邪馬台国の女王卑弥呼が能く鬼道に事へて衆を惑はす》とあり、社会発展のために人間的自覚が芽生え始めていたにも拘らず、その進歩発展の力を押さえつける呪術師＝巫女の権威が確立していて、長く原始時代に低迷したのは、女性（巫女）の呪術信仰により、原始社会の時代からの脱却ができないまま、発展の時期を捉ることが出来なかったからである。大陸や半島からの難民的渡来人により新しい農工業生産技術に触れて、初めて刺激を受けたということは、これまた第一篇にて記述した（魏志倭人伝の内容の一部＝239年）ように明らかである。

イ、当時、日本全国の縄文時代頃のあちらこちらの古墳から（例えば先に記述した第一節2の一に挙げた東北地方の古墳の他、東海地方や九州・沖縄などの）発掘される土偶には、蛇を模《かたど》った物が多数出土している。これは古代から大和民族のみならず世界各地でも同様であるが、蛇は農耕民族だけでなく狩猟・採集民族においても信仰の対象であった。スサノオノ命の時代では、蛇を生命の再生更新の呪物として、その形や脱皮現象から想像して、人間にはない状態を小さな蛇がその毒性により大きなものに対しても打ち勝つ、気持ちの悪い不思議な力を持つ蛇を恐れて、これも神だと考えていたのである。神である大蛇がこの時季に現れるというので、この鳥髪地区の責任者である足名椎はどうしようもなく娘の櫛名田姫を生贄にせざるをえなかったのであろう。その時、高天原から降臨した英雄神スサノオは、現実的に蛇の習性から思い巡らし、その方策を足名椎に指示して退治したのである。もちろんスサノオも大蛇信仰の習俗の中の一員であって、今日のような土木治水技術を知る由もない。ただ習慣的にこの土地で生きてきた足名椎家族とは異なり、天上界から地上神として降臨したばかりのスサノオには、状況を総体的に客観視しようとすることが出来たのである。この視点が科学の根本要素（我田引水ではないが、この参考書のタイトルの一例である）に通じることは言うまでもない。

またスサノオは八岐大蛇退治に出かける際に、櫛名田姫を妻とし、霊力で美しい歯の揃った櫛に変成して、自らの髪に挿して八岐大蛇退治に出かける。この行為は神話にはいろいろ同じように、物を変成して自分の体に隠し持って出立することが物語られている。その後においても、男性がある大事を成し遂げようとするときには、女性を伴っていると、その事が無事成就するという習俗は、当時から大和各地・世界各国で共通する説話の一つである。

ウ、『出雲風土記』には、仁多の郡、横田の郷の条に、『即ち、正倉《ミヤケ》あり。《以上の諸郷より出すところの鉄堅くして、尤も雑の具を造るに堪ふ。》「《風土記》（日本古典文学大系）229ページより」とあるが、《風土記》の編纂も『古事記』と同じ時期であり、この時期に至ると、銅ばかりでなく鉄鉱石なども産出したようである。然し、昭和59～60（1984～5）年、斐川町神庭西谷にある「神庭荒神山遺跡（弥生時代のもの）」から、銅剣358本・銅矛16本・銅鐸6個などの製銅遺物が一度に発掘されている（という歴史的事実は、どこの高校歴史教科書にも記載されている）。このことからこの地域では古来、黄銅鉱やそれを含んだ岩石を削って、真っ赤に染めながら流れているので、『大蛇の酸漿の腹』と表現したのであろう。「（注）『出雲風土記』の記述にある『みやけ』は、大化の改新以前のものについては『屯倉』と表記している。つまり、「八岐大蛇伝説」はこの二つの資料よりもさらに、上古の時代に出来た神話である、ということが分かるのである」

エ、【例文一】に関する、地名・人名などの固有名詞については、右のア、の「鳥髪山」・「肥川」・「稲田」など旧石器時代から呼び慣れている地名や山の名前については、『古事記・風土記』編纂頃まではそのままの呼称で存在していたのである。先ず「出雲国肥川」について、『出雲風土記』の初頁で、出雲の国の広さを東西南北概観したあと、『出雲と号《なづ》くる所以《ゆえん》は、八束水臣津野命《ヤツカミズオミツノノミコトの》、詔りたまひしく、「八雲立つ」と詔りたまひき。故、八雲立つ出雲といふ。＝《コノ国ヲ出雲ト称号シタ経緯ハ、（出雲地方ノ祖神デアッタ）八束水臣津野命ガ、＝「出雲の国は、狭布の稚国なるかも。初国小さく作らせり。故、作り縫はな」＝《出雲ノ国ハ、初メハマダ狭ク小サナ領域デアルガコレガ幼国トイウモノデアルノダヨ。初国ハ小サク作ラセタ。サテコレカラ、隣接スル国ヲ縫イ合ワセルヨウニ出雲ニクッ付ケテ大キクシテイコウ》。』と記述されているように、『八雲立つ』は『出雲（の国）』の枕詞として《多クノ雲ガ威勢ヨク拡大シテユク様》を表現している。ところが『日本書紀』の「一書」によると、スサノオ命は高天原において天照大神との「契《うけひ》」後、直ちに「出雲の国肥河の川上」に降臨せず、高天原の木の種を持って、三人の皇子と共に念願であった「妣国《ははのくに》」である新羅の曾尸茂利《ソシモリ》（＝牛頭のこと）に帰った。つまり半島の慶尚道牛頭山に居たが、しばらくして出雲の国肥川に来たことになっている。スサノオ親子が高天原から持ってきた木の種は朝鮮の牛頭山には蒔かず、倭の国に帰って出雲や紀の国に行き、そこで種を蒔いたので紀の国（今の和歌山県）

は国中山林になった。残りを倭の国や大八島のいたるところに蒔いたので、国中すばらしく青々とした樹林が茂るようになった。特に父神スサノオ命は、紀の国では熊野大社の祭神とされている。またスサノオの第二皇子である五十猛神は、紀の国海草郡西東村に鎮座する伊太祁曾《イタケソ》神社に祭祀として祀られている。他の二皇子（大尾津命姫・抓津姫命）も、熊野大社の神呂岐（祖神）として祀られている。その謂れは、木の国として後世に多くの建造物の御神木を恵与した主であり、社寺・家屋のみならず造船と、それに伴っての航海術にいたる言挙げの意味をこめて、《木の国》の意味として紀の国では尊崇されている。

オ、スサノオ命が出雲に降臨して、初めて出会った人物である足名椎の神に、『汝等は誰ぞ』と訊ねられて、足名椎はさぞ驚いたことであろう。このあたりでは昔から自分たちを知らない者はいないはずだ、「国つ神」の一族であることを知らないのは怪しいと、不審に思ったのであろう。したがって『吾は国つ神、大山津見神（今日の表記は「大山祇神」）の子ぞ。』とやや威厳を以って乱暴に応えている。このあたりの表現の巧みさを稗田阿礼も太安万侶も、口承文学の最も面白い部分として切捨てはしなかった。既に記述したように、旧石器時代のころの大和民族には、日頃共に生活していて、あの人は人々のために進んで援助協力してくれる人と、突然高天原から降臨したように現れて、どこから来たのか分からないが、いろいろな生活上の技術を伝えてくれる不思議な人物も、同じように評価して《天から降りてきたような「天つ神」》と尊敬していた。例えば『須佐之男命、其の御佩せる十拳剣』に見られる「剣」は、言うまでもなく金属製品である。金属製品が大和民族の手で作られるようになったのは、出雲の『荒神谷遺跡』の頃であるが、大陸や朝鮮半島では既に紀元前二・三千年には精巧な鏡などが作られていた。その頃から徐々に倭への渡来者があり、次第に増えて春秋戦国時代には母国の戦乱の恐怖を逃れ、難民として集団移住者が繰り返し倭の国へ逃れて来ていた。その中に日常生活で使っていた女性が鏡も持っていた者が居たのであろう。朝鮮半島を経由したり、直接沖縄・九州に渡来したりしていたが、徐々に東へ広がり、船を使うものが最も早い時期に対馬に渡ってきた。さらに、対馬海流に乗って出雲・若狭・越・佐渡あたりまでに到り、また黒潮に乗って南九州や、四国・紀伊半島・尾張地方まで太平洋側の平地に至っている。

特に九州南部には、さらに早い時期に、インドネシアあたりの航海術に優れた海洋民族が渡って来ていた。この民族には健脚と巧妙な手腕があり「薩摩隼人」と称賛されていたが、いまだ『隼人民族』についての詳細は学者間では一定していない。特にその末裔の「大隅隼人・阿多隼人」が、壬申の乱において朝廷側で、大いに貢献していることが『日本書紀』に記述されている。彼等は、いつの間にかムラの中に居て、そのムラの『国つ神』も知らない技術などを、村人に教えている不思議な物知りは、次第に村人の心を捉えていった。渡来人のうちには、医者・

学者・知識人のほか一般の農・漁民にも、各種の技術や技量を身に付けているものがいて、九州を始め出雲・紀伊・熊野・大和の各地に進出していった（時代は下って紀元一・二世紀ごろになっている）。これら大和の国三十余国を統一したのが、太陽神天照大神を始祖神とした神々や「天つ神・国つ神」などに仕えた祀部《まつりべ》や巫女《みこ》、の下に、臣《おみ》・連《むらじ》が中央にて権力を持つようになった。その巫女の独りが卑弥呼である（107年の魏志倭人伝に記録）。

四・五世紀頃になると、大和三十余国の地方豪族にもそれぞれ地位が与えられ、氏姓制度が確立した《例えば、国造《くにのみやつこ》（地方の長官でそれぞれの国を統治した）・県主《あがたぬし》（その国の中の各県を統括発展させる任務）・稲置《いなぎ》（各国においての作物の豊作を計画し管理した）・伴造《とものみやつこ》（地方に於いて、その国の祭祀や軍備の責任者）など》。然しこの制度は七世紀の大化の改新で全て廃止された。

カ、スサノオノ命の地位とそれにかかわる「民話」

スサノオノ命は、天つ神が地上神となった第一号であり、日本神話における民の最上神である。出雲の鳥髪の地に降臨し、初めてその地の国つ神足名椎親子が泣き蹲っている姿と遭遇する。英雄神であるスサノオはすぐさま前述した④のアのように対策を伝えて救済する。その時に大蛇から出てきた叢雲の剣の状況から見ると、それ以前から既にこの地において製鉄鍛剣の技術が土地の産業として成立していたと考えられる。その製鉄鍛剣の神として、スサノオノ第一子都留伎日子《ツルギヒコ》之神《ノカミ》が鳥髪（現在は鳥上）の北の熊野神社に祀られている。出雲に熊野神社という名の神社が存在する由縁は、前述した（2の④のウに因る）通りである。

キ、『スサノオノ命』の表記について、次の古典に記述されているものを概観して列挙付記しておく。

①．『古事記』＝建速須佐之男命《タケハスサノヲノミコト》・速須佐之男命・須佐之男命・須佐能男命の四種。

②．『日本書紀』＝本文も『一書』も、素戔嗚尊。

③．『出雲風土記』＝須佐乎命（意宇郡の大草の郷の条）・須作能乎命（秋鹿郡の条）・須佐能烏命（島根郡方結の郷の条）・須佐能袁命（神門郡八野の郷・滑狭の郷・飯石郡須佐の郷・大原郡佐世の郷・同高麻山の条）・須佐乃乎命（大原郡の御室山の説明文）の五種の表記が見られる。

右のように、書物により、また③によると地方によって、万葉仮名による表記が一定している。これは、同じ出雲地方であるから、それほど方言によるアクセントの違いはないであろうから、記録者の表記性によるものと考えられる。

第二節『倭建命《やまとたけるのみこと》神話』＝東夷征伐伝説＝『古事記（中巻）』

1．「上巻」スサノオ命神話から倭健命までの梗概

前項の【例文一】で取り上げたスサノオ神話は、『古事記』上巻に記された最

初の天孫降臨の神である。この時に降臨の道案内を命じられた神が、大土之御祖神《オオツチノミオヤノカミ》で、猿田毘古神《サルタヒコノカミ》のことを言う。「「さるだ」は後の２音節の転換語で「さだる」は琉球語の『先導＝道案内』のことである。（この参考書の底本である日本古典文学大系１の127頁頭注を参照）。」。また「さだ」は、出雲の国意宇郡佐田村から出た名であり、今日でもこの土地の神社に祀られている。さらに『さだ』の鼻音破裂音の濁音（だ）と同じ清音の（な）音が、口の開き方が同じであることから「さな」であり、同様に猿田彦を祭る伊勢の多気郡相可町の佐奈神社であると言われている。「猿田毘湖神」の命名とその神も、天上神から与えられた指名について、この二か所の謂れは、神話物語として明らかに口承され続けて来たことが証明されている。なおすぐ後述に（大系の131頁）、猿田彦神の子孫である大田命が景行天皇の妹の倭姫命を近江から美濃へ（その当時美濃の山林河川の豪族度会族から）、そして伊勢（の度会同族）と誘致案内した時に、太陽神天照大神を祀るに相応しい所として、さほど高くはないが逢坂峠の西に在る鷲羽山の、今日まで未開の原生林から湧き出す清流、五十鈴川のほとりを聖地とし天照大神を祭祀として祀る霊地と定め、倭姫命と同様、代々伊勢神宮に仕える神子は未婚の女性が選ばれること（斎王制度）となった。当時の情勢から見ても、壬申の乱（672年）を経て皇室の絶対的権勢を確立した天武天皇への信仰を伊勢神宮の神として祭ることも慮り、伊勢神宮は皇室の氏神として定められた。やや長くなったが、この倭建命の物語には、倭姫命との深い関係があるからである。

ヤマトタケル命が初めて地上界に降臨した場所については、『日本書紀』の『一書《あるふみ》』の記述とは異なるが、「天つ神」として、地上界における英雄神の第一号になった神であることはすでに前述したとおりである。その後『古事記』上巻では大国主命神話が詳述され「国譲り」伝説・「因幡の白兎」伝説など（現代文に口語訳した文章で、小・中学校の教材にもなっている神話である）八百萬の神々の中に在って、常に控えめでありながら周りへの気配りをし、人民に知恵を与え救済する英雄神として記述したあと、多くの神々の記述が続き、天照大神と高木神が、天忍穂耳命《アメノオシホミミノミコト》に命じて、『今は葦原の中つ国はすっかり平定した。だからそこに降臨して大八島を統治せよ』との宣旨を受けたオシホミミノ命は、『私が降臨の準備をしている間に、天津日高日子番能邇邇芸命《アマツヒダカヒコホノニニギノミコト》が生まれましたので、この御子を葦原に降臨させましょう。』ということで、邇邇芸命が葦原の中つ国に降臨することとなり、その途中、天の浮き橋の浮洲に立ち寄り下界の日向を眺めると、噴煙立ち上る高千穂の峰がそびえていた。気に入ったニニギノ命はこの地に宮殿を建てて都を築いた。このニニギノミコトの物語に続いて、九州日向を境にするように、九州北部の海岸部と、西南部の山間部を舞台とする海彦・山彦伝説「この兄弟神話の一部も、大国主の『国譲り伝説・白兎伝説』と同様小・中学校の教材に扱われている」が語られ、その末裔には《前述したように《55頁》》すでに縄文草創期頃より、インドネシアあたりから渡来していた海洋民族が、薩摩隼人と融交し関わるようになる。その末孫が地方の民族の特質として活躍し、《隼人舞》などの伝統文化を継承していく。

海彦山彦伝説の、弟山彦の神名は「火遠理命＝ホオリノミコト」と言い、ホオリ命が海の宮殿に行って、その海の神の娘である豊玉姫と結婚し三年過ぎる。子供ができてその産室を見ないという約束を破って、ソオリ命は見てしまう。なんと今この産室で出産しているのは妻のトヨタマ姫ではなく、その姿は鰐＝鮫であった【＝此のことについては、出産は女性にとって生涯の一大事であり、かつ大いに穢れた醜い姿を呈するので、愛する夫には見られたくないという女性の心理を述べた話だけではなく、またこの類の説話も大和民族ばかりでなく、上古のいずれの民族でもそうであるが、人間の生と死に対する神秘的感情と、産婦の平常時と出産時との状態の隔たりの凄まじさを描いた部分である】。わが国においては、この神話物語に関わる所は二箇所にある。一つは日向灘の鵜戸村にある海岸の大きな岩窟の内側に鎮座する鵜戸神社には、トヨタマ姫がウガヤノフキアエズノ命を出産した産室の址という場所があり、もう一つは宮崎から鵜戸への途中にある青島という浜木綿など、熱帯海浜植物の生い茂るあたかも桃源郷のような美しい仙境の島に建つ青島神社には、ヒコホホデミの命とトヨタマ姫が祭祀として祭られている。共にこの海彦神話に相応しい場所であり、いかにも真実味溢れる伝説が語り伝えられている。

そのウガヤフキアエズノ命が四柱の御子を生むが、その末の御子＝神倭伊波《カムヤマトイハ》礼毘古命《レビコノミコト》が生まれる。この神名の謂れは、大和の国の中央部にある大和の郷《当時の大和の範囲は、越の国＝糸魚川＝岩代＝猪苗代湖＝岩城＝阿武隈川あたりより西側）の中でも地形や眺望がすばらしく、国を統一するのに最適な場所》として名付けた総称が『磐余＝（伊波礼《イハレ》）』で、皇紀初代の天皇神武帝がこの地に都を構えたと言うことである。したがってこの時代は既に弥生時代も中期に入った頃の物語である。

2.『倭建命神話』の東征までの概略

（1）皇紀初代神武天皇の［東征］について＝神武天皇（カムヤマトイハレヒコ）は、直前に述べたような両父母神の間に生まれた。また祖先神のニニギノ命についても、『古事記』上巻に（古典文学大系129頁）、［『此地《ここ》は韓国に向かひ、笠沙《かささ》の御前《みさき》を真来《まき》通りて、朝陽の直《ただ》刺す国、夕日の日照る国なり。故、此地は甚吉き地。』と詔りたまひて、底津石根《そこつね》に宮柱布斗斯理《ふとしり》、高天原に氷椽多迦斯理《ひぎたかしり》て坐しき。＝《「此ノ土地ハ、遠ク海ヲ隔テ韓国ヲ望ミ、笠沙ノ岬ヲ正面ニ見テ、朝陽ガマトモニ射ス国、夕陽ガ照ル国デアル。」トコノヨウニ述ベテ、地底ノ岩盤マデ届クホド深ク宮柱ヲ埋メテ、高天原ニ届クホド高イ屋根ノ宮殿ヲ築イテ住マワレタ。》］というように、神武天皇の祖神ニニギノ命《天照大神の孫》の故郷でもある韓国の任那に一度、垂直降臨し、そこから九州笠沙の方を眺望したときの、太陽の登る景色を感動的に愛でている。その後、水平降臨により、九州薩摩半島東端の野間岬の笠沙を廻って、日向の国高千穂の峰に都を築いたのである。つまり天照大神の孫のニニギノ命は、南方系の隼人族の古豪の娘で吾田の地の女酋であった此花佐久夜姫《コノハナサクヤヒメ》（カシツ姫）との間に生まれたのが山彦・海彦である。その弟の海彦（ヒコホホデミ命）と、海神の娘トヨタマ姫との間に生まれた神武天皇（ウガヤフキアエズノ命）も、この高千穂が気に入ったという。この三柱はいわゆる『日向三代』と言われ、降臨を思うままに繰り返した神格神であり、また人格神でもあった。つまり高天原と人の世との繋ぎの役目を果たして、九州全土はもとより、四国・出雲・対馬それに韓国の故里である任那まで眺望しながら人間界の平穏を眺める場所として大いに気に入って建都したのである。

　その時代については、神話の内容や古墳からの出土品、さらに最も重視されているのが聖徳太子時代に行われた干支による計算法などによるとBC．6・7世紀ころの事になる。

（2）中巻の初めには、「神武天皇の東征」の経路について長文にわたって《149頁から167頁の11行目まで》記述されているが、神武天皇の場合の「東征」とは、日向高千穂の土地では、あまりにも西に位置しすぎていて、大和の国全体を統括するには適所ではないと思い、さらに相応しい土地を求めて東進したのである。その間に、『摩都《まつ》楼波奴《ろはぬ》荒ぶる神々を言向け和平《はや》す＝《自分ノ政策ニ反対スル荒々シイ神々ドモヲ平定スル》』ために大和の中央に向かって進攻し、天の香具山［＝大和三山の一つで、天照大神が岩戸に隠れたときに、この山から鏡の材料や八坂瓊の曲玉をかける榊などを探し求めた大和の国魂の宿る山＝のあたりを、神武天皇の神名の一部である「磐余《イハレ》」と言う。］付近の土地にBC・660年元旦に建都するまでの状況が『記』に記述されている。その年数を計算すると、十数年の年月を経過しているのである《『紀』では六年と記されている》。

その磐余の地に至るまでの経路を『記』の記述によって略述すると、神武天皇が高千穂を出立したのが45歳の時＝水軍を率いて豊予海峡を通って↓大分の宇佐に着く↓九州筑前の遠賀川の河口岡田宮《おかたのみや》に停泊（一年）↓東へ戻り瀬戸内海の水路に入ってまず安芸の多祁理宮《たけりのみや》に（七年）吉備の高島宮《たかしまのみや》で水軍を休めたり、軍船を整備したり、食糧を蓄えた。またこの水路を往航する多くの水軍の状況を探索し、情報を把握するのに八年の年月を要した。↓天皇の水軍は再び東進し、難波の崎から河内の白肩津《しらかたのつ》に到着する（今日の大阪湾の日下辺り）↓ここで神武天皇は船を上がり生駒山を越えて大和に入ろうとした。ところが生駒山の大和側の土豪ナガツネヒコの強い抵抗に遭う。東側から抵抗する大和の土豪を打つのは、太陽に向かって攻める方向になるから戦い辛く、天皇の一行は進路を変えて大阪湾を南下↓紀伊半島を廻り↓紀伊の男之水門《おののみなと》や竈山で苦戦を続け、熊野灘で暴風に遭遇し病死する者など多くの犠牲を払いながらも、熊野の高倉下が霊剣を神武天皇に献上した。その霊剣でもってそれらの難問を克服して《『霊剣説話』の典型》、熊野の荒坂津《あらさかのつ》《今日の尾鷲市の新鹿《あたしか》》に上陸した。然し熊野からの大和入りの道は険しく煩雑で、迷路が続き弱り果てていた時、夢見の霊剣を得て軍勢の意気は回復し、さらに天照大神の使いとして、頭の大きなヤタガラスが道案内をして↓ついに大和の宇陀《うだ》に到着した【全くの余談であり、しかもこの参考書のタイトルである『…科学する』に反して、想像で述べるのは甚だ気が引けるが、このヤタガラスによる勝利への道先案内という意味から考えると、今オールジャパンのサッカー選手がユニホームの胸につけているシンボルマークの鳥のデザインは、勝利の道先案内のヤタガラスではないかと想像しながら、現在はまったく門外漢となってしまったが、嘗てのスポーツ少年は、しきりにオールジャパンを応援しながら若い人たちからエネルギーを戴いている。もしそのシンボルマークの経緯を詳しくご理解の方は、教示いただければこの書籍は一段と『科学』性が強化されると考えている】。

然しこの宇陀の土豪兄弟の兄は天皇に反抗し従わなかったり、生駒で神武天皇の軍勢を患わした土豪の兄のナガスネヒコが、再び抵抗を強めて刃向かって来たりした。これら大和の荒ぶる者どもを、熊野や紀伊、あるいは吉野地方の天皇に遵う軍勢を集めて討伐を続けて↓忍坂《おさか》の大室《おおむろ》に到着した。そのとき天候が急変してまたもや戦闘は苦戦となった。「記」ではこの後天皇の御歌になるが、この御歌を「久米歌」

と称し、今日でもなお雅楽寮において久米舞に合せて謡われていることが記述されている。また「書紀」では、その前に宇陀の土豪ナガスネヒコとの戦闘に苦渋している時、どこからともなく大きな金色の鳶が飛んで来て天皇の弓に止まり、ナガスネヒコの軍勢は目を晦まされて戦いを放棄してしまった。という神話が物語られる。この神話の絵は、戦前の小学校の教科書には必ず記載されていたので、当時の小学生であった年輩の方なら記憶にあると思う。この金の鳶の霊力によって、東進した神武天皇は大和建都に成功したのである。

その後十代の天皇が移り替わり、高千穂の日向から大和の磐余に遷都するまでの十余年の間に、再び西の九州方面では朝廷に背く土豪が権力闘争を始めていた。それらを景行天皇はヤマトタケル命に命じて派遣したのであった。九州を平定した頃の「隼人」一族は長い間朝廷側で貢献し、特に「壬申の乱（672年）」においては、時の帝より宝物を貢與されるほどの功績を立てている。九州一円を平定した後、さらに東の出雲建を平定し、南に下って熊襲建と次々に大和以西を統括して、大和の磐余の地に戻ったばかりの倭建命である。

（3）倭建命の［東征］について＝ヤマトタケルノ命が「東征」に出立したのは、神武帝後十二代目の景行天皇の勅命を受けたからである。この景行天皇の二代前が、第十代崇神天皇である。この崇神帝と、第一代神武帝との呼び名が同じである。つまり両者共に「ハツクニシラススメラミコト」である。『日本書紀』の「一書」には、崇神帝についてもう一つの呼び名があり、［御間城入彦《ミマキイリヒコ》］とある。「ミマ」は朝鮮半島南部の「任那《ミマナ》」のことで、朝鮮語では《王・主君》のことである。つまり《ミマキイリヒコ》と言うのは、《任那の王》と言う意味である。なお前記（1）の前半で記述したように、神武帝の古里も《任那》であり、共にその呼び名が同じで《ハツクニシラススメラミコト＝最初に国家統一をした天皇》とも言われていた。

第十代崇神天皇の時代＝五世紀当初＝に、任那は高句麗の好太王に滅ぼされ、大集団を成して北九州に逃れて来た。その難民集団のうち王族・貴族・医者・技術者などは《天つ神》として鄭重に倭民族に受け入れられたことは、『高校日本史』のどの教科書にも説明が詳しく記述されている。

中・高校生諸君が、今日の『日本歴史』において学ぶ教科書には、「神武天皇」は神話上の天皇であるが、その後の八代天皇については、「記紀」の帝紀には載っていても旧辞には記載が無い。

また八代天皇は、当時一般には皇位継承法が複雑であった時代であるのに＝（兄弟などの傍系相続・嫡長子優先相続・家父長権力相続など当時の天皇家の系図を見ればよく理解できることである）＝八代天皇は父子継承相続である。その上天皇の諡号（しごう＝天皇になるまでの個人的な呼称でなく、中国宗時代の王から命名された時の慣例に拠る漢字二字の天皇名）が、かなりあとの七・八世紀の物に極似している。これらの理由で歴史学者は、この八代天皇について、大和統一国家になる前の皇室実在の祖先ではあろうが、実績の記録の無い『闕史時代《けっし》』とみなしている。その欠けている部分を補充し、年代に相応しい地方の伝説や風土記を元に、『古事記』では物語などとして書き加えられたと見られている。

皇紀第十二代景行天皇の条にも、美濃から還って、まきむくに都を設営した時、「吉備臣等の祖、若建吉備津日子の女、名は針間之伊那毘能大郎女を娶して生みませる御子」「「古典文学大系1」２０３頁」倭建命・成務天皇・五百木之日子命の三王と五十六人の皇子、二十一人の皇女の八十人を生んだ景行天皇は、神武天皇が建都した大和の磐余《イハレ》の近い纒向《マキムク》に於いて国務を執っていた。

しかし、それ以前、早くから渡来していた隼人（インドネシア系帰化人＝今日では『高校日本史』の教科書に載っているので理解しているであろう）が、『記紀』編纂の数世紀以前には、九州南部から天草、肥後あたりまで占めていた。隼人のあとに渡来する朝鮮半島からの《天つ神》との抗争が絶えず、再び九州は荒ぶる神々が増えていた。九州の隼人民族について今日まだ明らかではないが、海洋民族でその気性は甚だ荒く、兵法や戦闘能力に優れ、海上のみならず陸上においても巧みな戦闘技術を駆使した。神武帝の熊襲平定以来ふたたび九州南部は騒乱が続くようになっていた。

このように九州各地で起こる騒乱は、本来生活していた大和民族以外の、旧石器時代から縄文前期頃までに黒潮に乗って大和の土地に来たといわれている気性の激しい抗争的な隼人一族と、その後かなり遅れて大陸や朝鮮半島から渡来して来て、いろいろなものを器用に作ったりその作り方を教えたり、器用な技術を持っているがどこの土地の住民なのか見知らぬ連中が突然やって来て、天から来たのであろうと尊敬され、地域住民からは『天つ神』と言われ受け入れられて来た者達が次第に地域の土豪や『国つ神』などの有力者と同化し、権力を持ち始めてきた、そのような渡来人や帰化人たちよりも以前に、この九州全土で勢力を持っていた隼人一族と平穏に行くはずは無く、狡猾で執念深く、かつ陰湿な資質を抱く帰化人・渡来人との間では、九州のあちこちで衝突が始まっていた。この頃はすでにAD・1・2世紀頃になっていた。

景行天皇は、皇子の双子の兄弟である兄の大碓命《オホウスノミコト》に命じて、見目麗しい兄比売《エヒメ》・弟比売《オトヒメ》姉妹を召し連れて来るように命じられたが、大碓命はその姉妹を我妻とし、別のよく似た姉妹を連れて来て天皇に差し出した。このようなこともあって毎朝、皇子・姫、后・帝そろって朝食を摂る習慣になっていたのに、兄の大碓命の姿がないので、帝は弟の小碓命《ヲウスノミコト》（倭建命）に命じて朝食の時には皆が揃って席に着くように伝えることを命じた。しかしその後も相変わらず兄の大碓命の姿が見えないので、弟の小碓命に訊ねると、小碓命は何ら事も無げに《朝早ク捕マエテ、手足ヲ踏ミ潰シテバラバラニシテ、薦ニ包ンデ庭ニ棄テテオキマシタヨ》と言うのを聞いて、帝は、このもの優しそうな少年の心にこんな乱暴なことをしでかす荒々しい気性のあることを末恐ろしく感じて、直ちに『西の方に熊襲建二人有り。これ伏《まつろ》はず禮無き人等なり。故、其の人等を取れ《西ノ方ノ熊襲ト言ウ地ニ勢イノ猛々シイ建ガニ人イル。コノ熊襲建ハ我ガ朝廷ニ逆ラウ無礼ナモノタチデアル。コノ奴ドモヲオ前ノ手デ打チ懲ラシメテ来イ』』と命じて皇子を西国へ派遣することとなった。そして無事に西方を平定して帰還したばかりのヤマトタケルノ命に、休む間もなく再び東征の勅命を下すのである。

この部分が『古事記』では最も人格神・英雄神として、むしろ人間性豊かに描き現されていて、読者の心を引き付けるところである。上代文学により学校文法にやや適合しない部分があるために、下級学年の教材には使用せず、上級学年での学習教材として、最も多いのが、次の『倭建命説話』である。

3.『倭建命神話』《「倭建命の東伐物語」『古事記』中巻》

（1）【本文】［古文］の出典＝『日本古典文学大系「古事記・祝詞」（岩波書店）による。』

ア. 爾《①ここ》に天皇《②すめらみこと》、亦頻《③し》きて倭建命《④やまとけんみこと》に詔《⑤の》りたまひしく、「東《⑥ひむがし》の方《かた》十二道《⑦とをまりふたみち》の荒夫琉神《⑧あらぶるかみ》、及摩都楼波奴人等《⑨まつろはぬひとら》を言向《⑩ことむ》け和平《やは》せ。」とのりたまひて、吉備臣等《⑪きびのおみども》の祖《そ》、名は御鉏友耳建日子《みすきともみみたけひこ》を副へて遣はしし時、比比羅木《⑫ひひらき》の八尋矛《やひろほこ》を給ひき。故《⑬かれ》、命を受けて罷り行《⑭まかい》でまししし時《とき》、伊勢の大御神宮に参入りて、神の朝廷《⑮みかど》を拝みて、即ち其の姨倭比賣命《⑯をばやまとひめのみこと》に白したまひけらく⑰は、「天皇既に吾《あれ》死ねと思ほす所以《ゆえ》か、何《⑱なに》しかも西の方の悪しき人等を撃ちに遣はして、帰り参上り来し間、未だ⑲幾時《いくだ》も経《あ》らねば、軍衆《いくさびとども》を賜はずて、⑳今更《いまさら》に東《ひがし》の方十二道の悪しき人等を平《ことむ》けに㉑遣《つか》はすらむ。此れに因りて思惟《おも》へば、猶《なお》吾既に死ねと㉒思《おも》ほし看《め》すなり。」とまをしたまひて、㉓患《わずら》ひ泣《な》きて罷ります時に、倭姫命《やまとひめのみこと》、㉔草那《くさな》藝劔《ぎのつるぎ》を賜ひて、「若し急《とみ》の事有らば、茲《こ》の㉕嚢《ふくろ》の口を解きたまへ。」と詔り給ひき。

イ．

故、尾張国に到りて、①尾張国造《おはりくにのみやつこ》の祖、②美夜受比女《みやずひめ》の家に入り坐《ま》しき。③乃《すなは》ち婚《まぐは》ひせむと④思《おも》ほししかども、また還り上らむ時に婚せむと思ほして、⑤期《ちぎ》り定《さだ》めて東の国に幸《い》でまして、悉に山川の荒ぶる神、及伏《またまつろ》はぬ人等を言向け和《や》平《は》したまひき。⑥故爾《かれここ》に⑦相武国《さがむのくに》に到りましし時、其の⑧国造《くにのみやつこ》⑨詐《いつは》りて白《まを》ししく、「此の野の中に大沼有り。是の沼の中に住める神、⑩甚《いと》道速振《ちはやぶ》る神なり。」とまをしき。是に其の神を⑪看行《みそな》はしに、其の野に入り坐しき。爾に其の国造、火を其の野に着けき。故、⑫欺《あざむ》かえぬと知《し》らして、其の、姨倭比売命《おばやまとひめのみこと》の給ひし嚢《ふくろ》の口を解き空けて見たまへば、火打ち其の裏《うち》に有りき。是に先《ま》ず⑬其《そ》の御刀《みはかし》以《も》ちて草を苅り撥《はら》ひ、其の火打以ちて火を打ち出でて、⑭向火《むかいひ》を着《つ》けて焼《や》き退《そ》けて、還り出でて皆其の国造等《くにのみやつこども》を切り滅ぼして、即ち⑮火《ひ》を着《つ》けて焼《や》きたまひき。故、今に⑯焼遣《やきつ》と言ふ。其れより入り幸でまして、⑰走水《はしりみづ》の海《うみ》を渡り給ひし時、其の渡りの神波を興して、船を廻《めぐ》らして得《え》進み渡りたまはざりき。爾に其の⑱后《きさき》、名は⑲弟橘《おとたちばな》比賣命《ひめのみこと》白したまひしく、「妾《あれ》、御子に易《かは》りて海の中に入らむ。御子は⑳遣《つか》はさえし政《まつりごと》を遂《と》げ覆奏したまふべし。」とまほして、㉑海《うみ》に入《い》りたまはんとする時《とき》に、㉒菅畳八重《すがたたみやえ》、皮畳八重《かわたたみはちじゅう》、絁畳八重《きぬたたみやえ》を波の上に敷きて、其の上に下《お》り坐しき。是に其の暴浪《あらなみ》自ら伏《な》ぎて、御船得進みき。爾に其の后歌ひたまひしく、

㉓さねさし　相武《さがむ》の小野に　燃ゆる火の　㉔火中《ほなか》に立《た》ちて　㉕問《と》ひし君《きみ》はも

とうたひたまひき。故、七日の後、其の后の御櫛《みぐし》海辺に依りき。乃ち其の櫛を取りて、㉖御陵《みはか》を造りて治《おさ》め置きき。

ウ．其れより入《い》り幸でまして、悉に荒夫琉《あらぶる》①蝦夷等《えみしども》を言向け、亦山川の荒ぶる神等《ども》を平和《やは》して、②還《かえ》り上《のぼ》り幸《い》でます時、③足柄《あしがら》の坂本《さかもと》に到りて、④御粮《みかれひ》⑤食《を》す處《ところ》に、其の坂の神、⑥白《しろ》き鹿《か》に化《な》りて来立《きた》ちき。爾に其の咋《く》ひ遺《のこ》したまひし⑦蒜《ひる》の片端《かたはし》を以ちて、待ち打ちたまへば、其の目に中《あた》りて乃ち打ち殺したまひき。故、

其の坂に登り立ちて、三《み》たび歎《なげ》かして、「⑧阿豆麻波夜《あづまはや》。」と詔云《の》りたまひき。故、其の国を号けて⑨阿豆麻《あづま》と謂《い》ふ。即ち其の国より越えて、甲斐《かひ》に出でまして、⑩酒折宮《さかおりのみや》に坐しし時、歌曰《うた》ひたまひしく、

⑪新治《にひばり》 筑波《つくば》を過ぎて 幾夜《いくよ》か寝つる

とうたひたまひき。爾《ここ》に其の⑫御火焼《みひたき》の老人《おきな》、⑬御歌《みうた》に続《つ》ぎて歌曰《うた》ひしく、

⑭かがなべて 夜には九夜《ここのよ》 日には十日《とをか》を

とうたひき。是を以ちて其の⑮老人《をきな》を誉《ほ》めて、即ち東《あづま》の国造《くにのみやつこ》を給ひき。

エ．其の国より科野国《しなののくに》に越えて、乃ち①科野《しなの》の坂《さか》の神《かみ》を言向けて、尾張国《のくに》に還《かえ》り来て、②先《さき》の日《ひ》に期《ちぎ》りたまひし美夜受比売《みやずひめ》の許《もと》に入りましき。・・・（中略）・・・故爾に③見合《みあひ》したまひて、其の御刀《みはかし》の④草那藝剣《くさなぎのつるぎ》を、その美夜受比売の許に置きて、⑤伊服岐能山《いぶきのやま》の神《かみ》を取りに幸行《い》でましき。

是に詔《の》りたまひしく、「茲《こ》の山の神は、⑥徒手《むなで》に⑦直《ただ》に取《と》りてむ。」とのりたまひて、其の山に騰《のぼ》りましし時、⑧白猪《しらい》山の辺りに逢《あ》へり。爾に⑨言挙《ことあ》げ為《し》て詔りたまひしく、「是の白猪《しらい》に化《な》れるは、其の⑩神《かみ》の使者《つかひ》ぞ、今殺さずとも、還らむ

時に殺さむ。」とのりたまひて騰《のぼ》り坐《ま》しき。是に⑪大氷雨《おほひさめ》を零《ふ》らして、倭建命を⑫打《う》ち惑《まど》はしき。故、還り下り坐して、⑬玉倉部《たまくらべ》の清泉《しみづ》に到りて息《いこ》ひ坐しし時、御心⑭稍《やや》に寤《さ》めましき。故、其の清泉《しみづ》を號《なづ》けて、⑮居寤《ゐさめ》の清泉《しみづ》と謂ふ。

オ．

其地《そこ》より発たして、①當藝野《たぎの》の上に到りましし時、詔りたまひしく、「②吾《わ》が心《こころ》、恒《つね》に虚《そら》より翔《かけ》り行かむと念《おも》ひつ。③然《しか》るに吾《わ》が足④得歩《えあゆ》まず。⑤當藝當藝《たぎたぎ》しく成《な》りぬ。」とのりたまひき。故、其地《そこ》を號《なづ》けて當藝《たぎ》と謂ふ。其地より⑥差少《やや》し幸行《い》でますに、甚だ疲れませるに因りて、御杖《みつえ》を衝《つ》きて⑦稍《やや》に歩みたまひき。故、其地を號《なづ》けて⑧杖衝坂《つえつきさか》と謂ふ。⑨尾津《をつ》の前《さき》の⑩一つ松の許に到り坐ししに、先に御《み》食《をし》したまひし時、其地に忘れたまひし御刀《みはかし》、失せずて猶有りき。爾に御歌曰《よ》みしたまひしく、

⑪尾張《をはり》に　直に向へる　尾津の崎なる　一つ松　⑫あせを
一つ松　⑬人《ひと》にありせば　⑭太刀佩《たちは》けましを　衣《きぬ》着せましを　一つ松　あせを

とうたひたまひき。其地より幸行《い》でまして、⑮三重村《みえむら》に到りまししし時、亦詔りたまひしく、「吾が足は⑯三重《みえ》の勾《まがり》の如くして甚だ疲れたり。」とのりたまひき。

故、其地を號《なづ》けて三重と謂ふ。其れより幸行でまして、⑰能煩野《のぼの》に到《いた》りましし時《とき》、⑱国《くに》を思《しの》ひて⑲歌《うた》曰ひたまひしく、

　倭は　⑳国《くに》のまほろば　㉑たたなづく　青垣山隠《あおがきやまごも》れる　㉒倭《やまと》しうるはし

とうたひたまひき。又歌《うた》曰ひたまひしく、

　㉓命《いのち》の　全《また》けむ人《ひと》は　㉔畳薦《たたみこも》　㉕平郡《へぐり》の山の　㉖熊白檮《くまかし》が葉を　㉗髻華《うず》に挿《さ》せ
　㉘その子《こ》

とうたひたまひき。この歌は㉙国思《くにしの》び歌《うた》なり。又歌《うた》曰ひたまひしく、

　㉚愛《は》しけやし　㉚吾家《あぎへ》の㉜方《かた》よ　㉝雲居《くもゐ》起《た》ち来《く》も

とうたひたまひき。此《こ》は㉞片歌《かたうた》なり。此の時㉟御病甚急《みやまひいとにわ》かになりぬ。爾に御歌《みうた》曰《よ》みしたまひしく、

　㊱嬢子《をとめ》の　床の邊《べ》に　我が置きし　㊲つるぎの大刀《たち》　㊳その大刀はや

と歌ひ竟《を》ふる㊴即《すなは》ち　㊵崩《かむあが》りましき。爾に㊶駅使《はゆまつかひ》を貢上《たてまつ》りき。

是に倭に坐す后等及御子等《きさきたちまたみこたち》、諸下《もろもろくだ》り到りて、御陵を作り。即ち其地《そこ》の㊷那豆《なづ》岐田《きた》に㊹匍匐《はもとほ》ひ廻りて、㊹哭為《なきま》して歌《うた》曰ひたまひしく、

㊺なづきの田《た》の　㊻稲幹《いながら》に　稲幹に　㊼葡《は》ひ廻《もとほ》ろふ　㊽野老蔓《ところづら》

とうたひたまひき。是に㊾八尋白智鳥《やひろしらちどり》に化《な》りて、㊿天《あめ》に翔《かけ》りて浜に向きて飛び行《い》でましき。爾に其の后及《また》御子等、其の(51)小竹《しの》の(52)苅杙《かりくひ》に、足切り破《やぶ》れども、其の痛きを忘れて哭《な》きて追ひたまひき。此の時に歌曰《うた》ひたまひしく、

(54)浅小竹原《あさじのはら》　(55)腰《こし》なづむ　(56)空《そら》は行《ゆ》かず　(57)足《あし》よ行《ゆ》くな

とうたひたまひき。またその(58)海塩《うしほ》に入《い》りて、(59)那豆美《なづみ》行きましし時に、歌曰《うた》ひたまひしく、

(60)海處《うみが》行けば　腰なづむ　(61)大河原《おほがはら》の　(62)植《う》え草《ぐさ》　(63)海處《うみが》はいさよふ

とうたひたまひき。(64)又《また》飛びて其の(65)磯《いそ》に居たまひし時《とき》に、歌曰《うた》ひたまひしく、

濱つ千鳥　(66)濱《はま》よは行かず　(67)磯傳《いそつた》ふ

とうたひたまひき。是の四歌《ようた》は、皆其の(68)御葬《みはふり》に歌《うた》ひき。故、今に至るまで其の歌は、(69)天皇の大御葬《おほみはふり》に歌《うた》ふなり。故、其の国より飛び翔《かけ》り行きて、(70)河内国《かふちのくに》の志幾《しき》に留まりましき。故、其の地に御陵を作りて(71)鎮《しづ》まり坐《ま》さしめき。即ち其の御陵を號《なづ》けて、(72)白鳥《しらとり》の御陵《ごりょう》と謂ふ。

（2）【語句の解説と語訳】（ア～オの項に関してはシリーズⅡの『文法編』を参照）。

①『爾に』＝発語・転換の接続詞《サテ・ソコデ》②『「すめらみこと」＝「すめら」は「すめろ」の子音共通・母音変換形で、土地・地域を統治統率する主権者＝「スメラギミ」の略』。古代では主に「スメ」は神に対して、「スメラ」は天皇に関して用いていた。「ミコト」は行為者への敬称で、「ミ」は尊敬の接頭語、「コト」は一族に生じた事柄を纏め指揮を執る統率者・天皇・皇子などを言う。③『頻きて』＝《頻繁ニ・重ネテ》④『倭建命』＝《大和ノ国ノ勇猛ナ人》。「建」は「健」の古字。⑤『詔りたまひしく』＝「詔り」は神のお告げを代わって部下の者に伝える行為であるが、天皇を神として、天皇が倭建命に命じたのである。［「たまひ」（尊敬の補助動詞）＋「し」（過去の助動詞「き」の連体形）＋「く」（形式名詞の接尾語＝ク語法）］＝《景行天皇ガ倭建命ニオッシャッタコトニハ》。⑥『東』＝「ひむかし＝陽向し」は、朝陽に向かう方向の名詞句。⑦『十二道』＝「とをあまりふたみち」の母音「ア」音の脱落。当時の大和地方より東方、熊野川より東北側の街道に沿った国々＝常陸、上・下野、越後あたりまでを指していたようである。それ以北は蝦夷の国として当時の大和朝廷としては、大陸・朝鮮半島などとの外交に関わりなく、統括圏外としていた。⑧『荒夫琉神』＝険しい山や坂道、時折洪水し激流となる川や海峡の、荒々しい朝廷に逆らう神。⑨『摩都楼波《まつろは》奴《ぬ》』は、「奉ろはぬ↓奉らはぬ」の「は」は、文法編の下巻「継続の助動詞＝上代語」

で詳述したように、《服従シナイデ反抗ヲイツマデモシ続ケル人タチ》を指して言う。⑩『言向け和平せ』＝《オ前ノコトバノカデソノ反抗シテイル人タチヲ服従スルヨウニ説得シテキナサイ》。⑪『吉備臣等の祖』＝倭建命の母が吉備の臣の祖であった。⑫『比比羅木の八尋矛』＝「柊《ひひらぎ》」は古来、呪木の謂れがあり今日でも節分の日に門口に、鰯の頭を柊の針のある葉に刺して、魔よけとする風俗が地方には多い。「八尋矛」は、一尋が両手の長さであるからかなり長い矛のことをいう。出陣の時に、魔よけとなる柊で作った長い矛を儀礼として授けていた。これも大陸の習慣に倣って、出征する中心人物に対して、天子が魔よけの印として柊の木の柄を付けた斧鉞《フエツ》を授けた事に拠る。⑬『故《かれ》』＝順接条件を表す上代の接続詞《ソシテ・ソコデ・ココニ》。⑭『罷り出でましし時』＝「罷り出で」は、自動詞・下二段・動「罷り出づ」の連用形。「まかる」は、「目離《か》る」で、貴人の目の前から離れて行くことを言う。「まし」は、ラ変動詞「あり・をり」の尊敬・四段・動詞・連用形に、過去の助動詞「き」の連体形「し」が付いた句。《（景行天皇ノ宮廷カラ倭建尊ガ）出立ナサッタ時》。⑮『朝廷《みかど》』＝普通は天皇の居所を言うが、この場合は神の居所＝伊勢神宮のことを言う。⑯『姨倭比賣命』＝「倭日賣命」は、景行天皇の妹（「叔母」になる）で、伊勢神宮に奉仕する斎宮であり『斎宮《イツキノミヤ》』は天皇が即位すると同時に新しく伊勢神宮に奉仕する巫女として、未婚の内親王が任命された。（「斎王制度」については、58頁に記述。参照を）⑰『白（まを）したまひけらくは』＝『尊敬の補助動・連用「たまひ」＋過去の助動・未然「けら＝上代語」＋形式名詞の接尾語＝ク語法「く」＋係助詞「は」』＝《オッシャラレタコトニハ》。⑱「何しかも」＝《ドウシテダロウカ》この句は、この一文の終末の「遣はすらむ《仰セラレルノデアロウ》」に係る。⑲「幾時も経らねば」＝終わりの「ね」は打消（上代語で最も古い否定語のナ系列）・助動・已然＋逆接助「ば」。《ドレホドノ日時モ経ッテイナイノニ》。⑳『今更に』の文法的な見方に二通りある。一つは『今更に』を一語の形容動詞連用形《今初メテ・今更ノ事ノヨウニ》ト見る場合と、もう一つの見方には、『今』と『更に』の二語と見る場合である。この場合は、名詞『今』＋副詞『更に』と見て《今、モウ一度・今重ネテ・今、アタアラタニ》と見る方が良い。㉑『道はすらむ』は、『す』が尊敬助動詞《・・・ナサル》＋現在推量の助動詞『らむ』の前に疑問語がある場合には、この現在推量は、非常に強く詰問の気持ちが現れるような解釈となる。この場合は二行前の『何しかも』を受けている。だからこの場合の解釈は、ただ《派遣サレタノデショウ》だけではなく《ドウイウツモリデ派遣サレルノデショウカ》と『何しかも』は『遣はすらむ』の直前に下げて解釈すると、この場合の『らむ』の用法が生きてくる。㉒『思ほし看すなり』＝「思ほし看す」は、「思ふ」の二重の尊敬語・四段・動・連体＋断定・助動・終止「なり」＝《思ッテイラッシャルノデアル》。㉓『恚ひ泣き』＝《心ノ苦シミヲ打チ明ケテ泣キ》。このあたりの叙述における、倭建命の英雄然たる心のうちにも、父景行天皇から疎んぜられていることを悟り、その悲哀をどうすることも出来ず叔母の倭姫命のいる伊勢まで行って訴えている人間性豊かな側面を持つ人格神として描き現している。㉔『草那藝剣』＝須佐之男命の『八岐大蛇伝説』で、オロチの体から現れた『天叢雲剣』が元々の刀名であって、三種の神器として奉納されていた。出征に関わって巫女から授かった剣は、授与された命《ミコト》の分身であり、常に身に着けていなければならない。身から離すとその生命は終わるという呪術の力によって命果てる結果を招く。例文最終末（オ）の内容を暗示している。「刀」を（みはかし＝身はかし＝［「はか」（佩く＝カ行四段・未然）＋「し」（助動詞・尊敬・連用・中止法の名詞化）］ということもその点からの語源である。㉕「嚢」＝この嚢の中には火打石が入っていた。火は邪気を祓い除けるという習慣がある。今日の神棚・仏壇の蝋燭の火に伝わっている。

【例文　二】の　ア、の通釈

サテ、景行天皇ハ、マタ引キ続イテ倭建命ニ命ジラレタコトニハ、『東ノ方向ニハマダ十二国ガ、荒々シクスサマジクテ朝廷ニモ従ワナイ神々ガイル。ソノ神ヤ人ドモヲオ前ガ説得シテ平定シテ来イ』ト命ジラレテ吉備ノ臣ナドノ祖先、名ハ御鉏友耳建日子（ミスキミミヒコ）ヲ皇子ノ付キ人ニシテ派遣シタ時、柊デ作ッタ大キナ木矛ヲ賜ッタ。ソコデ、倭建命ハ西国平定ノ疲レモ休ム暇ナク天皇ノ命令ヲ受ケテ出立ナサッタ時、伊勢ノ大神宮ニ参拝シテ、神前ニ立寄リ、スグサマ命ノ叔母デアル倭姫命ニ、オッシャッタコトニハ、『天皇ハ、早ク私ガ死ンデシマエト思ッテイラッシャルカラデアロウカ、西ノホウノ悪者タチヲ征服ニ派遣シテ、帰ッテキテマダ幾日モ休ンデイナイノニ、軍隊モ与エズニマタ再ビ今度ハ、東方ノ十二道ノ悪者タチヲ平定シテ来イトハ、ドウ言ウツモリデ私ヲ派遣サレルノデショウカ。コノコトカラ思ウト、ヤハリ私ニ早ク死ネト思ッテイラッシャルノデアル。』ト命ハ叔母ニオッシャッテ、心ノ苦シミヲ打明ケテ泣イテ叔母ノ許ヲ立ツ時ニ、倭姫命ハ、草那藝剣ヲ授ケ、『モシ緊急事態ニ遭遇スルヨウナコトガアッタ時ニハコノ嚢ノ口ヲ開ケナサイ』ト火打石ノ入ッタ嚢モ命ニ与エテオッシャッタ。

【イ、の語句の解説と語訳】

①『尾張国造の祖』＝小止與命《オトヨノミコト》の子。②『美夜受比女』＝尾張氏の健稲種公《タケイナダノキミ》の妹、宮酢媛。③『乃ち婚ひせむ』＝《スグサマ結婚シヨウ》＝「すなはち」は『即時』の情態副詞（「文法編上巻（副詞の項のAに詳述）」、「む」は意志の助動（同、下巻に詳述）。④『思ほししかども』＝「思ふ」の尊敬語「思ほす」の連用＋過去・助動「き」の已然「しか」＋助・逆接「ども」《オ考エニナラレタケレドモ》。⑤『期り定めて』＝《固イ約束ダケヲシテ》。⑥『故爾に』＝《サテ、サラニ先ヘ進ンデ》。⑦『相武国』＝古来「サガム」と言った。⑧『国造』＝この場合は、「尾張国造」のように朝廷から任命された役職ではなく、勝手に蝦夷地の酋長として

いたものを指している。⑨『詐りて白しく』＝《欺イテ申シタコトニハ》＝上代語では、助動・過去「き」を名詞化して《タコト》の形を成立させて使った。例『宣り給ひしく＝オッシャラレタコトニハ』》。⑩『道速振る神なり』＝「道速振る」は、行動が激しく荒々しい意味を表し、ここでは蝦夷の酋長の偽り・横暴な振る舞いを言っているが、後にはその様な神や社人・宇治・賀茂の枕詞になった。「なり」は、名詞『神』に付いているので、助動・断定・終止＝《神デアル》。⑪『看行はしに』＝「みそなはす」は、「見る」の尊敬語＝《御覧ニナラレテ》＝「看＋行は（ハ行四段・未然）＋す（助動・尊敬）」。⑫『欺かえぬと知らして』＝「え」＝助動・受身「ゆ」の連用＋助動・完了・終止（ぬ）」、「知らし」は「知る」の尊敬語＝《騙サレタト御判断ナサッテ》。⑬『其の御刀以ちて草を苅り撥ひ』＝倭姫命にもらった刀で、自分のいる周りの草を刈倒して身の安全な空間を作ったこと。⑭『向かい火を着けて焼き退けて』＝「向火」は、草原などで火が燃えた時、後から燃え出した火は、先に燃え始めた火の方へ引かれて燃えて行く習性がある。早く燃え出して大きな炎になっているところは竜巻状になって周りの空気を吸い込む。「退けて」は、火の勢いが反対の方向に向かってゆく様子。このことは現在の中高生諸君ならば直ぐに、このように広い所では、はじめに萌え出した周りの空気中から、酸素を吸収するために最初の発火点を中心として、あたりの空気を引き込み、より火力が強まり、延焼範囲を広げるという自然の原理であり、その時には渦巻状の風となって一層その発火点へと、空気中の酸素が引き込まれていく現象が発生する。狭い場所では渦巻状態にはならないが、同じように辺りの酸素は急激にその火元へと吸収されるので、辺りは酸欠状態となり、もしその火元近くに居る人は、炭酸ガス中毒となって極めて危険である事は周知の通りである。このあたりの表現には、当時の施肥や駆虫の農法として行われていた「焼畑農法」であるが、その際に身につけた知恵を、とっさに思いついて実行するところに英雄らしさを現している。⑮『火を着けて焼き給ひき』＝《騙シタ相模ノ国造ヲ、ソノ向火デ焼キ滅ボサレタ》。⑯『焼遣』＝現在の焼津は静岡県であるから駿河の国に属している。ここでは相模の国の話になっている。「やいづ」という地名は、この地域に三箇所ある。静岡県の焼津神社には倭建命を祀っている。⑰『走水の海』＝今の浦賀海峡のことで、東京湾の中でも海流の激しい所で時々風浪の難がある。⑱『え進み渡りたまはざりき』＝「え・・・ず」は、《トテモ（程度副詞）・・・スルコトガ出来ナイ》と言う不可能の強調法。＝《少シモ前へ進マレルコトガ出来ナカッタ》。⑱『后』＝「きさき」は、天皇の皇后に対する称であるが、この場合倭建命を特に天皇に準じて使っている。あとに使われている『崩・陵』も同様の趣旨である。⑲『弟橘比女命』＝穂積氏の忍山宿禰の娘。上代では、軍中に才女を伴うのは普通のことであった。⑳『遣はさえし政』＝「「遣は」は、「派遣する」の「使役動詞」。「さ」が助動・使役の未然＋助動・受身「ゆ」の連用「え」

＋助動・過去・連体「し」」＝《天皇カラ任務ヲ与エラレテ派遣サレタ政務》。㉑『海に入りたまはんとする時に』の『たまはん』は、ハ行四段・(尊敬)補助動・未然＋助動・推量(意思)『ん＝む』《海ニ入ロウトナサル時ニ》㉒『菅畳八重・皮畳八重・絹畳八重』＝本来海神の国では賓客を迎えるときに使う敷物。㉓『さねさし』は「相武」の枕詞。后の和歌であるから、先ず摩擦音「サ」を連続させた音感の整調と、「サネ＝立派な峰＝(サ)は接頭語、(ネ)は「峰」、(サシ)はアイヌ語の(シャシ)で「古城」を意味する。奥羽相模地方には古城址《シャシ》があちこちにあることも含めて『さねさし』を歌の初めに歌ったと言う説がある。この歌は、「記」の中では比較的『古語』から『古歌』に近い(うた)である。その理由についていては、［もし『和歌文学』の巻を書く機会があれば詳述したいが］形態的には5句形式を採っているが、発句が5音でなく4音になっていて、そのうち摩擦音が3音も繰り返されていることと、前4句は后のあの時の思い出の情景描写であり、最後の5句に至って初めて『はも』＝［上代語で係助詞『は』＋係助詞『も』＝強い感動の終助詞的用法」＝という后自身の心のうちを表現し、命への愛情と歓喜を『叫び』に近い表現で終結しているのは『古謡』の特色の一つである。㉔『火中に立ちて』＝《火ノ中ニ立ッタママ》この場合のこの后の歌は、既に后は海に入水され、命と離れてからの歌である。随って、以前野焼きの時の愉しかった頃の想いでを回想的に歌った句の一語である。

㉕『問ひし君はも』＝「はも」は前述したように共に係助詞の終助詞的用法で詠嘆の強意法。＝《私ノ安否ヲ心配シテ下サッテ、私ノ姿ヲ必死ニ探シテ下サッタ愛オシイ人デスネエ》。㉖『御陵』＝相模の国山西にある吾妻神社と、浦賀の走水神社はともに祭祀が橘比女命になっている。

【例文　イ、の通釈】

コウシテ倭建命ハ東ノ国へト向カイ出立サレ、尾張ノ国ニ着イテ、尾張ノ国ノ祖先デアル美夜受姫ノ家ニ泊マラレタ。命ハスグサマ美夜受姫ト結婚シタイトオ考エニナッタガ、マダコレカラ多クノ神々ヲ平定スル任務ガアルノデ、ソノ任務ヲウチ果タシ、戻ッテキタ時ニ結婚シヨウト思ワレ、堅ク約束ダケシテ東国ニ出立サレ、コトゴトクニ、山ヤ川ノ荒々シイ神ヤ、服従シナイ人タチヲ説得シテハ平定ナサッタ。

サテソコデ、相模ノ国ニ到着ナサッタ時、ソノ国ノ酋長ハ、命ヲ欺イテ申シタコトニハ、『コノ野原ノ中ニハ大キナ沼ガアリマス。コノ沼ニ住ンデイル神ハ、行動ノ荒々シイ猛威ヲ勝手ニ振ルウ恐ロシイ神デス』ト嘘ヲ申シマシタ。ソレヲ聞イテ命ハ、ソノ神ニ会オウト野原ノ中ニ入ッテ行カレマシタ。ソコデ相模ノ国ノ酋長ハ、火ヲソノ野原ニ着ケタ。ソレヲ見テ命ハ騙サレタトオ気ヅキニナリ、ソノ時、伊勢ノ叔母デアル倭姫命ニ賜ッタ嚢ノコトヲ思イ出サレテ、嚢ノ口ヲ開ケテ御覧ニナルト、火打石ガソノ中ニアッタ。ソコデ先ズ腰ニ着ケテイタ刀デモッテ辺リノ草ヲ刈リ払イ、ソノ草ニ火打石デ火ヲツケテ、燃エ迫ッテクル火ニ向カッテ向火トシテソノ火ノ勢イヲ弱メタ。コウシテ無事ニ戻ッテ来テ騙シタ相模ノ国ノ酋長タチヲ打チ滅ボシ、ソノ上ニ火ヲ着ケテ焼払ッタ。ソレユエニソノ土地ヲ今モ焼遣トイウ。

ソレヨリ更ニ東ヘト進ンデ、今日ノ浦賀水道デアル走水ノ海ヲ船デ渡ラレタ時ニ、コノ海峡ノ神ガ荒波ヲ起コシタタメニ、船ハ翻弄サレテ、トテモ進ムコトハ出来ナカッタ。コレヲ見テソノ后、名ハ弟橘比女命（オトタチバナヒメノミコト）ガオッシャッタコトニハ、『（コレハ、コノ海峡ノ神ガ暴レテイルノデショウカラ）私ガ御子ニ代ワッテ海中ニ入リマショウ。御子ハ天皇ノ使命ヲ成シ遂ゲテ無事ニ都ニ帰還ナサレテ、ヨイ成果ヲ御報告下サイ。』トオッシャッテ、海ニ入ロウトスル時ニ、菅ノ畳ヲ八枚、皮作リノ畳ヲ八枚、絹作リノ畳ヲ八枚、波ノ上ニ敷キ重ネテ、ソノ上ニオ座リニナッタ。ソノ結果波モ自然ト穏ヤカニナリ、御子ノ船ハ進ムコトガ出来タ。

ソノトキニ后ノ弟橘姫命ガ歌ワレタコトニハ、

（山々の立ち並ぶ＝枕詞）相模ノ国ノ、野ヲ焼払ウ火ノ中デ私タチ二人ハ燃エル火ニ囲マレテ危険ナトキガアリマシタ。ソノトキニアナタハ私ノ名前ヲ呼ンデ、安否ヲ気遣ッテ下サイマシタコトハ忘レラレマセン。

ト歌ワレマシタ。ソノ時カラ七日ノ後、后ノ御櫛ガ海辺に流レ着イタ。ソコデソノ形見ノ櫛ヲ取リ上ゲテ御陵ヲ造ッテ、ソノ櫛ヲ納メ置イタ。

【ウ、の解説と語訳】

①『蝦夷等』＝今のアイヌの遠祖で、広く国内全土にわたって生活していたことは、各地にアイヌ語の地名が残っていることや、神武天皇期に蝦夷の力を一騎

当千の強敵と称えられている。大和民族が台頭するまでの日本全土にわたり、かなり以前から（数十万年前説もある＝石器時代前期）アイヌ民族が生活舞台としていた。その後、大和民族の勢力に圧迫されて（縄文後期から弥生時代頃）、北へと退いていった。②『還り上り幸でます』＝東夷征伐と言う大使命を成し遂げて、故郷大和への帰還の途中、命の気持ちがこれまでとは大きく変り、望郷の思いが深くなる。③『足柄の坂本』＝当時の相模の国と駿河の国の境にある今の足柄峠のことで、甲斐の国にもつながる古代の交通の要衝であった。したがってここを平定することは、東夷征伐と言う使命にとっては重要な意味があったのである。④『御粮』＝「粮《カレヒ》」は、「乾飯《カレイヒ》」のことで（ホシヒ＝ご飯を干した携帯用の食料）、「カレテ」とも言って必ずしも乾燥したものでない場合もあった。⑤『食す』＝『飲む・くふ・聞く』などの尊敬語で、四段動詞＝『召シ上ガル』。⑥『白き鹿』＝（白）は古代において神聖な色とされていた。したがって神の化身となった白鹿である。⑦『蒜』＝山野に自生する野蒜のことで、葉や球根は食用にも使うが、臭気が強く古来解毒剤や、邪気の払拭として呪物にも使用されてきた。険しい山道を行くときには野蒜の汁液を脚に塗付けて害虫・獣の駆除とした。ここに現れた峠の荒々しい神の化身である白鹿を、この野蒜で打ち倒したというのもまた野蒜が呪物に駆虫成分が含まれていることを知っていた命の英雄らしさの一つである。⑧『阿豆麻波夜』＝ここまでにも多くの服従しない神々や賊軍を平定してきて、一休みしながら乾飯を食べているところに、突然大きな白鹿が表れ命に襲い掛かってきたので大いに驚き、必死になってこの峠の悪い神の白鹿を打ち倒して、思わず知らず『アア！我妻ヨ・・アア！ ワガ 后ヨ！』と口にしたのである。走水の海の神の怒りに触れた時に身代わりとなって投身した弟橘姫命への深い追慕からの嘆声であり、父天皇から疎んぜられている悲しみから、一層亡妻への恋情がこの英雄神にもやはり心深くに隠れていたのであって、それがこの突然の白鹿との激突によって、思わず知らず声となって口から出てしまった人格神の一端が現れ出たのである。⑨『阿豆麻《アヅマ》』＝「彼端」の意味で、大和の地（近畿地方）から見ると足柄峠は遥か東方の、遠い彼方の端の方を指して言った語。⑩『酒折宮』＝甲府市東部にある今の酒折神社がその跡。⑪『新治』＝本来の意味は《新シク切リ開イタ土地》の意味であるが、そのことがそのまま地名になった所が多い。ここでは、常陸国神治郡新治郷のこと、あるいはその地の枕詞と見る説がある。⑫『御火焼きの老人』＝《夜ノトモシ火ノタメニ火ヲタク役目ノ老人》。⑬『御歌に継ぎて』＝前の『新治』の命が詠んだ歌は、誰かに訊ねている問い掛けの歌であって完成していない。その歌に続けて一首の歌が完結する。このような歌の形式を『片歌』と言い、「継いだ」歌も同じ、5・7・7音で繋いで完結する。その形態は『旋頭歌』と言われる。〔機会があれば、「文芸編」（韻文の章）で詳述の予定〕⑭『かがなべて』＝《日日並ベテ》の意味と、《（指を）折数エテ》の両説がある。「腰を折りかがむ」のように使う語という説である。

末句の『十日を』の（を）は詠嘆の終助詞＝《十日モ過ギタノデスネエ》。この片歌も、弟橘姫の命の歌で記述したように〔83頁〕、二人の掛け合い歌のように問答形式になっていることと、老人（おきな）の返歌の5・6句が対句表現になっていることに因る『古謡』である。⑮『老人を誉めて』＝倭建命がここまでの使命遂行の行程を振り返り、よくもこんな遠いところまで遠征してきたものだという感慨から、独り言のように歌った『新治』の片歌を詠んだとき、側で火をたいていた「御火焚きの老人」は、即座に歌を繋いで一首の旋頭歌に完結した、その機知に富んだ教養を褒め称えたのである。豪傑手腕の英雄にも、心の奥深くで感じあえる心の琴線を揺さぶるような歌をも詠むことを嗜む人としての資質を持ち、忠実な火焚き用人として従っている老人も、また歌で以って答えて、一首の歌を見事に完成させせた教養といい、豊かな人間的情緒の持ち主というその資質のすばらしい物語として構成している。

【例文　ウ、の通釈】

倭建命ハ、ソコカラサラニ東方ニ進攻シテ、後ノアイヌ民族デアル蝦夷ガ猛勢ヲ振ルッテイタノヲ次々ニ平定シ、マタ山ヤ河ニ拠ル荒々シクスサマジイ神々タチヲモ平定シテ、故里大和ヘノ帰路ニ着イタ。ソノ途中、足柄山ノ険シイ坂ノ麓ニ着イテ、旅食ヲ食ベテイル時ニ、コノ坂ノ神ガ白イ鹿ニ変身シテ立向カッテキタ。ソコデ命ハ、食べ残シノ野蒜ノ片端ヲモッテ、待受ケテ投ゲツケタトコロ、鹿ノ目ニ当タッテ即座ニウチ殺シテシマッタ。命ハソノ峠ノ頂ニ立ッテ、(走水ニ投身シタ弟橘姫ヲ思イ出シテ)三度モ嘆カワシク『アア! 我妻ヨ!』ト嘆キ叫バレタ。

ソレユエニ、コノ国ヲ吾妻トイウノデアル。ソコカラコノ国ヲ超エテ甲斐ニ出テ、酒折ニ仮宮殿ヲ造ッテ泊マッテイル時ニ、命ハ次ノヨウナ片歌ヲ詠ンダ。

モハヤ常陸ノ国ノ新治モ過ギタ。サラニ筑波モ過ギココニ来ルマデニ、

イッタイ幾晩寝タコトデアロウカ

ト詠マレタ。ソノ時、命ノ側ニイテ、警護ノ篝火ヲ焚イテイタ老人ガ、命ノ歌ニ続ケテ、

過ギタ日ヲ指折リ数エマスト早クモ夜ハ九夜ガ過ギ、日ハ十日ヲ過ギテシマイマシタ。

ト歌ッタ。ソコデコノ老人ヲ(教養ノアル機知ヲ)誉メテ、東国ノ国造ニ任命シタ。

【エ、語句の解説と語訳】

①「科野の坂」は、科野の国恵那郡から美濃の国伊那郡に越える国境の険道であって、恵那山の麓を経由する道である。後になって木曽路が開通されるまではこの険しい道だけであった。難所には悪神が居るものとされていた。②美夜受姫との婚約をした日のこと。③《御結婚ナサッテ》。④東征に発つときに伊勢神宮の倭姫命に貰った剣のことで、それ以来今日までそのまま熱田神宮の御神体となっている。⑤美濃と近江の境にある伊吹山。⑥「徒手」は「空手」で何も持たない「素手」のこと。刀も持たないで伊吹の山の神を素手で打とうというのである。刀は「身

はかし」と言って常に身に着けていなければならないものであった。それにもかかわらず、美夜受姫の下に置いて来てしまったが為に、苦戦を強いられる結果となる。⑦「真正面カラウチ殺シテシマオウ」＝『てむ』は、表記上では（未来完了形＝テシマウダロウ）であるが、この場合は強い意思表現である。⑧前文（ウ）の『足柄の坂本』の神が白鹿になって現れたが、上代では、鹿猪の類は共に（シシ）と言い、区別するときには、「鹿」を（カノシシ）、「猪」を（イノシシ）と言っていた。（白）は「神の色」と考えられていた。『紀』では「猪」でなく「蛇」と表現している。⑨その神の化身である「白猪」に向かって『還らむ時に殺さむ』と《自分ノ意思ヲ申シ立テタ》のは、上代では病気・災難すべての災いは神の意思に反抗したり神威を犯したりした罰として蒙るのが必然であり、禁忌とされていた。この宗教思想は、この倭建命の話だけでなく、仲哀天皇が神の託宣を信じないで熊曾征伐を敢行して崩御した条や、雄略天皇が葛城山の一言主神に対し、非礼を覚って大いに謝罪した話など、当時では神に向っての自己主張はタブーとされていて、巫女たちが神への宣旨として慣例とされてきたことのうちには、間違い（迷信）であると思っても主張せず慎む事が、品性のある立派な人物と評価されていた。⑩上代の動物崇拝の名残である。例えば、八幡神社の鳩、春日神社の鹿、山王社の猿など今日に伝えられている。⑪ここで言う『氷雨』は、今日使っている晩秋に降る霙ではなく、「直雨《ヒタサメ》」のことである。真夏の晴れた日に突然の積乱雲から降り注ぐ雹や霰のことを言っている。これも伊吹の神の怒りによるものである。⑫《正気ヲ失ワレタ》＝「大氷雨」に直接降り込められたら、当然気絶するであろう。雹は小石ほどの大きさがあり、霰でも夏の激しく降るときには小豆や大豆ほどのものが、しきりに激しく降り付けるのである。⑬近江の国坂田郡横川と、美濃の国不破郡今須の中間にある「長競《タケクラベ》」の、旧地名と言われている。旧地名の（タマクラベ）は、「魂座部」の意味で、倭建命が「大氷雨」に打たれて気を失いながら清水で顔を冷やしていると、正気に戻ったと言うことから、後にここの清水を「魂座部《タマクラベ》の清水」と名付けられたと言う説もある。⑭《徐々ニ意識ヲ回復サレタ》＝⑨で記述した二例の他に山の神に対して『言挙げ』したり無視したりすると、ことごとく祟りを受ける。神武天皇が東征の時に、熊野の山神の悪気に触れ、皇軍が全て正気を失った話が古事記中巻の初めに描かれているが、この類の話は多い。伊吹山の荒ぶる神も、熊野の山の神と同じく神権に背く者に対しての罰としたのである。伊吹山は、熊野連山に続いて北にあり、さらに越前を経て加賀と美濃の境にある白山に連なっている。この白山逸話については、古来「白山比咩神《シラヤマヒメノカミ》」を祭祀とする白山神社があり、蝦夷が支配していた頃から、白山神話には白猪と化して山の神が氷雨を晴らせたのは、山賊の毒矢に射られたことを神話化したという説がある。⑮古い地名にはこういう民俗的な昔話や伝説による地名が多い。

【例文　エ、の通釈】

ソノ甲斐ノ国カラ科野ノ国ヘト越エ、サラニ美濃ノ国ノ伊那ヲ越エル科野ノ坂ニ住ム神ヲ平定シテ、木曽川ニ沿ッテ尾張ノ国ヘト戻ッタ。ココデ東征ニ出立ノ際ニ無事ニ還ッタトキニ結婚シヨウト、約束ヲ交ワシタ熱田ノ美夜受姫ノ許ニオ入リニナッタ。・・・(中略)・・・。婚儀ヲ終エテ、倭建命ガ相模ノ野デ、野ノ悪神ニ騙サレ草ニ火ヲ着ケラレタ時ニ、周リノ草ヲ薙ギ倒シテ向カイ火ヲ着ケ、一命ガ助カッタアノ「草薙剣」ヲ、美夜受姫ノ許ニ預ケテ置イテ伊吹ノ山ノ神ヲ平定ニ出カケラレマシタ。

ソコデ倭建命ガ言ウニハ、『コノ山ニ住ム神ハ武器ヲ持タズ素手デヤッツケテ見セヨウ』トオッシャッテ、伊吹山ニ登ロウトスルト、山ノホトリデ白イ猪ニ出会ッタ。ソノトキマタ命ハ、コレヲ無視シ侮ルヨウニオッシャルコトニハ、『コノ白イ猪ニ化身シテイルノハ、コノ山ノ神ノ使者デアロウ。今殺サズトモ、還リ道デ殺シテヤロウ』コウ言ッテ山ヘト登ッテイカレタ。スルト突然物凄イ雹ガ降ッテキテ、倭建命ハホトンド正気ヲ失ウホドニ惑ワサレテシマッタ。(麓で出会った白猪は神の使者ではなく、神自身であった。その神に向かって命が高言を吐いた神罰として大氷雨の罰を与え惑わしたのである。)ソレデモヤットノコトデ山ヲ下リ、玉倉部ノ清水ガ湧キ出テイル所マデ来テ、顔ナドヲ冷ヤシテ休息ヲナサッテイルウチニ、気持チガ徐々ニ回復サレタ。ソレ故ニコノ清水ヲ『居寤ノ清水』ト言ウ。

【オ、語句の解説と語訳】

①『上』は、《辺リ・ホトリ》の意味。美濃の国の多藝郡（今の岐阜県養老郡の一部）。②《私ノキモチ（ハ何時モ歩クノハモドカシクテ空ヲ翔ンデ行コウト思ッテイタ）》。③《トコロガ今ハソノ脚デ、④《トテモ歩ケナクナッテ》、『得』は陳述の副詞で、後に否定語を伴う。この場合は『歩まず』の『ず』＝《トテモ…出来ナクナッテ》。⑤『當芸當芸し』は、足が疲れて思うように動かない様子を言う形容詞。《足元ガトボトボシテ早ク歩ケナイ》。④の「あゆむ」は「足読む」から、歩幅で距離を測るように行くことが本来の意味である。⑤の「當藝」は古くには船の「舵《かじ》」の事をさして言ったことば。「船の行く方向を操るもの」を指している。⑥と⑦の「やや（に）」は、共に副詞であるが、⑥は《ホンノ・ゴク》などの意味に使う程度副詞であり、⑦は《徐々ニ・ソロソロト》と言う情態副詞である。⑧伊勢の国三重郡と能煩野との間にある峠。⑨伊勢の国桑名郡の尾津郷にあった岬。この辺りから伊勢路に入るので、倭建命の気持ちは、これまでの尾張にいたときには熱田の美夜受姫のことがしきりに思い出されていたのに、峠を下って伊勢大和に入ると気持ちはやはり故郷の大和が偲ばれたのである。⑩《一本松》＝伊勢の国桑名郡小浜村と戸津村の間にある（八剣宮）のことで、そこの尾津神社に「剣掛松」の史跡がある。⑪現在の「宮の渡し」の状態で、尾津岬から東南

に熱田の宮が眺望された。〔現在は、国道23号線を走行する車と、四日市工場地帯の排気ガスによりまったく眺望はきかない〕。『直に』は、《真ッ直グニ・マトモニ》の意味。⑫この「一本松」が尾張に向かって立っている上に、美夜受姫の許に置いて来た剣を大切に守護してくれていることと思って、《私ノ親シイ人ヨ》と言う気持ちで歌ってはいるのであろうが、この歌は「歌謡」の気持ちで歌われていて、古来の形態であり、この『あせを』は「囃詞」と見るのが良い。⑬《モシ人デアッタナラバ》＝『せ』は、上代の過去の助動詞「き」の未然形。未然形＋「ば」は仮定条件法＝《モシ…ナラバ》。このように「ば」を伴って遣われた時の「せ」は、事実に反することを仮定的に表現するので、その後の「まし」で受けるのが慣用的な用法であった。⑭《太刀ヲ身ニ着ケサセタノニ・着物モ着セテヤレタノニ、人デハナク松ノ木デハ残念デアル》。「を」は三語共に詠嘆の終助詞。このあたりの叙述には、勇猛果敢な一人の英雄の、人間的な複雑にして微妙な情緒があちこちに表現されている。⑮伊勢の国三重郡内部村采女郷にこの説が残されている。⑯神前の供物に古く使っていた「曲がり餅」で、法螺貝のように三重にひねった形にした餅のことであろうと言う説のほか、異説が多い。⑰伊勢の国鈴鹿郡の南北に連なる高原地帯。⑱《大和ノ国ヲオ偲ビニナッテ》＝「思ひて」＝（しのびて）と濁音でなく、万葉仮名ではすべて清音で「波・比・布」を当てている。⑲《オ歌イニナラレタコトニハ》＝『歌曰ひ』と表記しているのは、特に『うた』本来の意味を、古人は天地を動かし地上の生物への限りない恵与を授ける神々に対しての感謝と崇敬の念を持って、呪文応答を捧げる言葉として唱えるのをこのように表記している。『歌』あるいはかな書きにした場合は、特に神や神の化身として降臨した英雄に対してではなく、普通の場合と表記の区別が見られる。⑳『ま＝ma』は、『ば＝ba』と同様、母音転化（子音は唇破裂音による共通音）の美称の接頭語。『ほ』は、『秀』で《最モ優レテイル・一番ノ先端＝穂先》の意味。『ら』は接尾語で、『ま』も場所を表す接尾語であるが、本来は『ラマ』で「場所・空間の接尾語」として使われていた。㉑動・下二段『畳ね付く』の子音共通・母音変化した語で、《山々ガ畳ミ重ネタヨウニ続イテイル》状況を表現している。㉒『倭し』の「し」は強意の間投助詞。『うるはし』は、「愛はし」（形容詞）で、《愛シイ・懐カシイ・美シイ》の意味。㉓『いのち』は、（い）が生命＝あるいは息吹・気＝を意味し、（ち）が力を意味する。『全け』は、上代形容詞「全し」の未然形。「善らむ＝善けむ・悪からむ＝悪けむ」の用法と同じ。《生命カガマダ残ッテイル人》。㉔㉕『畳薦』は、次の『へぐり』に係る枕詞として使われている。『畳薦』を折るときに、薦を薄くして（へぐって折りたたむ）手順が普通に使われていた事から、枕詞として使われるようになった。『平群の山』は、大和の国生駒郡平群郷の山地。㉖『熊』は（大きい・広がった葉＝広葉樹）の意味で、樫の大木を言っている。㉗『髻華』は、挿頭《かざし》のことで、樹木の中でも生命力の特別に強い樫の木にあやかって、その葉を髪に差すことにより長寿・豊饒を希う古代習俗に見られる類似した呪術の考えからの記述である。倭建命の死の予感を周りの人による延命・救命の願望である。㉘《ソノ人々ヨ・命ノ無事ナ人タチヨ》の意味である。この歌をこの話の中で捉えるならば『命の無事な部下たちに対して、無事に帰郷した後の生活を充分に愉しむように』と言う命の気持ちが表されている。この平群地方の、昔から伝承されてきた民謡としてこの歌を見るならば、山間の老人から若者たちへの伝承の歌としていると考えられる。㉙《故郷ヲ思イ偲ブ歌》という意味の歌曲上の表現。㉚『愛しけ』は、先の㉓『全け』と同様上代の形容詞・『やし』は、詠嘆と強意の複合した間投助詞。《ナント愛シイコトヨ・ナントモ慕ワシクテナラナイコトヨ》の意味。㉛㉜『よ』は『より』の古語。《自分ノ家ノ方カラ》。㉝『居』は、一般的にはじっとして動かない居座った状態を言う。『も』は終助・詠嘆《アノヨウニ雲ガ立上ッテキタコトダナア》。㉞音数は、五・七・七が基本であるが、それだけでは一種の歌として認められない。ここでは片歌であって、あとに同様な三句の歌が付けられて一首が完成される。そのようにして完成された上の句、五・七・七、下の句五・七・七の歌は旋頭歌《セドウカ》といわれる。㉟《急ニ体調ガ危篤状態ニナッタ》。㊱美夜受姫のこと。㊲重複した表現のようであるが、「つるぎ」は（釣佩き）で身に吊るすように着けている状態を言い、「たち」は（絶つ）の意味を表現している。万葉集や古典には「琵琶のお琴」・「箏のお琴」

などの表記もある。㊳美夜受姫の許においてきた天叢剣（＝草薙の剣）を指している。『はや』は、文末用法の強い詠嘆の終助詞。この嘆きは、伊吹の神の化身であるシシに襲われ、危急存亡の時にこの剣が手元にない。倭姫命のことばを守らず、美夜受姫に預けたまま伊吹に出立した事に対し、伊勢神宮の神の加護として承った草薙剣が手元にはない。英雄倭建命の運命がこの時に、この剣をわが身のものとせず、熱田に置いてきた事をここに到って悔やみつつ、熱田を慕い故郷を望みながら、断絶していくわが身への強い嘆きが滲み出ている。㊴『即ち』は、《即時ニ》と言う情態副詞。《歌イ終ワルヤ否ヤスグニ》。㊵神としてこの現世から天上界へと上ること。倭建命は、白鳥となって飛び立ってゆく。つまり人格神としての死を意味している。［この時の命の魂は、屍とは別に心が白鳥になってミヤズ姫のいる熱田の宮に向かって飛び立ったのである＝『魂振り＝タマフリ』＝『魂呼バイ』とも］。㊶『はゆまずかひ』は、「はやうまづかひ」の二重母音の前母音脱落による＝hayauma。《建命ノ死ヲ天皇ニ奏上スルタメノ至急便ノ早馬》を言う。先の【例文イ】で尾張の国に着いた夜命は美夜受姫と結婚の約束をして東へ向い、『走水の海』で后の弟橘姫を海の神の怒りを鎮める為に捧げてしまった。そして今自らの命が危篤になった事を故郷倭の国に置いて来た后たちに向けて、『駅使《はゆまずかい》』を走らせている。父景行天皇には、八十人の皇子があり、その内二十一人は『古事記』に登場している。『80』は縁起の良い聖数としての表現であろうが、それだけの皇子の数に見合う后が居たわけであろう。当時の家族関係は今日から考えられないような状況であったことは推測できる。㊷「靡き田＝命が倒れた周りの田＝その田に対して懐かしむ感じを掛け合わせて＝懐き田」と名詞化して、故郷の大和の后や皇子達が建命を懐かしみ、昔を偲んで思い出す意味を含め、御陵の周りの田を言ったことばと考えられる。㊸《這イ回ッテ》の意味。㊹『哭』は、「みねなく＝御音泣く」の意味で、《大声ヲ張上ゲテ慟哭ナサレテ》、『為して』は尊敬表現。㊺は㊷と同様《靡キ田デ》。㊻『稲の茎』をいい、稲刈りをした後の切り茎ではない。粟の茎をアワガラ・稗の茎をヒエガラと言うのと同じ。この言葉の繰り返しは、囃子詞としての表現であって、この歌は本来、民謡であったことを表している。㊼は㊸と同様の意味であるが、その様子は、次の㊽『野老蔓』のようであると言っている。つまり、澱粉を多く含んだ山芋科の蔓草のようであると言うのである。㊾『八尋』は、《両手ヲ広ゲタ長サノ八倍モ大キイ》と言う意味。『白千鳥』の「ち」は、上代の格助詞「つ」＝「目つ毛・海つ神・二つ日・沖つ白波」などの「つ」の子音共通、母音変化の付属語である。つまり、《大キナ白イ色ノ鳥》のこと。㊿古来「死」の信仰については、天上界に還る「崩（カムアガリ）」というのに対して、地下の黄泉の国に還るという信仰（カムサリ）があった。51もともと弾力性があってよく撓うもの（笹・細竹・葦・薄など）の状態を「しなう」と言うが、その語幹「しな＝sina」の子音共通・母音転換語が

「シノ＝sino」であり、名詞化した言葉の「竹刀（シナイ）」は、今日でも剣道用具に一般的に使われている。(52)小竹の切り株の先がとがったもの。(54)《足ヲ刺シテ怪我ヲスルケレドモ》の意味。(53)《短イ篠ガマバラニ生エテイル野原》の意味。(55)前出の『なづく＝懐く（自動詞・カ行四段）』と別語で、『（自動詞・マ行四段）なづむ＝泥む』がある。《体に纏ワリ付ク・難渋スル・進行ヲ妨ゲラレテ前ニ進メナイ様子》を言う。したがってここでは、《篠ガ腰マデモ生イ茂ッテイルノデ、ソノ中ヲ命ハ掻キ分ケナガラナカナカ前へ進メズ苦労シテ》の意味。(56)《ダカラト言ッテ、白千鳥ノアトヲ追イ、空ヲ飛ンデハ行カズニ》の意味。(57)『よ』は、「より」、ここでは《…ニヨッテ》。『な』は、終助詞・感動。后や皇子たちは白鳥ではないので、空は飛べないから、《コウシテ歩イテイクヨリ仕方ガナイノダナア》の意味。(58)《海ノ中》＝白鳥が海上へ飛んでいったので、后や皇子たちもその後を追って海に入ったのである。(59)この場合は、前出の(55)の「泥む」の意味。(60)『海處』の「が」は、《処＝所》＝（場所）を表す接尾語で、今日使われている「住みか・ありか・岡（おか）」と同様、「陸処＝ク（ヌ）ガ」に対することばで、《海》のこと。(61)「大海原＝オホウナバラ」と同じ意味・遣い方で言っている＝「オホカハラ（大河原）」。(62)《河ニ生エテイル草》のことで、下の『いさよふ』にかかる。(63)「海處」は前出(60)と同じ。『いさよふ』は、《流レテ行キモセズ、同ジ所ヲユラユラト揺レテイル》様子を言い、《タメラウ・タユタウ》と同義。(64)この『又』は、直下の『飛びて』

に係るのではなく、その下の『歌曰ひ』に係っている。⑥⑤白千鳥が岩や石の多い海岸に止まっていた時を言っている。⑥⑥この場合の『よ』は、⑤⑦の『よ』と異なり、(を)の意味である。品詞は共に格助詞である。⑥⑦《追イ行キ難イ磯ヲ伝ッテ行ク》ことによって、白千鳥にはとても追い着けない悲しみを、行き難い磯伝いに行く様子をもって、一層后や皇子達の悲しみが強く表現されている。『濱』は、陸側に着いた海岸で、『磯』は海側に着いた海岸の違いがあり、その形状は大いに異なっている。この歌が古来の民謡という観点から考えると、「浜千鳥」は、なぜ濱伝いに行かず波風の荒い磯を行くのだろうか、という民意がこめられていると考えられる。⑥⑧天皇の崩御の時の、公式の歌として歌われるようになった。⑥⑨天皇の崩御の儀式として歌われるようになった起源を言い表した部分である。⑦⓪当時の河内の国志紀郡志紀郷で、上代では志紀郡全体を「志紀」と呼ばれでいたと考えられるほど、河内のあちこちの文献にその地名が出てくる。⑦①《倭建命ノ御霊ヲ鎮定ナサイマシタ》。⑦②白千鳥が飛び立ったところ、大和の后や皇子達が追いかけた磯が、南河内郡古市村字軽墓の辺りであったとしてその地に御陵を造った。その白千鳥が飛びかえってきたのが、熱田の美夜受姫のいる土地で、白鳥御陵はもう一基今も熱田区白鳥町の森深くの高台にある。

【例文　オ、の通釈】

ソコヲオ発チニナッテ、美濃ノ国ノ當芸野ノアタリマデ来ラレタ時、オッシャラレタコトニハ、『私ハ何時モ歩クヨリモ空ヲ翔ケテ行キタイト思ッテイタ。然シ今ハドウシタコトカ自分ノ足ガ前ヘ進モウトシナイ。歩キ難クトボトボトマルデ障害者ノヨウニナッテシマッタ。』トオッシャラレタ。ソレユエニ、コノ地ヲ名付ケテ當芸ト言ウ。

ソコカラ又、サラニ歩イテユカレルト、ヒドク疲レラレタノデ、杖ヲ突イテソロソロト歩イテ行カレタ。随ッテ、ソノ地ヲ名付ケテ杖衝坂ト言ウ。

伊勢ノ国ニ入リ尾津ノ崎ニ生エテイル一本松ノ所マデ到着サレタ時ニ、以前ココデ食事ヲシタ時、ココニツイ忘レラレタ太刀ガ、ソノママ無クナリモシナイデココニ残ッテイタ。ソコデ命ハ御製ヲ詠マレタコトニハ、

熱田ノ美夜受姫ガ待ッテイル尾張ノ国ニ、マッスグニ向カイ合ッテイルコノ尾津ノ崎ニ生エテイル一本松ヨ、イトシイオ前ヨ。

一本松ヨ、モシオ前ガ人デアレバ、太刀ヲ身ニツケテアゲタノニ、一本松ヨ、イトシイオ前ヨ。

ト歌ワレタ。ソレカラサラニ、歩イテ発タレ、三重村ニ到着ナサレタ時、又溜メ息を漏ラシテオッシャラレルコトニハ、『私ノ足ハ大変腫レテ、アタカモ三重ノ曲ガリ餅ノヨウニナッテ酷ク疲レタ。』トオッシャッタ。ソウイウコトカラコノ地ヲ三重ト命名シタ。

ソコカラサラニ歩イテ行カレテ、伊勢ノ能煩野ニ到着サレタ時、故郷大和ノ国ヲ偲ンデ歌ッテ言ワレルコトニハ、

ハルカマダ遠イ大和ノ国ハ、ドコヨリモ一番優レテスバラシイトコロデアル。
山々ハ幾重ニモ重ナリ合イ、生キ活キト美シイ碧ノ垣根ヲ廻ラシテイル。
コンナニ素晴ラシイ風景ニ囲マレタ大和ノ国ヨ、マコトニ美シイナア。
ト歌ワレ、又次ノヨウニモ歌ワレルコトハ、
私ト共ニ戦ッテ、ナオ無事ニ故郷ノ大和ニ還ルコトノ出来ル人ヨ、
平群ノ山ニ生イ茂ル大キナ樫ノ木ノ枝ヲ採ッテ、
簪ニ挿シ愉シムガヨイ　命ノ無事デアッタ人タチヨ。
ト歌ワレタ。コノ歌ハ国偲ビ歌トイウ名ノ歌デアル。又、次ノヨウニモ詠ワレタ。
ナント懐カシイコトヨ。私ノ故郷ノ方カラアノヨウニ
ムクムクト雲ガ湧キ上ガッテ来ルデハナイカ!。
ト歌イナサッタ。コレハ片歌トイウ型ノ歌デアル。
コノ時、命ノ容態ガ急変シテ危篤状態トナッタ。ソコデ命ガ詠マレテ歌ワレタコトニハ、
尾張ノ美夜受姫ノ床ノアタリニ残シテキタアノ太刀ヨ、アノ草薙太刀ヨ。
ト歌イ終ワルヤ否ヤスグサマ、崩御ナサッタ。
ソコデ命ノ訃報ヲ伝エル早馬ノ使者ヲ都ニ走ラセタ。都ノ后ヤ皇子タチハ直チニコノ地ニ下ラレテ、御陵ヲ造リ、ソノ周リノ田ノ辺リヲ這イ回ッテヒタスラ泣キ悲シンデ、慟哭シナガラ歌ワレタコトニハ、
御陵ノ周リヲ囲ム田ノ上デ、稲穂ノ茎ガ風ニ揺レテイル。
ソノ稲穂ニ纏ワリ付イテイル芋蔓ノヨウニ私タチモ茎ニ纏ワリ付イテ
命ノ死ヲ悲シンデ泣キ崩レテシマッテイルコトダヨ。

ト悲痛ナ歌ヲ歌ワレタ。　コノトキ倭建命ハ、八尋モアルヨウナ大キナ白鳥ニナッテ、大空ヲ翔リナガラ海辺ニ向カッテ飛ンデイッタ。ソコデ后ヤ皇子タチハ、笹ノ株ニ傷ツケラレナガラ、ソノ痛イノモ忘レテ泣キナガラ白鳥ノ後ヲ追イカケラレタ。コノトキニ歌ッテオッシャルコトニハ、

コノ笹原ハ、行ケドモ行ケドモ腰丈ホドノ笹原ガ生イ茂ッテイテ前ニ進メナイ、ソウカトイッテ白鳥ノヨウニ　空ヲ飛ブコトモデキナイ人間ノ身デアルカラ、苦シミナガラモコウシテ歩イテ行クヨリ　ドウシヨウモナイコトデスヨ。

ト歌イナサッタ。又、後ヲ追ウ后タチハ、海ノ水ニ足ヲ取ラレテ難儀ヲシナガラ行カレ、続イテ歌ワレタ。

海ヲ行ケバ、腰マデ水ニ浸サレテ歩キニクイ。大川ニ生エテイル水草ガ同ジトコロデ行コウカ行クマイカ躊躇ウヨウニ、ユラユラト揺ライデイル。

ト歌ワレタ。マタ白鳥ガ飛ビ立ッテ、磯ノホトリニ再ビ降リ立チジットシテイタ時ニ歌ワレタ歌ハ、

浜辺ノ千鳥ヨ、砂浜沿イニ飛ンデユクナラバ追エルガ、岩ダラケノ磯伝イニ行クナラバ私タチハドウシテ追ッテ行ケマショウカ。

ト歌ワレタ。コノ四ツノ歌ハ、倭建命ノ葬儀ニ詠ワレタ歌デアル。ソレニ随イ、今デモコレラノ歌ハ、天皇ノ大葬ノ際ニ唱ウコトニナッテイル。ソノ後白鳥ハ、コノ国カラ空ヲ飛ンデ行キ河内ノ国志畿ニ留マッタ。ソレユエ、コノ地ニ陵ヲ造ッテ、ソノ御霊ヲ祀ッタ。コノ墓ヲ白鳥御陵ト言ウ。

（４）両命の神話について補説と鑑賞

①　共通点について

ア、共に勇猛果敢な豪傑で、知力・着想力が普通人とはかけ離れて優れ、弱者を救済し、悪を懲らしめる古代英雄の典型として描かれている。

イ、原因は異なるとしても、共に父親から疎まれ自らの希望は断たれてしまい、共に信頼する目上の女性に相談する。『古事記』の編纂目的の主眼は、これまでの王室の絶え間ない継続と、後世の王権の鼓舞拡張という政治的目的の記述がある中で、弱者への救済と悪に対する討伐力など古代英雄として大和民族が深く共感する要素を描き出している。例えば、スサノオは、母イザナミのいる「根の国」に行き母に合いたいと切望していたが、父イザナギの怒りを受ける。タケルは、休息する暇もなく、「東征」の勅命を続けて受けることから父景行天皇は、早く死ねと思っていると推察して、伊勢の叔母（倭比女命）に逢いに行く。

ウ、共に、危機に直面した時に思いがけない神々の霊力や、周りの人により救われてきた。

エ、共に、その行為や発言したことばを元として、その場所の地名などの謂れを作り出している。

例えば、スサノオは、『私の今の気持ちは大変スガスガシイ』と言った土地を（須賀）という。タケルノ命が、さがみ野の神に騙されて焼き殺されそうになった時に、周りの草をヤマト姫に戴いた叢雲の刀で、なぎ倒してその太刀を『草薙の剣』と言い、またそのときに、走水でなくなった后を思い出して、『ああ吾妻よ』と言ったことからその後、そのあたりの郷を『吾妻』と言うようになったり、その野の悪神を焼き殺して成敗したところから『焼津』と名付けたり、さらに伊吹山から下っての伊勢の能煩野の方に歩いて行かれた時に、疲れ果てて足が腫れ、痛みを訴えられて、『三重の曲がりのようになった』と言ったことからその地方を『三重』と言うことになったりしたことなどがある［（地名起因説話）］。

オ、『古事記』に描かれている英雄伝には、今日学者間において三様のタイプが提示されている。その一つが、神武天皇に象徴される「散文的な英雄」伝であり、もう一つは、神武東征の（物語歌謡群）に見られる「叙事詩的英雄」伝であり、最後に言われている英雄伝は、倭建命に見られるような典型的な「浪漫的英雄」伝である。このような区分によって見ると、スサノオ伝説の後半＝（出雲斐伊川の辺に降臨してからの伝説）もこの倭建命説話も第三の「浪漫的英雄」伝説である。

② 相違点について

ア、先ず、この両英雄には、それぞれの出生と格の相違がある。スサノオ命は、神性七代目の最後の神で、宇宙の全生命力・生産力つまり発芽再生、起死回生という生命永遠の霊力を持つ伊邪那岐・伊邪那美命を両親（神）として生まれた「三貴子」の末子である。上の二人は、天上界に在って昼と夜の世界を司る「太陽神（天照大神）」と「月神（月読命）」は命じられて、天上の世界の神格を受け継ぐが、スサノオ命は、地上の暴風雨や暴族を支配する地上神を命じられる。然しスサノオ命は、上の二神のように素直に了承しなかった。倭建命は、皇統系譜の初代天皇から第十二代目の景行天皇の皇子として生まれ、先に記述した浪漫的英雄としての象徴であり、人格的英雄神である。

イ、スサノオ伝説の前半部に描かれている多くの物語［姉のアマテラスの誤解から、姉弟トラブル、特にウケヒ（トラブルなどの仲裁に神が判断する意志を当て合うこと）や、その結果勝ったスサノオが横暴な振る舞いをしてアマテラスが岩戸に隠れてしまい、宇宙が真っ暗になったのを、神々が集まって相談し解決する話などなど］は、散文的英雄としてスサノオを描いているが、その点から倭建命伝説を見ても散文的叙述は見当たらない。

ウ、この両英雄の歴史上の時期設定について見ると、先ず須佐之男命の話は古事記の叙述から見れば、イザナギ・イザナミ両父母神の三貴子の最後として、大和民族が自然のままに生きていた大八洲が開闢した当時の、荒れる自然神や地方の暴族を平定する英雄神として、高天原から派遣され降臨した地上神であり、今日、学問的に解明され定説となっている歴史年表によれば、縄文前期よりも遥か以前の旧石器時代の中期の地層から発見されている群馬県赤城山麓の岩宿遺跡群や、兵庫明石から出土した「明石原人」・静岡浜名湖北部の三ケ日から発見されている男性の頭骨変、いわゆる「三ケ日原人」・そのすぐ西側の愛知豊橋の貝塚から発見された「牛川化石人」などは、旧石器時代（約3・4万年前から15万年前）の人骨である。当時の大和民族は深い山の中の山窩・洞窟などでの採取生活をしていた時代のことである。その時代の深い山から流れる河川の状態は自然のままで、地形により人の食餌となる木の芽や若草の豊かな場所など、降る雨水により人々の望みどおりには流れなかった。それをスサノオノ命の治水能力によって人民を救った当時の英雄である。その激しい雨を降らせるのは、山間に厚く群がっている暗黒の雲から激しい雨となって、激流と化した川の暴神の化神であり、その流れを大蛇のような川の支流（尾の中）とみなし、そこから現れた太刀であるから、「草薙の太刀」と記述されているが、「天叢雲剣《アメノムラクモノツルギ》」である。この時の古事記での叙述には「草薙の太刀」と書かれている《31頁本文・37頁㊺解説文》。大和朝廷に刀剣や製鉄技術が伝わったのは、簸川でスサノオが出会った大山津見神の子孫である櫛名田姫が生きていた時代よりも数万年後の弥生時代後期である。この飛躍は、物語を構成した語り部と構成者の虚構である。

一方倭建命の話の時代背景は、九州を都として大和の国々三十一国を統率していた卑弥呼の時代に、古事記の叙述において十二代目の景行天皇の皇子のうち最も力量の優れた皇子として登場し、現実性を遺憾なく発揮し人間的英雄として、都の東西を休む暇なく天命に従って働き続け、ついには力尽きて白鳥となって天へと帰還する悲劇的英雄の典型である。時代設定はＡＤ一世紀頃の事と推定される人格神の説話である。

エ、『古事記』における両英雄の最期の叙述に大きな相違がある。スサノオ命は、愛する妻の櫛名田姫を自らが持つ霊術を使って櫛に化し、自分の髪の中に隠して命を救い、最後まで妻を守り抜いて八岐大蛇を退治して、出雲の須賀に勝利を共に喜び宮殿を建造し、妻と共に生活する英雄神として完結する。

然しヤマトタケル命は、走水の海を渡るときに海の神の怒りに触れたにも拘らず、何ら霊力も使わず、妻の弟橘比賣命の言うとおり妻を入水させ、当時の呪術者の主張どおり心ならずも尊い妻の命を悪神に捧げてしまう。その後も伊吹の神の祟りを受けて、闘い疲れついに力尽き果て、尾津の崎の一つ松の下で命果て、白鳥と成って霊魂が死体から遊離し飛び立ち、いつかまた岬の対岸にある宮の渡しに近い熱田の森で待っている美夜受姫の許へと帰るという、回帰信仰・起死回生の思想で終わっている。

③　倭健命の資格

ア、『記』では、ヤマトタケル命の東征については、既にこの65頁から記述したように、クマソタケル兄弟を平定後、吉備や安芸、出雲の朝廷に従わない者どもを平定して帰還すると直ちにまた、父景行天皇は東征の勅命を再びヤマトタケル命に宣旨している。しかし『書紀』の記述では、帝から東征の宣旨が出された時に、今度は兄のオオウスノ命にやらせて頂きたいと進言するが兄は断ったので、帝は『この国はお前のものだ。位もお前の位となる。充分に計画を立てて敵の状況を判断して勢いよく、徳をもって説得し兵力を使わないで平定せよ。』と鼓舞されて命も、『神々の加護と天皇の勢いを戴き、徳を持って説得するが従わなければ兵を挙げて討って来ます』と、性格のいいオウスノキミは、勇みだって出立するように書かれているが、いかにも自然な状況になり過ぎていて感動が伝わらない。『記』の表現のほうが、命も西方討伐で疲れた体も回復しないうちに、立て続けにまた東征とは？　と、叔母の倭姫命に自分の嘆かわしい本心を訴える弱弱しさが、むしろ率直に表現されていて回りの人たちの心には深く通じるであろうと、誦習した稗田阿礼もここの件は替えないほうが聞き手への自分の意図がよく伝わると考えたのであろう。

この時の東征の狙いは、日本に渡来した民族三経路についてはこのシリーズ（言語・音韻編）で詳述したように、最も早く有史以前に北方のカナダやシベリアから渡来して当時の日本全土に生息していたが、その後、スンダランド地方から黒潮に乗って来た熊襲を初めとする数民族や、大陸や朝鮮半島から渡来した民族たちに追い遣られて、一旦東北地方まで後退していた。それが再び南は三河から北は越の国まで勢力圏を占めていた蝦夷を、本来の勿来・白河の関と、北に流れる信濃川までに追いやるのが目的であった。

イ、ヤマトタテケル命の科学的な知識がよく現されている英雄神としての謂れの一つには、本文の（イ）70・71頁とその解説の81頁に記述されている野火に対する迎え火の知識がある。これは蝦夷の狩猟に使う技術的な習俗から学んだ知識といわれている。今一つは、本文（ウ）72頁とその解説の86頁に記述した足柄の坂本で神の化身の白い鹿を蒜で退治したということも、解説⑦の説明のような効き目があることを命は知識としていたのである。

ウ、多くの伝説（地名起源伝説・人身御供伝説）が多用されている。地名では『焼津・吾妻・居寤清水・杖衝坂・三重』など、『走水』のような海峡になった所の航海の難所は、海の神の怒りであるという古来の風俗から、神とて人と同じようなものを求めていると考え、美人を提供したり重宝を投げ込んだりして神の怒りを静めようとしていた。このような意識は、当時の巫女たちの呪詛による非科学的なその場しのぎの意識からの判断であった。

スサノオノ命のヤマタの大蛇退治や、ヤマトタケルノ命の向え火による野山の火災からの救助の知識など、この二人の英雄神が現実直視から科学的判断ができた英雄の説話はあちらこちらの地方にあることであるが、その知識を進歩拡大させ当時の原始社会の人民を救助し、社会全体の発展が可能であり、その発展性が芽生えて居たことが説話から考えても理解できることである。これを発展させることもなく、妨害し停滞させた大きな要因は、既に50頁においても『魏志倭人伝』の32行目を引用して記述したとおり、女王卑弥呼たち巫女による呪術信仰により、原始社会からの脱却が出来なかった当時の母性愛中心の習俗により、女性中心の社会組織の構造にもあった。

エ、例文一の中には、『歌』は一首も含まれていなかったが、例文二では、片歌もそれぞれ一首と見れば、十二首も詠まれている。それらの各『うた』は、現在一般に『和歌』というときにはいわゆる5・7・5・7・7形態の『短歌』を標準としているが、その31音の『短歌』は一首も出ていない。最初に詠まれている弟椿姫命（倭健命の后）の『うた』も、解説の項で説明したように『古謡』である。次に詠まれている二人の片歌は、「東征」に出立して十日も経過し、疲れを感じている倭健命の生命が、次第に危うくなり遂に死に至る。十首余の『うた』を見ても次第に平常な状態から遠ざかり、非日常的な状況に移行する事［異次元の世界を想像させる］が『古謡』の一つの要因であると同時に、『説話物語』の特徴でもある。『古謡』だけではなく、表現面や主題の把握など、この後に採り上げる作品についてもその点を解読して、『古事記』の文中に詠まれている『うた』が、『説話物語』の時代に生きた人々の精神的特徴（例えば呪詛・言霊信仰）など、共通するところがあるからこの巻の最初に採り上げた。

(5)『古事記』についての設問

(一)「須佐之男命神話」について、次の設問に答えなさい。

1. 命の両親（神）は誰ですか。

＝解答＝（父親）「　　　　」

（母親）「　　　　」

2. 命の兄弟姉妹はいますか。それぞれの兄弟関係と、名前を挙げて、その任務について簡単に答えなさい。

（　）名「　　　　」＝

（　）名「　　　　」＝

(二)「例文一」について、次の設問に答えなさい。

1. 次の文中に、過去の助動詞が6語あります。その6語を「取り出し」て、各（活用形）を答えて、終止形以外の語に付いては、その語に続く次の1語を取り出して、その語句の現代語訳をしなさい。

『・・・如此設け備えへて待ちし時、其の八岐大蛇、信に言ひしが如来つ。乃ち船毎に己が頭を推入れて、其の酒を飲みき。是に飲み酔ひて留まり伏し寝き。・・・・其の御佩せる十拳剣を抜きて、其の大蛇を切り散りたまひしかば、肥河血に変りて流れき。』

①「　　」（　　）形＝≪　　≫

②「　　」（　　）形＝≪　　≫

③「　　」（　　）形＝≪　　≫

④「　　」（　　）形＝≪　　≫

⑤「　　」（　　）形＝≪　　≫

⑥「　　」（　　）形＝≪　　≫

2. 次の短文中の『つ』について、その「品詞とその種類」、またその語が活用語ならば、その（活用形）を書いて相違を答えなさい。

［答え方は、例えば、『命の叔母なる人』＝「助動詞・断定」＝（連体）形」のように」。

①『僕は、国**つ**神、大山津見神の子ぞ。』

＝「　　　　」＝（　　）形

②『身一**つ**に八頭八尾在り。』

＝「　　　　」＝（　　）形

③『今天より降り坐し**つ**。』

＝「　　　　」＝（　　）形

④『八雲立**つ**　出雲八重垣　妻籠みに・・・・』

＝「　　　　」＝（　　）形

（三）「倭建命神話」について、次の設問に答えなさい。

1．命の父親は誰ですか。

＝［父親］＝「　　　　　　　　　　」

［母親］＝「　　　　　　　　　　」

2．命の、叔母に当たる人が一人登場します。その人について次の問いに答えなさい。

① その叔母に当る人は誰ですか。

＝名前を漢字で「　　　　　　　　　　」

② その叔母を、命が訊ねていった場所はどこですか。

＝「　　　　　　　　　　」

③ 命が訊ねて行った目的が本文中にありますが、その箇所の前後七字ずつを抜き出して答えなさい。

＝初めの7文字「　　　　　　　」～

終りの7文字「　　　　　　　」

④ その別れ際に幾つかの物を授かりましたが、何ですか。答えなさい。

＝「　　　　　と　　　　　」

⑤ そのうち、命が最も有効に使ったと思うものは何でしょうか。

＝「　　　　　　　　　　」

3．【例文】の中の各文に付いて、次の設問に答えなさい。

① 【例文ア】文中にある次の「給ひき。」に付いて、相違を答えなさい。

A『比比羅木の八尋矛を給ひき。』

＝「　　　　　　　　　　」

B『・・・』と詔り給ひき。』

＝「　　　　　　　　　　」

② 【例文イ】文中の、傍線部（9）と、（19）の「白し」の相違に付いて答えなさい。

A『詐りて白ししく、』

＝「　　　　　　　　　　」

B『弟橘比倍賣命白したまひしく、』

＝「　　　　　　　　　　」

③ 【例文ウ】文中に、英雄神話の所以となる科学的根拠による判断で、足柄の坂本で悪神に変身した動物を退治して、自らの生命を得た行為はどのような事ですか。本文中からほぼ一行を取り出して答えなさい。

《解答》『　　　　　　　　　　』

④ 同文中に書かれている地名由来伝説が一箇所

ある。何処の事ですか。漢字三字で答えなさい。

＝「　　　　　　　　　　　　　　　　」

⑤酒折の宮で、老人と二人で詠んだ五・七・七の歌を何と言いますか。漢字二字で答えなさい。

＝『　　　　』

⑥神話の中でも、スサノオ神話によく使われていた数字の八が、神聖な数として多用されていたが、色についても同じように神聖な神の色として使われている。その色が神の化身であると見て【例文エ・オ】の中でも使われているが、その色は何色ですか。（エ・オ）二文中に使われている動物の色で答えなさい。

＝『　　　　　　　　　　　　　　　　』

⑦【例文オ】中で、「国偲び歌」が一首詠われている。その歌の中心となる七音節を取り出して答えなさい。

《解答》＝『　　　　　　　　　　　　　　　　』

第三章　『竹取物語』

第一節　説話物語の概説

『古事記』〔以下「記」と略記〕（712年）に続いて上代における散文的古典には、同じ歴史書に分類される『日本書紀』〔以下「紀」と略記〕（720年）があるが、中学・高校の国語教科書にはほとんど採択されていない。また勅令によって（713年）大和諸国に地理史を編纂されたが、現存する五『風土記』（播磨・常陸・出雲・肥前・豊後）以外には残されていない。これも『紀』同様、国語教科書にはほとんど見られない。上代における古典では日本最古の歌集である『万葉集』がある。歌集については第二巻以後に詳述する予定である。また日本最古の漢詩集『懐風藻』があるが、これもまた漢文の教科書にはほとんど採択されていない。機会があれば漢詩・漢文についてはその後の巻以降に採り上げたい。

時代が一時代下ると『古物語《ふる》』の類は種々雑多、書かれては消えていくような佩かない物が多かった。当時の文芸の中心は和歌であり、その中にあって今日まで残ってきた代表的な物語文学では、いわゆる『竹取物語』であろう。文学として読者の心を捉え、どの時代においても人の心に強く印象付ける内容を持った古典的価値のあるものであったからである。この「語りごと」として古来、永々と口承され物語られてきた『竹取の翁』の民話を素材に加えて、月の世界から降下してきた天人天女を登場者とした作品であり、当時の宮廷に仕える下級文人の作品であろうと言われている。その成立は、古代後期の平安時代（900年ごろに成立）で、（「記」上巻の帝紀日嗣の系統ではないが、中巻の幾つかの神話ともかかわる人物の名が登場している）しかもよく取り上げられる『源氏物語』《絵合巻》でも『物語の出で来はじめの祖（おや）なる竹取の翁＝「今日的に言うならば《小説ノ基礎基本トナルヨウナ要素ヲ最初ニ表現シタ竹取ノ翁》」といわれ、日本の物語文学の最初の作品であり、その後の物語文学作品の手本となった。中学・高校の教科書にも各節からの引用、採択が多いことは、先に見た『《文法編＝下巻》の【引例索引】』でも分かることである。表現方法は当時の『記・紀・万葉、風土記・宣命』のような漢字表記ではなく、この時代、つまり『王朝物語文学』と同様、漢字交じりのかな書きの説話物語である。

第二節　『竹取物語』の書名・成立・作者・構成について

『竹取翁』の伝説はかなり古く、文字によって伝えられる以前の上代から、大和の国々に伝えられていた口承説話であって、その説話・伝説の類型には、『一寸法師・桃太郎・瓜子姫』など「小さ子話」の類に加えられる「かぐや姫」という美女をめぐる求婚譚が結び付けられ、より深く読者の心を引き付ける内容になっているが、その書名も決定的にはなっていない。ここでは、この参考書の底本を『日本古典文学大系９』としているので、その表題に遵って『竹取物語』として以下の解説を進める。この書名については、源氏物語から引用したように『竹取の翁』の他、同じ源氏物語の「蓬生巻」では『かぐや姫の物語』といい、その他『竹取』・『たけとり』・『竹取翁』などいろいろあり一定していない。また部立についても、短い節を続けて七節の組み立てを主張する学者もいるが、普通には『大系9』のように十節に区分されている。ここでは『大系』に副って十節として説明を続ける。またこの内容から作者は、かなりの文学的知識人であり、漢学の知識も深く和歌にも秀でた人物であろうと、多くの作者候補は挙げられているものの、決定的な一人の作者にはいたっていない。いずれにしろ宮廷武士でありながら、文学的な素質を持って同じように旧貴族に仕えて働くか、僧たちへの生活についても理解しようとする人柄も見られる知識人で、宮廷に生活する女房たちへの読み物（慰み物）として、自らの文学的素養を、誰にも気づかれない様に書き綴った仮名物語である。

さらに、この物語には『記』の様に各節の主人公が神ではなく、時の帝とその貴族や村の竹取の翁と嫗など、各地の住民たちである。つまり神話ではなく民話を素材とする物語であり、その口承説話である。しかも一つの民話伝説だけでなく、幾つかの昔話が重なり複合されて話が面白く構成されている。その一つは、前記したように『小さ子話』に類する姫の生い立ち＝竹から生まれた三寸ばかりの主人公＝「異常生誕説話」・まじめに働き、姫を大切の養育してきた者への褒賞＝「富豪長者説話」であり、次には、多くの男性から求婚を受けるが、姫の美しさに諦めきれず、最後まで残って執拗に迫る権力を持った新しい貴族五人。作者が最も書きたかったのがこの五人の非人間的で、古来大和民族には思いも付かない方法を以って迫ろうとする近隣諸外国からの帰化人や、成り上がり権力者の物語を滑稽な笑話に揶揄した形で書き続けている。つまり(三)の『仏の御石の鉢』から(七)の『燕の子安貝』の五話を創作して、それぞれの求婚者に難題を課して拒否する＝「求婚難題説話」を見事に構成している。天女と普通の地方庶民がたまたま出会って伴う話は次にも述べる「羽衣伝説」であり、万葉集の巻十六の長歌や、地方の風土記にも出ている説話であるが、中でも『竹取物語』の次の項目に大きく取り上げる『今昔物語集』の巻三十一の中にある口承説話と類似していて、どちらが原点なのかいまだに明らかにはされていないが、始めはともに地方の庶民が主人公であった。そして作者のもう一つの巧みな点は今既述したように、下級女官たちの心優しさを揺さぶるように、かぐや姫が天の羽衣を着て月の世界へ帰る＝「羽衣伝説」(飛鳥時代に至って、寺院建築・仏像芸術の豪壮華麗なこれまでの仏教思想を変え、《死》への恐怖感を回避し、不吉不浄を美化し、さらにまた当時の大和民族の生き方の素晴らしい面を表現しようと描かれた部分)の三段構成である。

また(大系)最後の「十」節では、事柄や地名などの由来に結びつけた話＝地名用語の「起源説話」など、かなり多くの説話が組み込まれた物語となっているが、この物語のストーリーに自然に引き込まれてしまって少しも不自然にならず、上代初期の作品にも拘らず高度な物語性が感じられ、かなり筆力のある知識人の作品であることが伺える。然し、一方では、上代の男性には書きなれない仮名物語であるという点で、その表現面ではやや重複した表記があったり、姫に対する敬語法の不統一な箇所があったりする点について、作者が男性作者であるから仮名まじり文には不慣れだという説がある。然し筆者はこの点については作者の問題ではなく、口承説話の特徴と見るほうが適切であろうと考える。

　またこれと類似する民間伝承説話がある。例えば、万葉集巻十六の長歌や、次に採り上げる『今昔物語集』の巻三十一の『求婚難問説話』、あるいは中国の四川省に伝わる話に、『班竹姑娘《はんちくこしょう》』という民話がある。『竹から生まれた美少女が、領主の息子たちから次々と求婚されるが、難題を突きつけられて失敗し結局元から思いを寄せていた男性と結ばれるという話』であるが、難題を課せられたその数や種類・またその内容も極めてよく似ている説話である。

　最後に蛇足になるがこの点も多くの学者によって陳べられていることで、学習者諸君も理解していることであろうと思うが、『竹取物語』の文学史的位置を見る時どうしても付記しておきたいことである。つまり、『源氏物語』で、作者紫式部が『物語の出で来はじめの祖』と述べ、手本として見習ったことについてである。『竹取物語』から『源氏物語』までの約100年の間にかなりたくさんの物語が書かれていて、当時の宮廷女官たちの楽しみになっていたことは、例えば『三法会詞』(源為憲)の一節に『・・

大荒木の森の下草よりも茂く、有磯海の浜の真砂よりも多かれど・・・』とあるのを見ても想像されるが、今日まで伝えられている作品は三十典余であるが、紫式部が『竹取物語』から学んだ一つの価値は、例えば『宇津保物語』に見られる継子いじめという描写に多くの女官の心を捉えながら、継子の栄達を成功発展させてゆく過程で、当時の摂関政治を写実的に描き挙げてゆく手法である。『落窪物語』も同じように継子いじめの物語ではあるが、紫式部が『源氏物語』に取り入れている点は『宇津保物語』と同じように、摂関政治の権勢とその私生活における弱い女性の立場の写実であった。もう一つには、『竹取物語』の第三節以降の文中に歌われている和歌の、文中における価値基準を、その間の『伊勢物語』や『大和物語』・『平中物語』の作品同様、式部が『源氏物語』の中で如何に和歌を生かし、物語を輝かせるのかを学んだ一面である。これらの詳細については後の『源氏物語』の節にて記述したい。

一．『かぐや姫の生い立ち』

（1）【本文】　①いまは昔、②竹取の翁《おきな》といふもの有（り）③けり。野山にまじりて竹を④取りつゝ、よろづのことに使ひけり。⑤名をば、さかきの造《みやつこ》となむ⑥いひける。その竹の中に、もと光る竹なむ一筋《ひとすぢ》ありける。あやしがりて寄りて見るに、筒の中光たり。それを見れば、⑦三寸《ずん》ばかりなる人《ひと》、⑧いとうつくしうてゐたり。翁いふやう、「われ朝ごとに夕ごとに見る竹の中におはするにて、⑨知りぬ。子となり給《たま》ふ⑩べき人⑪なめり」とて、手にうち入れて家へ持ちて⑫来《き》ぬ。妻《め》の女にあづけて養《やしな》はす。うつくしき事かぎりなし。いとおさなければ⑬籠《こ》に入れて養ふ。

竹取の翁、竹を取るに、この子を見つけて後《のち》に竹とるに、節を隔《へだ》て、⑭よごとに金《こがね》ある竹を見つくる事かさなりぬ。かくて翁やうやう豊になり行く。

この児《ちご》、養ふほどに、すくすくと大きになりまさる。⑮三月ばかりなる程《ほど》に、⑯よきほどなる人に成りぬれば、⑰髪上《かみあ》げなど⑱さうして、髪上げさせ、⑲裳着《もき》す。帳のうちよりも出ださず、いつき養ふ。この児の⑳かたち㉑けうらなる事世になく、屋《や》のうちは暗きところなく光り満ちたり。翁心地あしく、苦しき時も、この児を見れば、苦しき事もやみぬ。腹立《はらだ》たしきことも慰みけり。翁、竹を取る事久しくなりぬ。いきほひ㉒猛《まう》の者に成りにけり。この子いと大きに成りぬれば、名を三室戸斎部《みむろどいんべ》のあきたをよびてつけさす。あきた、㉓なよ竹《たけ》の㉔かぐや姫とつけつ。この程㉕三日《みか》うちあげ遊ぶ。よろづの遊びをぞしける。をとこはうけきらはず呼び集《つど》へて、㉖いとかしこく遊ぶ。

（２）語句の解説と語訳（例文中の傍線の番号の付いた語句について）

①日本の説話や昔話の書き出しに使われた決まり文句《＝今カラ見ルトズウット昔ノコトダガ》。②《竹ヲ取ッテソレヲ材料トシテ、イロイロナ日常ノ生活用品ヲ家族全体デ作ッテイタ。ソノ素材トナル自生ノ竹ヲ取ル老人》のことで、特別な人物ではない一般の住民である。一〇世紀頃までの日本の野山には、自生の竹であって、この頃の竹は、笹竹や篠竹で、長さは５ｍばかりになるが根元の太さは直径が５㎝ほどの細いものであった。その竹の下の太い部分は物干し竿に使ったり、先の方は釣り竿に遣ったりしたが、古来、この竹藪では誰でも必要なだけ刈り取り、細くしていろいろな道具に細工し、多くの生活用品に加工されて使っていた。次の十一世紀以降になると中国から破竹や孟宗竹が入ってきて、その竹林を所有するものは限られた富裕者のものとなったが、まだこの時代においては、この程度の貧弱な野生の竹やぶで竹を取っては生活用品を作っている一般的な老年で、普通の老人よりはその造り方が大いに巧みで、使いやすいものを作るので、近所の人たちにも自然評判となり、人のよい竹取の翁は余分に出来たものは近隣に分け与えたりしているうちに、おのずと人々からは『竹取の翁』と言う愛称で、普通名詞

のようになっていた。しかしこの『竹取の翁』については、直ぐ後文にその「翁」の名前の固有名詞が紹介されている。この表現方法は、作者が主人公の育ての親を物語のはじめで紹介しているのである。万葉集(巻十六)にも出ていて、古来、伝説的な翁である。③『けり』については第二篇《文法編》下巻の『過去・完了の助動詞』にて詳述してあるように、昔話の最初に使われている『けり』は（伝聞推定）で訳すことが基本である。つまり『もの有りけり＝《者ガイタソウダ》』。④『つつ』は、基本的には同質の動作の反復《竹ヲ取リ竹ヲ取リシテ》を現し、異質の動作の継続や同時並行の《竹ヲ取リナガラ休憩スル》ではない。『よろづ』は、品詞は名詞＝数詞で「万」ほど多いことを示している。［名詞の中で、時や数に関する語には副詞的な文中用法があることも《文法編》の名詞の項で詳述してあるので参照されたい］。⑤『をば』の「ば」は条件接続助詞ではなく、目的格の助詞『を』に直属した『は』は『強意の係助詞』で、『を』に直属する場合には濁音化する［これも文法編に詳述］。⑥『なむ』も前項の『は』と同様、係助詞であるが、文中に『なむ』が使われると、その文末は終止形で言い切らずに連体形終止法になる（他にも『ぞ・や・か』が文中に来た場合も同じ［文法編参照］。また直ぐ続いて『もと光る竹なむ…』もおなじ）。『さかきの造』について、「大系」の頭注に、［「さかき」は「さるき」の誤りで、「さるき」は「さぬき」に通ずるかとある］。⑦当時の自生の竹の中にいたので実際にもそのくらいであろうけれども、ここでは実際の大きさを『三寸』と言っているのではなく、極めて小さいことを表現しようとしている。上代では［三・八］と言う数について、神秘的な貴い数で、霊力や威力を感じさせる超自然的な聖数とみなしていた。⑧「うつくしう」は形容詞「うつくし」の連用形（ウ音便）、《カワイラシイ》の意味で、上代語の「うつくし」は心情表現として遣われた。平安時代には、齢が小さく十代までの児の、見た目に《キレイデカワイイ児》に対して主に使っていたが、室町前期ころからは、今日使っているように《キレイデ澄マシタ感ジ》を表現するようになった。類似語に「うるはし」があるが、《美シクテヨク整ッテイテ清ラカデ端正ナ》感じを表していて、「うつくし」より高貴で親密度の点ではやや薄い気持ちを表そうとしている。「ゐたり」の「ゐ」は、「居」で、動・上一段・連用＝《動カズニジッと座ッテイル》状態を表現している。「立つ」に対照した表現である。「たり」助動・完了・終止。次の⑨の「ぬ」と同じ用法の助動詞。［文法編下巻を参照されたい］。⑩『べき』助動・推量で、この場合は（当然）の用法、連体。《当然私ノ子ニナラレルハズノ人・キット私ノ子ニナラレル人ニチガイナイ人》。直前の『知りぬ』の内容は、その前の⑧の『うつくしうてゐたり』を《知ッタ》のではなく、『子となり給ふべき人』であることを《知ッタ》のである。この部分は倒置法になっている。⑪『なめり』の原型は『なるめり』

で、助動・断定の用法・連体「なる」＋助動・推量・終止「めり」が着いた表現で、《…デアルヨウダ》と翁が言う根拠は、『朝ごと夕ごとに・・・おはするにて』である。⑫『来（き）ぬ』の『来』は動詞・カ変・連用、活用語の連用形に付く「ぬ」は助動・完了の用法である。《来タ》と現代語約する。⑬『籠に入れて』の「籠」は、翁が日ごろ丹精こめて作り上げた完全で丈夫な「籠」であると同時に、当時の（コ）という呼び方に「籠」と「子」をかけた掛詞としても遣われている。同時にかぐや姫が、極めて小さいことを印象付けようとする作者の気持ちが感じられる＝『一寸法師』や『桃太郎』の誕生と同様、「小さ子話」の説話的発想である。⑭節と節の空間の部分＝筒の部分のこと。（補注）『やうやう豊になり行く』の、情態副詞は、古文においては《次第ニ、徐々ニ》の意味で使われ、直下の形容動詞・連用『豊に』に係るが、現代語では《ヤット・長イアイダ待ッテヨウヤク》の意味。文法的な答え方は、以下の用言句に係る副詞である。［『やうやう』の現代訓みは、このシリーズ第一篇『言語・音韻編』に詳述した『母音調和』の項＝「yau」の連母音「au」音が「ou」音に変化したことによる］。⑮たったの三か月ほどで普通の成人女性になったという超現実的な状況を印象づけるために、竹の生育状況をみれば聞き手も自然に分かるであろうという語り手の気持ちが「竹から生まれた」という出生説に含まれていることと、⑦で記述した聖数の使用表現である。⑯《チョウド結婚適齢期ノ年頃ノ娘》。⑰「大系」の頭注に『女子十二・三歳になると、成人の儀式として、おかっぱ頭を結い上げ後ろに垂らすこと』とある。⑱『さうし』には二説あるが、状況と形の事であり普通に《アレコレト相談シテ》と口語訳するのがよい。⑲同様「大系」の頭注には『女子十三，四歳に達すると、裳をつける儀式を行う』とある。当時の習慣として、親の尊属や徳望の人に、腰紐を結んでもらうこととなっていた。⑳「けうら」は、「きょうら」と拗音で発音していたのを＝当時の大和ことばには、漢文訓読によって発音は拗音を使ってはいたが、まだ（拗音）や（撥音＝ん）の表記法が無かったので、このように記述した［このシリーズ第一篇『言語・音韻編』に詳述］《容貌ノ清ラカデアルコトハ》。㉑《金持チデ威勢のヨイ者ニナッタト言ウコトダ（ソウダ）》。昔話で口承されていた話の切り目に使われる『けり』は、伝聞推定の用法が普通である。㉒『なよ竹』は、しなやかな竹で、姫の姿を形容した枕詞的修飾語。㉓『かぐや姫』は光り輝く意味の名であろう（「大系」の頭注）。『古事記』中巻＝垂仁天皇の皇子の八十人の内に《迦具夜比賣命＝カグヤヒメノミコト》が居る［大系187ページ］。㉔『三日』は普通の家では盛大すぎる『うちあげ』は、手を打ち鳴らし、声を張り上げて思いのままに振舞う宴会のことで、『宴』の語源。［（utiage → utage）＝「二重母音は前の母音が落ちる」と言う母音変化の第1原則による（第一篇『言語・音韻編』参照）］。『遊ぶ』は心を通わせ楽しむ・その主たる内容は詩歌・管弦の遊びであるが、めでたいハレの行事においては多分に祭祀的行事としての遊びが含まれていた。㉕《盛大ニ遊ビヲシタ》。

（3）通釈

『イマデハモウ昔ノコトダガ、竹取ノ翁トイウ者ガイタソウダ。野山ニ分ケ入ッテ竹ヲ取ッテハイロイロナ道具ヲ作ッテ暮ラシテイタ。名前ハサカキノ造ト言ッテイタソウダ。アルトキイツモ取ル竹ノ中ニ、根元ガ光ル竹ガ一本アッタ。不思議ニ思ッテ近寄ッテミルト、筒ノ中ガ光ッテイル。切ッテ筒ノ中ヲ見ルト、大変小サナ三寸ホドノ人ガタイソウカワイラシク清ラカナ様子デ座ッテイル。翁ガ言ウノニハ、「私ガ毎朝毎晩ミテイル竹ノ中ニイラッシャッタカラワカッタノダ。必ズ私ノ子ニオナリニナルハズノ人ニ違イナイ」ト言ッテ、手ノヒラニ大事ニ入レテ帰ッテキタ。ソシテ妻ノ老女ニ預ケテ育テサセタ。ソノ子ノカワイラシイコトハコノ上モナイ。タイソウ幼ク小サイノデ、竹籠ニ入レテ養ッタ。

竹取ノ翁ハ、竹ヲ取ッテイルト、コノ子ヲ見ツケテカラ後、竹ヲ取ルト節ト節ノ間ゴトニ黄金ノ入ッテイル竹ヲ見ツケルコトガタビ重ナッタ。コウシテ翁ハ次第ニ裕福ニナッテイッタ。

コノ子ハ、育テラレテイルウチニスクスクト成長シ、ワズカ三ヶ月ホドノウチニ、人並ミノ背丈ノ女性ニナッタノデ髪挙ゲノ祝イノ日ナドヲ相談シテ決メ、髪ヲ結イ上ゲ、裳ヲ着セサセルコトニナッタ。室内ニ仕切リヲ作ルタメニ周リニ簾ヤ屏風ナドヲ置イテ来訪者ト直接会ウコトガデキナイ、特別ナ女性ノ部屋ニ入レテ外ニハ出サズ、穢レニ触レサセナイヨウニ大切ニ養ッタ。コノ子ノ容貌ハ気品高ク清ラカデ美シイコトハコノ世ニハナイホドデ、家ノ中ハ暗イトコロモナク光リ輝イテイル。翁ハ、気分ガ悪ク苦シイ時デモ、コノ子ヲ見ルト苦シイノモ消エテシマッタ。腹ガ立ツヨウナトキモ心落チ着キ慰メラレタノデアル。

翁ハ、竹ヲ取ルコトハ長ク続イタ。ソシテ裕福ナ金満家ニナッタ。コノ子モタイソウ大キク成長シタノデ、名前ヲ三室戸斎部ノ秋田ヲ呼ンデ付ケサセタ。秋田ハ、ナヨ竹ノカグヤ姫トツケタ。コノ間、宴ノ催シヲ盛大ニ三日モ続ケタ。色々ナ歌舞管弦ノ楽シミヲシテ遊ンダノデアル。男性ハソノ身分ノ上下モ嫌ワズ、呼ビ集メテ壮大ニ立派ナ遊ビヲシタ』。

（4）補説と鑑賞

① 上代からの伝承説話を語るときの初語として、『昔・昔々・古（むかし）・いまは昔・今は昔・これも昔』などが用いられ、口承される時はそのまま音読されるが、昔話として書物などに書かれる時には前行のどれかの初語で書き始められている。そしてその終わりは＝一節・一文の終わり部分の多くの場合、『…なむ…ける。』が普通に使われるのは、聞き手の気持ちを配慮する語り手の確認の気持ちが含まれているのである。昔話の語り手には、そのような気心の配慮が感じられるというのが民俗学者柳田國男の説である。その場合地方によってその方言が使われるのが当然ということである。例えば『今トナッテハ昔ノコトダガ、竹取ノ翁トイウ者ガイタソウダ。』について、『昔ノコトニナッチマッタガヨ。…オッタソジャゲナ。』、『昔ノ話ジャガノ、…オッタチュウコトジャ』、『昔ニノ…

オッタチュウコトジャワイ。』などの地方の方言でそれぞれ語られたということで、その点からも、この『竹取の翁』の話は全国的に伝えられていた口承説話の典型作であった。

②

『竹取の翁』については、その後に続く文に『野山にまじりて竹を取りつつ、よろづの事に使ひけり』とある。その地域に自生する竹藪に自由に入って竹を取り、人々の生活用品（笊《ザル》・籠《カゴ》など）、農作業道具（箕《ミ》・筍《ス》など）を中心に作ったり修繕したりすることを生業としている者で、多くは長年作り続けてきた根気と技量によって、自信を持って作っている技術者として自他共に認めている年配者である。上代では家庭用品としての主用品は「籠」であり、農事における主用品は「(箕《ミ》)・(笊《ザル》)」であったということが古文献にある（詞林采葉抄）。さらに、民俗的な方面において言われていることを付け加えると、農家において日常的に扱われる農具や生活道具（特に機織の竹製品のもの）。臼や箕を大切に取り扱う習慣が、この時代以前の上古の昔から伝えられていた。臼も箕も共にくぼみがあって、硬い穀物の殻を杵で搗いて外皮を取り除き、それをさらに食べられるように、殻と実に分別する貴重な道具が箕である。このような日常的に貴重な農具の箕を作ることができるのは「竹取の翁」しかいない。随って「竹取の翁」は次第に神聖化されて、農作物の豊穣を神に祈り感謝をする村祭りの、神と人との連携を司る任務を担うということにもなる。

竹を取って種々のもの作りをすることを生業としている翁の住まいも、固定しないような不安定な生活が竹取の翁の生活であり、古代を生きる翁たちには常に野獣や自然災害の不安が付きまとい、不安と苦悩から解き放たれ何時も生活環境は平穏で、人間環境は純粋に生きて行きたいと言う願望があり、この物語には、その部分が事細やかに書き続けられている。

『竹取の翁』の通称としてただ『オキナ』と言われていた。常時誰からも『竹取の翁』と呼ばれて、ほとんど本人の名前は言わない。ともすると翁の本名を知らないような人も近所にいるというのが、昔話に登場する主要人物である。したがってこの『竹取物語』においては、当時の一般の『竹取の翁』は普通名詞であるが、この物語に登場した『さかきの造』という『竹取の翁』は、竹の中からかぐや姫を見つけた時から養父となり『竹取の翁』が固有名詞で使用されているのである。昔話の口承説話では先ず通称を陳べ、続いて本人の本名を紹介するのが定型になっている。単なる作り話ではなく、『さかきの造＝さぬきの造《みやつこ》「大系の頭注にも」』と陳べて、この昔物語は本当にあった話なのだと言う信憑性を聞き手（読者）に感じさせる意図が含まれている。さらに、『竹取物語』の主人公であるかぐや姫の養い親という地位にある翁である事から、『造《みやつこ》』＝部族内において、その部族を統率指揮してきた家格の称号で、その下に本人の名をつけるのが普通であった＝という朝廷とのかかわりが、この物語の進行に従って明らかになっていくことも暗示している。

③『竹取の翁、竹を取るに、この子を見つけて後に竹取るに、』の表現上の特色について。『竹取の翁、竹を取るに、』は、物語文学として初期段階の作品であり、紫式部が書いた『物語の出で来はじめの祖』を、物語文学として初期段階の作品であり、文章が練られていないと解釈される部分であるが、昔話の口承説話物語の大きな特色の一つに、畳語や語句の反復など『繰り返し表現』は語り物の特徴である。同じことばを繰り返すことによって、聞き手（読み手）の気持ちを引き付けていく話術である。「時」の名詞を繰り返すことによって副詞的用法で強調した『むかし昔』、や声あるいは様子などを繰り返すことによって出来た擬態語『どんぶり（ら）こ　どんぶり（ら）こと』（桃太郎）、『どんとこ　とんとこと山へ』（花さか爺）、語句を繰り返して強調された面白さを表現する方法『だんないつけさい（遠慮ハイラナイ付ケナサイ）だんないつけさい』（花さか爺）、『おちょん雀はどっちへ行った　舌切り雀はどっちへ行った　あれかわいやどっちへ行った』（舌切り雀）など多くに見られるように、文章の稚拙さではなく、昔話としての同語反復表現法による強調と、聞き手の心を引き付ける効果をねらった説話表現の特色である。

④貧しいままで、ただ気力と継続力を求められて、諸国をめぐる生活の苦しさの中で、いつかは天賦の付与を受け、身分が変容することを夢見ながら、この厳しい仕事を続けている『竹取の翁』たちである。
　しかしこの翁のように『猛のもの』になりえたものは極めて稀であり、そのよ

うな昔話を物語る事によって貧しき者たちの夢と慰めを与え、農民たちの精神的な援助としていた。翁が、『猛の者に成りにけり』の状況表現を作者は具体的に三点で表示している。

ア、平安時代以降では、宮中の女房や身分のある女性の正装の時の装飾で、未婚の女性が十三，四歳になると、裾を長く曳く装飾的な衣服として、腰に紐で結びつける役は、その土地・その時の名士に依頼して儀式として行う習慣になっていた（民俗学者の折口信夫説）。

イ、日常、竹細工の材料として取り続けていた竹の中から姫を見つけて以来、翁夫婦が大切に養い続けてわずか三ヶ月という短い間に一人前の娘に成長した幼女を、本当の子供として近隣の人たちに認められるために、わざわざ京の都の宇治地区の三室戸から、『名付け』を仕事にする斎部の秋田を呼んで『名付けの儀式』をした。普通の家では『名付けの儀式』はしても内輪で家族だけで行う祝賀であった。そのときに斎部氏を迎えて命名の祝を行うのはよほどの身分のある氏族である。朝廷に仕える斎部氏は祭祀を司る氏族であった。竹取の翁に呼ばれた斎部氏の秋田が付けた名前が『なよ竹のかぐや姫』である。『なよ竹』は姫の容姿の美しさを表す意味の枕詞として付けた前置詞である。《そのあとの名については、この物語の作者は『記』を前提としていることは、この物語の二節以後の『かぐや姫』をめぐる五つの挿話の主人公などをも考慮していると思われる》。『かぐや姫』については既に、上代にも使われている伝説上の姫君である。例えば記述した［傍注解説の㉓］『記』の上巻イザナミが最後に生んだ『日之炫毘古神《ひのかがびこ》』と謂い、またの名は日之迦具土《ひのかぐつち》の神』（大系61頁）とある。『迦具土神』が母神イザナミの胎内で育つ間、**火の神**として育ち、その子がそのあいだ居た宮室から、狭い所を通って胎外へ出る道を焼き尽くし、母胎はそれが元で間もなく黄泉の国へと旅立ったのである＝［『記』の【例文一】までの概要を記述した10頁に『迦具土神』は登場している］。

ウ、そして最後には、『命名の祝宴』を、三日三晩も近隣だけでなく地方の男たちを招いて盛大なお祝いを催している。

⑤『記』では、第一章の（例文二）［倭建命神話］の前＝つまり『記』中巻［右と同様］「景行天皇」の項の前に記載されている「垂仁天皇」のはじめの部分に（大系では187頁最終行）、『大筒木垂根王《おおつつきたりねのおおきみ》の女、迦具夜比賣命《かぐやひめのみこと》を娶して、生みませる御子、袁邪辨王《おさべのおおきみ》。』とある。この姫の名はここに一度だけ記録登場する（「紀」の方には記録がない）。「筒木」とは《竹》のことである。その竹を伝って、三貴神の一柱である月読命が支配する月から、竹を使って、月の世界から地上へ下された「かぐや姫」は、まるで太陽神の天照大神のように、姫のいる所全て光り輝くように、明るく美しい主人公として設定した「竹取物語」の作者の物語の構成術であろう。

またスサノオノミコトが天照大神に誤解を受けアマテラスが岩戸に隠れた時に、八百万の神々が相談をして、岩戸の前で歌い、踊り愉快に騒ぐ時の道具として、大和三山の「香具山」から取って来た香りかぐわしい木々の葉を持って踊り騒いだ事を念頭においていたと考えるほうが「迦具夜」の『かぐ』の具体性がある。

⑥　この【例文一】から次の【例文二】の間に、貴公子五人の求婚譚があるが、この作者が今一つ主題として書きたかった項目である。この事は前記したように、当時の宮廷貴族の乱れた裏面生活の写実であるが、この「難問求婚失敗談」は、次の第三節で採り上げる『今昔物語集』巻三十一（世俗的口承説話）にも極似た話がある。『竹取物語』の作者が、その話をヒントにしたのか、『今昔物語集』の説話がこの『竹取』の求婚譚だけを取り出して、世間話としたのかは現在では明らかにはされていない。

また『万葉集』巻十六の（３７９１）の長歌とその反歌二首にも、『竹取の翁』の物語的な歌がある。ここに登場する姫は、神仙窟の女性九人が、『近づき狎れし罪』を犯したので、その償いとして九人が一首ずつ歌を詠むと言うことで、（３７９１）の長歌とその返歌二首に加えて、（３８０２）までの和歌が『竹取翁』に関する歌になっている。

（５）『かぐや姫の生い立ち』についての設問

1．例文中の傍線部⑨の「知りぬ」は何を《知ッタ》のか。例文中の一文十二字を抜き出して答えなさい。

《解答》「　　　　　　　　　　　　」

2．次の各語の用例として、古典用法か、現代語としての遣い方か区別して答えなさい（略字で）。

①「うつくし」
＝（　）きれい（　）あいらしい
（　）このましい（　）びじん

②「居る」
＝（　）坐っている（　）「立つ」の対立語
（　）存在語（　）不動状態

③「やうやう」
＝（　）やっと（　）だんだん
（　）次第に（　）ようやく

④「あそぶ」
＝（　）儀式として歌う
（　）詩歌管弦を使った祭り
（　）歌舞を伴って飲む

3．この例文中に、過去の助動詞「き」と「けり」の内、単純過去の「き」は一語も使われていないが、伝聞・詠嘆の情意的過去の「けり」が、はじめの二行四文の各終わりと、最後のほうに三語まとまって使われている。この特徴から見て、作者はどういうことを強調しようと考えていると思いますか。

《解答》「　　」

4．例文中の傍線部(22)「いきおい猛の者になりにけり」とあるが、具体的な事を3点、文中から簡単に取り出して答えなさい。

＝①「　　」
②「　　」
③「　　」

二．『かぐや姫の昇天』［この例文は、その一からその五まで　但しその二は略］

（1）【本文その一】――①八月十五日《じゅうごにち》ばかりの月《つき》に②出で居《ゐ》て、かぐや姫いと③いたく泣き給（ふ）。④人目も今はつゝみ給はず泣き給《ふ》。これを見て、⑤親ども、「何事ぞ」と問ひ⑥さはく。かぐや姫泣く泣く言ふ。「先々も申さむと思ひしか⑦ども、必ず⑧心惑ひし⑨給はんものぞと思ひて、今まで⑩過ごし侍りつるなり。⑪さのみやはとて、⑫うち出《い》で侍りぬるぞ。をのが身はこの国の⑬人にはあらず。月の都の人なり。それを昔の⑭契《ちぎ》りありけるによりなん、この世界にはまうで来たりける。今は⑮帰るべきになりにければ、この月の十五日に、かのもとの国より、迎へに人々⑯まうで来んず。⑰さらずまかりぬべければ、⑱思し歎《なげ》かんが悲《かな》しき事《こと》を、この春より思ひ嘆き侍るなり」と言ひて、いみじく泣くを、翁、「こは、⑱なでふ事のたまふぞ。竹の中より⑳見つけきこえたりしかど、菜種の大きさおはせしを、わが丈たち並ぶまで養ひ奉りたる我子を、㉑なに人《ひと》か迎《むか》へきこえん。まさに許さんや」と言ひて、「㉒われこそ死なめ」とて、泣きののしる事、いと耐へがたげなり。かぐや姫のいはく、「㉓月の都《みやこ》の人《ひと》にて、父母《ちちはは》あり。かた時の間とて、かの国より㉔まうで来《き》しかども、かくこの国にはあまたの年を㉕へぬるになん有ける。かの国の父母の事も覚えず、こゝには、かく久しく㉖遊びきこえて、ならひたてまつれり。㉗いみじからむ心地《ここち》もせず。

悲しくのみある。されどをのが心ならず、㉘まかりなむとする」と言ひて、もろともにいみじう泣く。使はるる人々《ひとびと》も、年ごろならひて、㉙たち別《わか》れなむ事《こと》を、㉚心ばへなど貴《あて》やかにうつくしかりつる事《こと》を見ならひて、恋しからむ事《こと》の耐えがたく、湯水飲まれず、㉛同じ心になげかしがりけり。――

（２）語句の解説と語訳（その一）について

① 満月（望月）の前後を言うが、ここでは望月に近い頃の月。「満月」は、陰暦における毎月の中の月が満月になるが、特に八月の満月を「みちづき」と言って、その明るさと円みについて待ち望まれていた当時の夜の照明状況から想像してもその気持ちは理解できる。音韻の面からの語源も「みちづき＝mitiduki」の第一母音i音がo音に転化した子音共通語である。②《部屋カラ縁先ナドニ出テ座ッテ、》。③本来、物事が究極に至るはげしい状況表現の動詞「至る」と言うことばを、肉体的・精神的に受け止めた時に「痛し・甚し」で言い表す。随って本来は形容詞であるが、その語の発生から見ると、特に形容詞・連用形の副詞法として、（程度副詞）［＝その本人の精神的・情緒的に程度のはなはだしい状態を表していることから］使われている。④《人ノ見ル目モ今ハハバカリナサラズ》。「つつむ」は《ツツミカクス・遠慮スル・ハバカル》の意味。⑤ この場合の「ども」は同

質のものばかりを例示する複数の接尾語である。「親たち＝家族」を現しているが、後に続く⑦の「ども」は、接続助詞（逆接）である。また「ども」と同じように複数の例示を表す語に「など」があるが、同質の物ばかりでなく異質の物も含めた例示の副助詞である〔第二篇（文法編）・下巻の57頁参照〕。⑥「騒ぐ」の上代語で、《思イ悩ム。心ガ動揺スル。アレコレウワサスル》などの意味に用いられ、清音で使われていた（「輝く＝かかやく」も同様、上代語は清音で使われていた）。⑦「ども」は前の⑤でも記述したように逆接の助詞で、上代から用いられていたが、室町末期ごろから今日の「ケレドモ」が多用され、「ども」だけの逆接は自然消滅して行った。⑧「心を乱す」＝《無用ナ心配ヲカケル》。⑨ ここに遣われている表現形態は、古文での一つの強調表現の型である。助動・推量（意思）「む」＋形式名詞「もの」＋「ぞ」係助・（終助詞的用法）＝《キット・・・ニナルニチガイナイダロウ・カナラズヤ・・・ニナルニキマッテイル・オソラク・・・スルハズダ》。⑩「侍り」は、本来動詞・ラ変で、謙譲語として、《貴人ノ側ニオ仕エスル・伺候スル・控エル》の意味に用いられた。「侍り」が動詞に直属してその補助動詞として機能する場合には丁寧語となり《―マス・―デス・―ゴザイマス》として遣われる。この場合は、後者で《過ゴシテ参ッタノデゴザイマス》。⑪「さこ」は副詞『然《ソノヨウニ》』・「やは」は反語の助詞で後に「過ぐさむ」などの語が省略されている。《ソノヨウニイツマデモ黙ッテ過ゴスコトガ出来ルデショウカ、イヤソレハ無理ナコトデショウ》。⑫『うち出で』の『うち』は接頭語であるが、姫の気持ちとしては、「今まで言わずに我慢していたけれどもやはり真実をお話しようと思って口に出してお話します」という厳しい決意が感じられる部分である。『侍り』は前の⑩と同様、丁寧の補助動詞、《思イキッテオ話申シ上ゲマス》。⑬「は」は係助詞で挿入された語。ラ変動詞「あり」の直前に使われる場合の「に」は、「に＋あり＝niari」の二重母音の前母音脱落の原則により〔同シリーズ「第一巻「言語・音韻編」の（96頁）」第2原則参照〕＝「nari＝なり」となり、直後の「月の都の人なり」の「なり（断定の助動詞）＝《人デハナイ》」の原型である。⑭「契り」は、「《前世カラノ＝月ノ世界ニ居タ時カラノ》約束・契約」。「ける」は、助動詞・過去。「に」格助詞・原因理由。「より」＝動・ラ行・四段・連用。「なむ」＝係助、結びは、この文末の「まうで来たりける。」の助動・過去「けり」の連体「ける」で終止する係結法。《月ノ世界ニ居タ時カラノ、約束ガアッタカラニヨッテ》。⑮「べき」＝助動・推量・当然・義務の用法。「に」＝格助・時格。「なり」＝動・ラ行四段・連用（⑬の「なり」とは異なる）。「に」＝助動・完了「ぬ」の連用（これも⑬や⑭の「に」とは別の品詞）で、直後に、助動・過去の「けり」に付いているので、形の上では過去完了型になっているが、今日の表現法では、英語の直訳をするような「・・・ニナッテシマッタ」とは言わない。「けり」の已然形に、助詞・条件接続の「ば」が続いているから、確（既）定条件法である〔同シリーズ第二巻文法編下巻34頁参照〕。

＝《帰ラナケレバナラナイ時ニナッタノデ、》。⑯「まうで」＝「来」（カ変動詞）に続いているので「まうづ」の連用形であるが、本来は神社・仏閣などにお参りする・参拝・参詣する時に使われた言葉であって、「参ゐづ→参うづ」とワ行の（う）に添加してできた言葉で、自分よりも上位の人の許へ「行く・至る」の謙譲語として使っていた。当時はこのまま発音されていたが、今日では母音調和により、二重母音の（au → ou）は、［前記「言語・音韻編」93頁参照］（オウ）と発音している。「来んず」＝「来むとす」の、「と」＝助動・断定の「たり」・連用＋「す」動・サ変。この断定の助動詞の連用形が他の語に続く時、濁音化する傾向が見られる（「にて」が《デ》になるような場合）＝《参ロウトシテイマス》。⑰「さらず」＝「（避る＝動・四段・未然）＋（ず＝助動・打消）＝《止ムナク・ドウシヨウモナク》。「まかり」＝「目離（まか）り」で、自分より上位の人の目の前から離れることを意味し、直前の⑯「まうづ」の対照語で「出づ」の謙譲語である＝《退出スル・オ暇スル・地方ニ下ル》。「ぬ（助動・完了）＋べけれ（助動・推量・已然）」であるから、形の上では未来完了になっているが［この点も前出の「文法編」下巻を参照］、「べし」が完了の助動詞の後に用いられる場合は、「べし」の強調法になることが多い。⑮と同様「べけれ」は「べし」の已然形であるので、「ば」は既定条件の接続助詞である。《ドウシテモオ暇シナケレバナリマセンノデ》。⑱「思し」は「思ふ」の尊敬語・連用形。未然形「思は」に上代語の尊敬の助動詞「す」がついて↓「思はす↓おもほす↓おぼほす↓思す」と変化して、平安時代には、他の用言についてよく遣われた。もちろんかぐや姫が、お爺さんやお婆さんを尊敬して自分の気持ちを述べている。「嘆かん」は、助動・推量・連体。《思イ嘆キニナルコトダロウ事ガ悲シクテ》。姫が語る言葉の最後の語句の「思ひ嘆き侍るなり」の部分には、平叙文で「思ひ嘆き」と表現し、しかも謙譲のラ変動詞「侍り」を用いていることから、この部分はかぐや姫自身の嘆きを言っている。《オ爺サンヤオ婆サンガ嘆キ悲シマレルダロウコトガ悲シクテ、[ソノコトヲ、私ハコノ春カラ思イ嘆イテイルノデス]》。⑲「なでふ」は、⑯の「来んず」で説明したのと同様、「何（なに＝nani）の母音iの脱落によりn音から、断定の助動詞「と」に動詞「言ふ」が付いて、約まり濁音化して使われるようになり「何と言ふ＝なんといふ↓なでふ」＝[（ト）音は前後につく音韻変化の際に濁音化する特徴があり、（nanndehu）となり、当時（ん）音は表記されなかったのと同時にまた拗音も使われていなかったので（なでふ）]と変化して平安時代には使われていた。＝《何ト言ウ》＝[第一篇『言語・音韻編』参照]。⑳「きこえ」は、自分の動作の謙譲。「たり（助動・完了）＋しか（助動・過去「き」の已然＋ど（助・逆接）」＝《オ見付ケ致シタノデスガ、シカシ、》。㉑「か」＝係助詞・反語（前に疑問語を、後に推定語＝この場合は「なに」と「む＝ん」を伴う場合は、反語の用法となる）。「きこえん」＝謙譲語「きこゆ」の未然形（⑳と同じ）＋「む」助動・推量・終止。＝《イッタイ誰ガオ迎エニ来マショウカ。誰モオ迎エニハ来マセン》。㉒「こそ」＝係助・強調↓結びは最後の助動・願望の「む」の已然「め」＝《私コソ死ニタイモノダ》。㉓この場合は、《私ニハ、月ノ都ニ住ム父母ガイル》で、「月の都の人」の主語は父母であって、私ではない。この場合の『にて』は格助詞ではない。助動・断定（なり）の連用（に）＋助・接続（て）＝《デアッテ》である。㉔「まうで」は⑯にて説明済み。「しか」＝助動・過去「き」の已然。「ども」助・逆接に続く形。＝《参リマシタケレドモ》。㉕「ぬる」助動・完了・連体。「なん＝なむ」係助・強意、結びは「有ける」＝助動・過去・連体。したがって、「に」は「有＝あり＝ari」の直前に使われている形であるから、後の助動詞・断定（なり＝ni+ari＝二重母音の前母音が脱落して成立）になることば。＝《イツノ間ニカ過ゴシテシマイリマシタ》。㉖「きこえて」は⑳・㉑で説明済み。「たてまつれ」謙譲の補助動詞・已然。「り」助動・完了・終止。＝《遊ンデ頂イテ、慣レ親シンデマイリマシタ》。㉗「いみじから」は形容・シク活用・未然。「いみじ」は良し悪しに付け、その気心の甚だしい情態を表現する。随って単独で使われている時には、文内容の前後から判断して、《タイソウ嬉シイ・大変悲シイ・トテモ楽シイ・凄ク寂シイ》などの気持ちを補うことが必要なことばである。＝《大変嬉シイトイウ気持チモシナイ》。㉘「罷り」は⑰で解説済み。「なむ」は㉕で説明した係助詞ではない。上の語が「まかる」の連用形だから、この「なむ」は、助動・完了・強意の用法「ぬ」の未然「な」＋助動・推量・意思「む」

の終止、の二語である。最後の「する」は、動詞・サ変・連体である。文末が連体形であるので、「なむ」を㉕と同じ係助詞と見間違えることもあるが、この場合には、その後に体言その他の語が続くことを含めた余情・余韻を感じさせる表現方法である。直ぐ前の「悲しくのみある」も同様、ラ変の連体終止法になっている。「連体止め・連体終止法」は、「余情止」と言われ、終止形できっぱりと強く切った感じを相手に与えず、もう一言相手に伝えたい気心を、その言葉の後に残したもの柔らかな表現方法が、平安時代の会話や消息文にしばしば使われるようになった。この表現方法が普遍化し、一般社会でも遣われるようになって、鎌倉時代以降特に変格活用動詞の終止形が避けられ、連体終止法となり、今日の五段活用に移行した。傍線部㉘の現代語訳は、《ドウシテモオ暇シナケレバナ（ラナイノガ辛クテナ）リマセン》。㉙「たち別れ」の「たち」は接頭語であるから「たち別れ」で、動・ラ行下二段・連用。活用語の連用形に続く「なむ」は直前の「罷りなむ」と同様。「む」は助動・推量・連体。＝《モシ別レルヨウニナッタトシタナラバ》。㉚「心ばへ」はここでは《気ダテ・性質》の意味で使われているが、古典ではその他多くの用法がある。例えば、『ある事についての考えや意向の意味、ある対象への思い・心遣い・配慮の意味、才気鋭敏な心の働き・心構え、物事の風情・趣意』など。接尾語『──ばへ』は『延（は）へ』で、心のうちに思ったことがある方向に広がり、表情に表れる様子を言う。「など」〔文法編下巻56頁参照〕。『貴やかに』は形容動詞『貴やかなり』の連用形で、《高貴デ・上品デ》の意味。「うつくしかり」は形容詞『うつくし』の連用形で、「つ」助動・完了・連体に続いている。「うつくし」は、上代においては家族を互いにいとしく思う深い愛情を意味し、平安時代になると小さいものに対する愛着を現すときに《カワイラシイ》と言う気持ちで用いるようになり、その後平安末期ごろからは、今日とほぼ同様《美シイ・キレイダ》の意味に使うようになった言葉である。＝《性格・所作ナドガ上品デ可愛カッタ事》。

㉛「使はるる人々」が「翁や媼と」《同ジ気持チデ》。「なげかしがり」は、「長い息」を言う語で、心のうちに悩みや疲れがあると自ずとその状態になる「嘆く」と言う動詞が形容詞「嘆かし」になり、その形容詞にさらに《…ノヨウニ思ウ・…ノヨウニ行動スル》の意味を表す接尾語「…がり」が付いて、さらに動詞化したことばである。最後の「けり」は、助動詞・過去であるが、このような内容の文においては、作者は多分に詠嘆的感情を籠めて陳べている事が中古文学の特徴でもある。＝《「カグヤ姫ノ家ニ使ワレテイル人々ハ、オ爺サンヤオ婆サント」同ジ気持チデ悲シガッタノデアロウナア》。

（3）【その一】の通釈

『八月十五日ゴロノ月ガ出テイルトキニ、カグヤ姫ハ、縁側ニ出テジッと座ッテ、タイソウヒドクオ泣キニナル。

今ハ人目モハバカラズニオ泣キニナル。コノ様子ヲ見テ親タチモ、「ドウシタコトカ」ト尋ネ騒グ。カグヤ姫ハ泣キ泣キ答エテ言ウコトニハ、「前々ニモ申シ上ゲヨウト思イマシタケレドモ、キットオ気持チヲ取リ乱サレルニ違イナイト思ッテ、今マデ何モ申シ上ゲズニ過ゴシテシマッタノデス。然シイツマデモオ話セズニハイラレマイト思ッテオ話イタシマス。私ノ身ハコノ人間世界ノ者デハアリマセン。月ノ都ノ者デス。ソレナノニ前世カラノ約束ガアッタタメニ、コノ世界ニヤッテキタノデス。イマハ帰ラナケレバナラナイ時ニナッタノデ、今月ノ十五日ニ、アノ元ノ国カラ、オ迎エノ人々ガヤッテ来ヨウトシテイマス。ドウシテモオ別レシナケレバナリマセンノデ、ソノ時ニオ嘆キナサルノガ（私ニトッテ）悲シクテコノ春カラ私ハ思イ嘆イテイルノデゴザイマス。」ト言ッテ、ヒドク泣クノデ、翁ハ「コレハナントイウコトヲオッシャルノデスカ。アナタヲ竹ノ中カラ見ツケ申シタソノトキニハ菜種ホドノ大キサデイラッシャッタノニ、（今デハ）私ノ背丈ト並ブクライニ養イモウシアゲタ吾ガ子ヲイッタイ誰ガオ迎エニ来マショウ。ドウシテ許シマショウカ（絶対ニ許シマセン）」ト言ッテ、（オ爺サンハ）「私コソ先ニ死ニタイモノダ」ト言ッテ泣キ騒グサマハマコトニ耐エガタイ様子デアル。

カグヤ姫ガ言ウコトニハ、「月ノ都ノ人デソコニ父母ガイマス。シバラクノ間トイウコトデ、アノ月ノ世界カラヤッテ参リマシタケレドモ、コノヨウニコノ国デハ数多クノ歳月ヲ過ゴシテシマイリマシタ。月ノ世界ニイル父母ノコトモ覚エテイマセン、コノ国デハ、コノヨウニ長イ間遊ビ過ゴサセテ頂キスッカリオ慣レイタシマシタ。（デスカラ父母ガイル月ノ都ニ）帰ルコトハヒドク嬉シイトイウ気持チモナク、タダ悲シイバカリデス。ケレドモ、自分ノ本心カラデハナク、月ノ都ニ帰ラネバナリマセン」ト言ッテ、翁・姥ト一緒ニヒドク泣ク。使ワレテイル人々モ、年来、カグヤ姫トモ慣レ親シンデキテ、姫ト別レテシマウコトヲ悲シガリ、姫ノ気心ガ上品デ、カワイラシカッタコトヲ見慣レテイテ（イマココデオ別レシタラ）サゾ悲シイダロウトソレガ耐エ難クテ、湯水モ飲マレズニ、同ジ気持チニナッテ悲シガッテイタ。』

（4）【その一】の補説と鑑賞

① 最初の『生い立ち』の節［この「補説・鑑賞」（1）の記述］で、翁が姫を竹の中から見つけた時に作者の表現は『三寸ばかりなる人』と書き現している。この数についてはその後の［語句の解説」（123頁の⑦と⑮）で『超自然の聖数』を使って《極メテ小サイコトヲ表現シテイル》と説明した。また【例文二】で、姫から月の世界へ帰らねばならないと打ち明けられた時に、翁は驚いて『菜種の大きさおはせしを』と表現している内容も同じ意味の表現であり、既に江戸時代の学者たちにより多くの仏典や怪奇伝説の影響を受けて、いわゆる小さ子物語＝［一寸法師・桃太郎＝など」と同じ発想の昔話での表現法の一つである。

② 嘗て昭和三十年代の古典教科書には、「竹取物語」は、新制高校の国語で扱われた教材であるが、この「生い立ち」の巻きはその後新制中学校でも扱われるようになった。それは前文で記述したような「小さ子物語」と同様な御伽噺のよう

に興味関心をもって、その続きに意欲を感じる事を一つの指導目標にしているからでもある。然し「姫の昇天」や「富士の山」など、文学作品を読む精神活動は、ある程度の人生経験や精神活動＝異性との愛情の葛藤を体験的に認知していないと、このような文学作品を追体験して「読み込んだ」とは言えない。たとえ指導力の優れた教師の授業でも、受け手にその認識力がなければ難しい事である。そのような意味合いから「竹取物語」の後半部分は、やはり高校生の後半部分で取り扱われているのは妥当であると思われる。

③

もう一点ここで補足したいことは、『竹取物語』の第一節「かぐや姫の生い立ち」に続く昔話の原型とは異質な話が挿入されていることである。その一つは、上古の大昔から伝えられて来た美女と時の天子とのロマン的な伝説の結末として、その美女を熱愛する時の天子とは結ばれず、羽衣を身につけて美女は天上へと帰ってしまうという一般的な「羽衣伝説」に、この6節（この五人のエピソードと最終節）を挟み、作者はその部分を強調していると考えられることである。翁の子として「三寸ばかりなる人［「（三．の（一）本文11頁）」・「菜種の大きさおはせしを＝『小さ子話』、（三．の（二）134頁）」＝（異常誕生説話）」］がわずか三ヶ月ほどで、一人前の美しい女性に成長したので（異郷伝説・超自然説話）斎部氏の秋田を呼んで命名の祝いの儀を催し、多くの男性を招待したために一度に求婚者が訪ねることとなる。つまり、第二節から第七節の内容について、特に作者が主張したかったことについいて当時の政界における無秩序・突然になり上がった官僚の堕落した状態を風刺的で戯画的に酷評している。姫は全て断り続けてきたが、最後まで諦めなかった貴公子五人がいた（第二節「貴公子たちの求婚」）。この五人は、天武帝（672年）の「壬申の乱」の功績により、次の持統両帝にも仕えた公卿たちである。これは既に江戸時代の国文学者であり国学者でもあった加納諸平によって指摘されていることとである。例えば、第一求婚者（石作皇子）には第三節「仏の御石の鉢」を、第二求婚者（倉持皇子）には四節で「蓬莱の玉の枝」を、次の求婚者（あべの右大臣）には「火鼠の皮袋」を、また（大伴の大納言）には「龍の頸の玉」を、最後の（いそのかみの中納言）には「燕の子安貝」をそれぞれ持ち帰るようにと言う［難題求婚説話］が続いて、この【例文二】の第八節へと繋がるのである。当時（奈良時代初期）の読者には、この五人の堕落した貴公子たちは、それぞれ誰のことなのか想像がつくのである。［羽衣伝説］のロマンチックな愛情物語のストーリーを借りて、作者は当時の政界における大物政治家の日常生活の姿勢を写実し、当時の貴族社会を風刺して描いた物語である。本来の大和民族は純真清浄な気質で、進められているときの政治は公正で誠実な治政が行われているものと信じて疑うものは無かった。『竹取物語』の作者は、政治にかかわるものの変化につれ国内情勢が大いに変容したことについて、悲観し怒りを感じ、その実情を世に知らせようと政治の改革を描きたかったと思われる。文化・文明の進歩・発展は諸外国に遅れを取ったが、【既にこのシリーズでもあちこちで記述して来たように〔第一篇では35・52頁、第二篇でも上巻の159頁〕などで最も古い文献資料から見ると】当時1・2世紀ころの大和民族の一般的な人柄・生活態度・話し方などが『魏志倭人伝』(AD・239)にそのまま描写されている。また記・紀には応神天皇の時代などに秦《ハタ》・漢《アヤ》族などの元祖たちが大挙して大陸や半島から渡来したことや、日本書紀には半島の北東で勢力を伸ばし南下して百済まで進攻してきた時の百済族の王は、120県の住民を引き連れて亡命・帰化した記述がある。「百済」族はその後大和朝廷に帰属して以来、「百済」と同義で用いられていた「弓月」氏と改名して大和朝廷の要職に仕官した。当時先進国であった大陸や半島から生活技術や、その道具の造り方・使い方、薬草・医療の知識などをもたらし、大和民族を驚かせ『天つ神』と地域住民から敬われていたことも、この第三篇の33・54・66頁に記述したが、既にその頃から大和の国の政治の中枢に帰化人の多くが入内《じゅだい》し始めていたことは想像される。当時の大陸や半島人の資質は25頁に記述したような実態であったと想像され、『竹取物語』の作者も日本の昔話のストーリーの中に差し挟んで、五人の悪徳貴公子を批判したのであるが、後段を読み続けると、作者の意図したこの五人のエピソードは、ただ当時の政界批判や成上がり者への風刺的な写実ではなく、人には誰しも美への憧憬と愛への欲求がある。その掌握の方法についてはそれぞれの対峙の仕方によって、その人の品格・人間性が現れる。

この五人の貴公子と、次の求婚者である帝の違い。そのエピソードが最後の姫の帝への遺書である歌や、帝は姫がいる月に最も近い所を探して姫が残していった天上の物を、煙として月へ返った姫に送り返そうとする人間らしい愛情物語を「この点については『不死の山』という説明説話と、当時活火山として常に噴煙を噴き上げていた富士山の実態を表現する要因説話をも含んでいる」一層強化する前提となるような挿話であると言うことも読み取りたい。

④いま一つとして、世の男性の天女的な女性美への追求・超現実的女性への憧憬が、この物語をより浪漫的・伝奇的な内容として醸し出している。その具体的事例は前記（1）の五人の貴公子の執拗な求婚挿話のほか、九・十節における内容からも読み取ることが出来る。この点の多くについては『竹取物語』に関する書物では一般論として広く言われていることである（詳細はその例文のところで記述する）。

⑤『古事記』における生命永遠の力量を持つ別天神の最後の二柱（イザナギ）と（イザナミ）兄妹は、互いの愛情の深厚により夫婦神となって、大八島を初め、倭の建国のすべての神々を生み続け、最後にイザナミは火の神（火之迦具土神《ヒノカグツチノカミ》）を生んだのちに、黄泉の国へ逝ってしまう。愛し続けていた天父神イザナギは、地母神イザナミが黄泉の国で生き返って居ると知って、黄泉の国まで会いに行く。逢った妻は『決して私の姿を見てはならん』と伝えたのにイザナギはついにイザナミ

の顔を見てしまい、黄泉の国の汚濁［仏典では（オジャク）と訓む］を受けて地上の泉のほとりに帰る。自分の身に着いた穢れをその泉の水で洗い流し、禊《みそぎ》をするのである［このように黄泉の国に落ちてゆくのは、神仏が自分の身から離れた（カムサリ＝カミサゲ）という］。この類の昔話は、ギリシャ神話オルフェウスの冥界下りでは、オルフェウスは得意な音楽で冥王を瞑酔させ、妻を冥界から連れ戻すことが許される。しかし地上に帰るまでは妻の顔を見るなと命じられるが、地上近くになって光が妻の姿を照らした時についにオルフェウスは、妻の顔を見てしまい妻は直ちに冥界に引き戻される。

さらにわが国でも、先の『古事記』倭建命の話（59～63頁）に説明記述しているように、三重村に来て伊吹山の神の祟りを受けて倒れるが、熱田の美夜受姫との約束を果たそうと、懸命に尾張の野津の崎（熱田の宮の対岸）まで至り着いてついに命絶えてしまう。その時、屍はその岬に残ったままで、倭建命の美夜受姫への深い思慕の霊魂だけが、大きな白鳥となって大空へと飛び立って逝くものだというのが当時の一般的な霊魂思想である。同じように、高校の現代国語の教科書に多く採択されている戯曲『夕鶴』［小・中学校では「鶴の恩返し」の話］、一羽の鶴が傷ついたのを手当てして治して、野原に返してやったことがあった与ひょうの許へ嫁いできた妻のつうと交わした約束を破ってしまったので、妻のつうは与ひょうの前から姿を消し大空へと飛び立ってしまう。と言う伝説＝神となって天上（大空）へと帰ってゆくなど、二人の深く純粋な愛情を物語っている説話・昔話では、このようなカムアガリ〔（カムサリ）の対語で『カミアゲ』とも言う〕となり、他界へ去った者との再会は夢であるということを物語っているのである。死の世界は恐ろしく穢れた汚辱と恐怖の世界というイメージ（カムサリ）が強く働いていた古代の「死」への見方の対照として、『竹取物語』のかぐや姫は、八月の望月の夜に、月の世界から素晴らしく煌びやかな飛車に乗った天人・天女のお迎えが来て昇天《カムアガリ》する。かぐや姫もやはり、人間世界とは遠くかけ隔てられた、二度と帰ることのできない全く別の世界＝死の世界＝へと旅立ったのである。死の世界を『黄泉の国（地獄）』と『月の世界（浄土・極楽）』という二様の見方・感じ方が、上古の時代から永遠にあって、この二つの古典でもその両視点が取り上げられていることを認識するのも、また一つの読み方であろう。

（三）『かぐや姫の昇天』の例文

1.【本文　その二】――　かの十五日、①司々《つかさづかさ》に仰《おほ》せて、②勅使《ちょくし》少将高野おおくにといふ人をさして、③六衛《ろくえ》の司《つかさ》あはせて二千人の人を、竹取が家に遣す。④家《いへ》にまかりて、⑤築地《ついぢ》の上《うへ》に千人、（屋の上に千人）、家の人々いと多かりけるに合せて、空ける隙《ひま》もなく守らす。⑥この守《まも》る人々《ひとびと》も弓矢を帯して、母屋の内には、⑦女《おんな》どもを番《ばん》にをりて守らす。女、塗籠《ぬりごめ》の内に、かぐや姫を⑧抱《いだか》へてをり。翁、塗籠の戸をさして、戸口にをり。翁のいはく、「かばかり守る所に、⑨天《てん》の人《ひと》にも負けむや。」と言ひて、屋の上にをる人々にいはく、「⑩つゆも、物空《ものそら》にかけらば、ふと射殺し給へ」。守る人々のいはく、「かばかりして守る所に、⑪はり一《ひと》つだにあらば、まづ射殺して、外にさらんと思ひ侍る」と言ふ。翁これを聞きて頼もしがりけり。これを聞きてかぐや姫は、「さし籠めて、⑫守《まも》り戦ふべきしたくみをしたりとも、あの国の人を、⑬え戦《たたか》はぬ也《なり》。弓矢して⑮射《い》られじ。かくさし籠めてありとも、かの国の人《ひと》来(A)ば、みな⑮開《あ》きなむとす。あひ戦はんとすとも、かの国の人来な(B)ば、猛き心つかふ人も、⑯よもあらじ」。翁の言ふやう、「御迎へに来む(C)人をば、長き爪して、目をつかみ潰さん。⑰さが髪《かみ》を取りて、かなぐり落とさむ。さが尻をかき出でて、ここらの公人に見せて、恥を見せん」と腹立ちをる。かぐや姫いはく、「⑱こは高《だか》になのたまひそ。屋の上にをる人どもの聞くに、⑲いとまさなし。⑳いますかりつる心《こころ》ざしどもを思ひ知らで、罷りなむずる事のくちをしう侍りけり。長き契りのなかりければ、程なく㉑罷《まか》りぬべきなめりと思ふが、悲しく侍るなり。親たちの顧《かえりみ》をいささかだに仕うまつらで、まからむ道も㉒安《やす》くもあるまじき。日比《ひごろ》も出でゐて、㉓今年《ことし》ばかりの暇《いとま》を申しつれど、㉔さらに許《ゆる》されぬによりてなむ、かく思ひ歎き侍る。み心をのみ惑はして去りなむことの、悲しく耐へ難く侍るなり。かの都の人は、㉕いとけうらに、老いをせずなん。思ふ事もなく侍るなり。さる所へ罷らむずるも、㉖いみじくも侍《はべ》らず。老い衰へ給へるさまを㉗見《み》たてまつらざらむこそ、恋しからめ」と言ひて、翁、㉘「胸痛《むねいた》き事《こと》なしたまひそ。うるはしき姿したる使にも障らじ」と、㉙ねたみをり。

2．【その二の　語句の解説と語訳】

①「司」は、役人・役所・官職のこと。《各役所ニ御命令ニナッテ》。②ここでは、近衛府の次官を言い、正五位以下の武官。他の衛府では少将といわず、督（かみ）・佐（すけ）という。③宮廷の各門を護衛する役職に、近衛・兵衛・衛門の三部署がありそれぞれ左右二部があるので六衛となる。この六衛府が設置されたのが弘仁二年（８１１）以後である。随って『竹取物語』の成立年代はこれ以降

である。④宮廷の官職たちであるが、天皇の命令により、翁の家に来たので『罷り』を遣っている。《翁ノ家ニヤッテ来テ》。⑤「ついぢ」は「つきひぢ＝築土」の約音［tukihidi］→まず古代日本人に馴染まなかった破裂音のk音が脱落する。ついで、微弱音のh音が落ち［tuidi］となり、二重母音になった前母音のi音がi音だけ落ちて「ついぢ」となる」［シリーズ第一篇の「言語・音韻編」参照］。元のことばに戻して、『ひぢ』は土のことであり、（土で築いた物）＝土塀のことである。⑥《コノ翁ノ家ヲ守ッテイル家人タチ》。⑦《翁ノ家ニ仕エル女性タチニハ、ソレゾレガ守ルベキ場所ヲ決メラレテ、ソコニジット構エテ座ッテ守ッテイル「をりて」》。⑧「いだかへて」は「抱く」に上代継続の助動詞「ふ」が着いたことばであるから、《抱キ続ケテイタ》となる。このあたりの文表現としてラ変動詞「…をり」を連続して使っていることにより、かぐや姫を天からの迎えに対して、じっと構えて守る緊張感がよく現れている。⑨最後の「や」は反語の係助詞の終助詞的用法で強意法である。《天人ニ負ケヨウカ。イヤ決シテ負ケルモノカ》。⑩『つゆも』は程度副詞。《少シデモ、モシ何カ物ガ飛ンダナラバ》＝最後の「ば」は、前の「かけら」が動・ラ行四段・未然であるから、仮定条件接続の助詞である［シリーズ第二篇文法編下巻34頁参照］。⑪「はり」は、ごく小さな物のたとえ。「あらば」は、上の語がラ変動詞の未然形についているので、前の⑩の「ば」と同様仮定条件接続の助詞。《モシ針ノヨウニドノヨウナ小サナ物デモ見ツケタナラバ》。⑫「べき」

助動・推量・意思の用法・連体。「したくみ」は、準備・用意。《守リ戦オウトスル準備ヲシテイタトシテモ》。⑬「え」は後に否定語を伴う陳述（叙述）の副詞。《トテモ戦ウコトハ出来ナイノデス》。⑭「して」は、接続助詞ではなく、格助詞（手段・方法）である。「れ」は、助動・可能・未然。直後に打消推量の助動詞「じ」を伴っているので不可能になる。《弓矢ヲ使ッテモ射ルコトハ出来マスマイ》。⑮「なむ」は、直前の「開き」がカ行四段活用動詞の連用形に続いているから「な」は完了の助動詞「ぬ」の未然形、二句後の（B）の「人来（き）なば」の「な」と同じ助動・完了・未然。「む」助動・推量であるから、形の上では未来完了になっている。助動・完了の「ぬ」は連用形から続くので（来＝キと読む）。《開イテシマウデショウ》。もう一個所その後に（c）の『来む人をば』がある。「む」は活用語の未然形に続くので（来＝コ）と動・カ変の未然形で訓まねばならない。⑯『よも・・・否定語』＝陳述副詞《トテモイマスマイ・マサカ居リマスマイ》。⑰「さ」は三人称の軽蔑的表現で、《ソイツノ髪ノ毛ヲ》。⑱「こは高」は「声高」で、「声」の本来の発音表記は「こゑ」であるから、正しくは「こわ高」（ワ行）である。後の「なのたまひそ」は、禁止の陳述（叙述）副詞で、その間には活用語の連用形が入る〔同シリーズ第二篇文法編95～97頁参照〕。《大キナ声デオッシャイマスナ》。⑲「まさなし＝正無し」で、今日の《正シクナイ・良クナイ・ミグルシイ・ミットモナイ、並外レテイル・予想モシナイ・平常デナイ》など古代では広い意味に使われていた。《大変ミットモナイコトデス・トテモ恥ズカシイコトデス》。⑳「いますかり」は、「有・をり」の尊敬語［同文法編上巻164頁参照］。「つる」は助動・完了・連体。《(コレマデ長イ間オ世話ヲ戴キナガラ) ココデ生活シテキマシタ私ノ》。㉑「ぬべき」は、推量の助動詞「べし」の強意法。「なめり」の「な」は、助動・断定・連体「な（る）」＋助動・推量「めり」がついて、「な（る）めり」の「る」が「ん」と発音されていたかも知れないが、当時「ん」は表記されなかったために「なめり」となっている【同下巻222頁参照】。《オ別レシテドウシテモ月ノ世界へ行カネバナラナイコトト》。㉒この場合の「申し」は《オ願イスル》の意味。《月ノ天子ニ今年一年ダケノ猶予ヲオ願イシタケレドモ》。㉓この場合の「なむ」は、⑮の「なむ」や、直ぐ後の「去りなむことの」の未来完了型の「なむ」ではない。つまり、直前の語が活用形の連用形ではなく、その他の種々の語についている場合は、係助詞（強意）の「なむ」である［同下巻75〜77頁参照］。随ってこの文末の「嘆き侍る」のラ変動詞は終止形でなく連体終止法になっている（この場合の「侍る」は補助動詞である）。《全ク許サレナイノデ、コノヨウニ嘆イテオリマス》。㉕この最後の「なむ」は、直前の㉔の「なむ」と同様係助詞であるが、その結びが省略された係助詞（強意）の終助詞的用法である。こういう場合には結びのことばを補って解釈する必要がある。この場合も「あり」の丁寧語の「侍る」（この場合は自立動詞となる）を補えばよい。《マコトニ清ラカデ年ヲ取ルコトハ全クアリマセン》。㉖《タイソウ嬉シイトモ思イマセン》。㉗「こそ」は係助詞で文末は活用語の已然形終止になる。推量の助動詞（意志）「む」の已然形「め」で終止している。『恋しからめ。』《御様子ヲ見テオ世話デキナイ事ガ，》㉘『な・・そ』は前出の⑱と同様、禁止の陳述副詞で、その間には活用語の連用形「したまひ」が入っている。《オッシャイマスナ》。㉙《悔シガッテイル・憎ラシソウニシテイル》。『（ね）は心・体の深いところ＝根本が、（たむ）＝折れ曲がる・平らでない・平静でない情態になる。＝痛む・撓む・惜しむ・嫉む＝様な気持ちの表現』。

3 【その二の通釈】

『ソノ十五日ニ、（帝ハ）各役所ニゴ命ジニナッテ、勅使トシテ、少将高野大国トイウ人ヲ指名シテ、近衛府ノ役人ヲアワセテ、二千人ノ護衛ノ人ヲ竹取ノ翁ノ家ニオ遣ワシニナル。（高野ノ大国ハ）翁ノ家ニヤッテキテ、土塀ノ上ニ千人、屋根ノ上ニ千人、家ノ人ガタイソウ多カッタノニ加エテ、空イテイル隙間モナク厳重ニ守ラセル。コノ守ル人々モ弓矢ヲモッテオリ、母屋ノウチニハ女タチヲ番人ニ当ラセテ守ラセル。媼ハ、塗籠ノ内デカグヤ姫ヲ抱キカカエテイル。翁ハ塗籠ノ戸ヲ閉メテ戸口ニガンバッテイル。翁ガイウニハ「コレホドジュウブンニ守ッテイル所ニハ相手ガ天人デモ負ケハシナイ。」トイッテ、屋根ノ上ニイル人ニ言ウニハ「少シデモ何カ空ヲ飛ンダラ、スグサマ射殺シテクダサイ。」。守ル人々ガ言ウニハ「コレホドニシテ守ッテイルトコロニ、ドンナニ小サナモノデモ飛ンデキタナラバ、真先ニ射殺シテ外ニ捨テテシマオウト思ッテイマス。」ト言ウ。翁ハコレヲ聞イテタノモシガッテイタ。コレヲ聞イテカグヤ姫ハ、「私ヲ閉ジ込メテ、タトエ守リ戦オウト準備ヲシタトシテモ、アノ国ノ人ニ対シテハ、トテモ戦ウコトハ出来ナイノデス。弓矢ヲモッテ射ヨウトモ射ル事ハデキマスマイ。コウシテ私ヲ閉ジ込メテイテモアノ国ノ人ガ来タナラバ、ミナ開イテシマイマショウ。モシアノ国ノ人ガ来タナラバ、強イ心ヲ持チ続ケル人モマサカ居リマスマイ」。翁ノ言ウニハ、「オ迎エニ来ル人ヲ、長イ爪デ、目ヲ掴ミ潰シテヤロウ。ソイツノ髪ノ毛ヲ掴ンデ乱暴ニカキムシッテヤロウ。ソイツノ尻ヲ捲クリ出シテ、大勢ノ役人タチニ見セテ恥ヲカカセテヤロウ。」ト腹ヲ立テテイル。カグヤ姫ガ言ウノニ、「大キナ声デオッシャイマスナ。屋根ノ上ニ居ル人タチガ聞キマスノニ、本当ニミットモナイコトデス。今マデノ長イ間ノゴ恩ナドヲ深ク思イ知ルコトモ無ク月ノ世界へ行ッテシマウコトガ、残念デゴザイマス。長ク一緒ニ居ラレル縁ガ無カッタカラ、間モナクオ暇シナケレバナラナイノダロウト思ウト、ソレガ悲シイノデゴザイマス。親タチノオ世話ヲ少シモシテ差シ上ゲナイママデ、月ノ世界へ行ク道中モ安心デアルハズガアリマセン。日ゴロ月ノ出テイル夜ニモ縁ノ端ニ出テ来テ、今年ダケノ暇ヲオ願イ申シ上ゲマシタガ、一向ニ許サレマセンノデ、コノヨウニ思イ嘆イテオリマス。御心配バカリオ掛ケシテ去ッテシマワナケレバナラナイノガ、悲シクテ耐エラレナイノデゴザイマス。アノ月ノ都ノ人ハ、マコトニ清ラカデ、歳老イルトイウコトガアリマセン。思イ悩ムトイウコトモナイノデス。ソウイウ所へ行コウトスル事モ嬉シイトハ思イマセン。老イ衰エテユカレル御様子ヲ見テオ世話デキナイコトガ、タダモウ恋シク慕ワシク思ワレテナラナイノデス.」ト言ウト、翁ハ、「胸ノ痛イコトヲオッシャイマスナ。キレイナ姿ヲシタ月ノ使者ノモノニモ惑ワサレハシマイゾ。」ト、悔シガッテイル。』

4　【その二の補説と鑑賞】

①　この例文（二）では、このシリーズの底本に用いている『大系＝「日本古典文学体系」9』の通り採り上げて記述しているが、助動詞・推量「む」が、多くの場合「ん」に表記されている。この時期には既に日常的に「む＝ん」として使用されていたことが分かる。決して文末使用（終止形）は「ん」で、文中の終止形に続く「む」も「ん」と表記されていることもなく、全く無統一・無法則性であることから見ると、当時の漢文訓読の影響が働き、混用していたと見られる。（高校で取り扱われている教科書では全て「む」で統一されている）。

②　いま一つ気づくことは、この「竹取物語」の文中でもここに採り上げた【例文二】には、比較的会話文が多い。この作者の特徴的な一つであろうが、地の文についてては助動詞・推量「らし・まし・めり」などの表記が見られない。つまり一般的に地の文において作者の主張が表出されるはずであるが、この物語全体を見ても、感動的・情緒的な叙述が見られないのはこの作者の漢文訓読的資質の現われであることと、同時にまた文末の終結が感動や推量の付属語が少ないのは、作者自身の主体性を現さないように心しながら、当時の上層部の不正堕落の実態の批判を分かりやすく面白く陳述して、最も読み手の多い宮廷に仕える女官を対象に、さりげなく書き上げた感じである。

③　また一方では、平安時代の訓点本では用いられない「なむ・ぞ」の係助詞とその結びの法則を用いて強調しようとしていることも、前記したように宮中に仕える女官たちの読書習慣に適合させ、一般的な平安時代の表現方法を用いているのである。その結びは多くの場合、漢文訓読文では「也」で終結するのに、和文として係結法を用いて強調しようとすると、説話・昔話では「けり」が結語となり、当然連体終止法をつかって読者に余韻を与えて終わるのである。このように漢文調と和文調を併用した作者の文章技法もまた一つの読みどころである。特にこの『かぐや姫の昇天』に多く見られるので採り上げた。作者は漢文訓読の素養を深く身についておりながらも、読者対象を宮中に仕える女官たちに求めて、改めてそれぞれの身の回りを直視して生活意識を喚起させたいと思ったのであろう。読者対象を女性とすれば、和文表現を重視し、特にこの「かぐや姫の昇天」の部分では、会話文を多用して、惜別の情緒を生き生きと表現している。

④　竹取物語に限らず、その後の王朝文学では、このように漢文訓読体で漢字の熟語が多用され、文末の終結も単純で客観的な叙述と対照的に、情緒表現の部分には、係結法などによる強調と余情を感じさせる中止法を用いた和文体を、場面に応じて使い分けている二重構成法を巧みに使い分けていることも読み取りたい一面である。

（四）『かぐや姫の昇天』【例文二（その三）】

1．【本文】――①かかる程《ほど》に、宵うち過ぎて、②子《ね》の時《とき》ばかりに、家のあたり昼の明《あか》さにも過ぎて光《ひか》りわたり、望月《もちづき》の明さを十あはせたるばかりにて、③ある人《ひと》の毛の穴さへ④見ゆるほどなり。大空より人、雲に乗りて下《お》り来て、土より五尺ばかり上《あが》りたる程に、立ち列《つら》ねたり。これを見て、⑤内外《うちと》なる人《ひと》の心《こころ》ども、物におそはるるやうにて、あひ戦はん心もなかりけり。からうじて思ひ起《おこ》して、弓矢をとり⑥立《た》てんとすれども、手に⑦力《ちから》もなくなりて、萎《な》えかゝりたり。中に心さかしき者《もの》⑧念《ねん》じて射むとすれども、外《ほか》ざまへ行きければ、⑨あれも戦はで、心地ただ⑨痴《しれ》れに痴れて、⑩まもり合へり。

立てる人どもは、装束《さうぞく》の清らなること、⑪物にも似《に》ず。飛車《とぶくるま》一つ具《ぐ》したり。羅蓋《らがい》さしたり。その中に王《わう》と思《おぼ》しき人、家に、⑫「宮つこまろまうで来《こ》」と言ふに、猛《たけ》く思《おも》ひつる宮つこまろも、物に酔《ゑ》ひたる心地して、⑬うつ伏《ぶ》しに伏《ふ》せり。いはく、「汝《なんぢ》、おさなき人、いささかなる功徳《くどく》を翁つくりけるによりて、汝が助けにとて、⑭かた時《とき》のほどとて下しゝを、⑮そこらの年頃、そこらの金《こがね》給

（ひ）て、身をかへたるがごと成りにたり。かぐや姫は、罪を作り給へりければ、かく賤しきおのれがもとに、しばしおはしつるなり。⑯罪《つみ》の限《かぎり》果てぬればかく迎ふるを、翁は泣き歎《なげ》く、能《あた》はぬ事なり。⑰はや出《いだ》したてまつれ」と言ふ。翁答へて申す、「かぐや姫を養ひたてまつること二十余年《よねん》になりぬ。⑱かた時との給ふにあやしくなり侍《はべ》りぬ。また異所《ことどころ》に、⑲かぐや姫と申す人ぞおはすらん」と言ふ。「ここにおはするかぐや姫は、重き病《やまひ》をし給へば、⑳え出《い》でおはしますまじ」と申せば、その返事はなくて、屋の上に飛車《とぶくるま》を寄せて、「いざ、かぐや姫。穢《きたな》き所に㉑いかでか久《ひさ》しくおはせん」と言ふ。立て籠《こ》めたるところの戸、㉒すなはち、たゞ開きに開きぬ。格子《かうし》どもも、人はなくして開きぬ。女抱《いだ》きてゐたるかぐや姫、外《と》に出ぬ。㉓え止《とど》むまじければ、たださし仰《あふ》ぎて泣きをり。竹取り心惑《まど》ひて泣き伏せる所に寄りて、かぐや姫言ふ「㉔ここにも心《こころ》にもあらでかく罷《まか》るに、㉕昇らんをだに見送り給へ」と言へども、「なにしに、悲しきに見送りたてまつらん。我をいかにせよとて㉖捨てては昇り給ふぞ。⑰具《ぐ》して出でおはせね」と泣き伏せれば、心惑《まど》ひぬ。「文を書きおきてまからん。

恋しからむ折々、とり出て見給へ」とて、うち泣きて書く言葉は、『此国《このくに》に㉘生まれぬるとならば、なげかせたてまつらむほどまで侍《はべ》らで過ぎ別れぬる事、返〻《かへすがへす》、㉙本意《ほい》なくこそおぼえ侍れ。脱《ぬ》ぎ置く衣《きぬ》を形見と見給へ。月の出でたらむ夜は、㉚見おこせ給へ。見捨てたてまつりて罷る空よりも、㉛落ちぬべき心《ここ》地《ち》する』と書きおく。

2.【本文三の語句の解説と語訳】

①「かかる＝かくある」の二重母音の前母音省略による（kakuaru）。《コウシテイルウチニ》。②「子」＝一日を十二等分して十二支の（ね）を現在の午前0時頃に設定した当時の定時法による。《夜半ノ十二時頃ニ》。③「ある」は（存在）の自立動詞で、連体詞や補助動詞ではない。《ソコニイル人タチノ》。人も物もその存在を表す言葉は、どちらも「有り・居り」であった。④「見ゆる」は自動詞《見ヨウト思ワナクテモ自然ニ見エテシマウ》。最後の「なり」は助動・断定・終止。この後の傍線部⑤・⑦にも「なり」が続く。これらの相違について明確に判別できるようにしたい［シリーズ第二篇下巻＝192頁等参照］。⑤この場合の「なる」は、「にある」の二重母音の前母音省略（niaru）により「なる」となったので現代語訳では（「アル」は人に対する存在で、物の存在ではないから《ニイル》となる。

句末の「ども」は、接続助詞ではなく名詞に続いているから、同質の複数を例示する接尾語。接続助詞ならば活用語の已然形に続く【シリーズ第二篇文法編の下巻42・57頁参照】。《家ノ中ヤ外ニ居ル人タチノ気持チハ全テ同様ニ》。⑥「立てん」の「ん(む)」助動・推量・意思の用法・終止(接続助詞「と」に続いていくから)。《立ッテ構エヨウトスル》。⑦「なくなり」の「なり」は、④・⑤の「なり」とは異なり、形容詞「なし」の連用形についた動・ラ行四段・連用である。《手ニハカモナクナッテ》。⑧この場合の「も」は、助・係・強意の用法で《荒レタ戦イモシナイデ》の意味で、戦いの状況をこれまでの勢いとは違った様相を強調している。⑨格助詞「に」には上下に同じ語を用いて強調の用法がある［シリーズ第二篇・文法編下巻16頁参照］。《タダタダ呆ケテシマッタヨウニ》⑩最後の「り」は、「合ふ」の已然形に続いているから助動詞・完了。《オ互イガジット見詰メ合ッテイタ》。⑪「に」は助・格・対象、「も」は助・係・強意。《外ノ物ニ似テイル物ハ全ク無イ》。⑫最後の「来」は、動・カ変・命令で、「こよ」の「よ」の省略。平安時代の会話文によく用いられた。《造麻呂ヨ、出テ参レ》⑬上下に同じ語の「伏す」を用いてその間に使われる「に」は、⑨の場合と同様、助・格・強調である。最後の「り」は動・サ行四段・已然(命令とも)に続いているから助動・完了・終止。《タダタダヘナヘナト打ツ伏シテシマッタ》。⑭悠久の時間を持つ天人から見ると、姫を十年余も育ててきた時間も「片時」と感じるのである。この時代において人間世界における時間は有限であるのに対して、天上の月の世界に行けば時間は無限であるという人間世界の時間に対する憧れを、この様な方法によって現しているこの作者の主張のひとつである。「とて」には主に三つの口語訳があるがこの場合には《…ト思ッテ》が適切である〔「とて」についての詳細は、「第二篇文法編下巻」の26頁参照〕。また最後の「を」は助・逆接の用法。《ホンノワズカノ間ダケト思ッテ姫ヲオ前ノ許ニ下シテオイタノデアルガ》。⑮上代語で数の多いことや程度のはなはだしい情態を表す副詞に「幾許（ここだ）」が使われていたが、平安時代以降（ここら）になってやや身分の離れた者に対して上位の者は、「ここら」よりも「そこら」を使用していた。現代の「その辺り」という用法は全く無い《何年モノ長イ間、タクサンノ金銭ヲ…》。⑯「ぬれ」は、助動・完了・已然。已然形に付いた「ば」は、接続助詞・確定の用法〔「ば」についての詳述は、〔第二篇文法編下巻の34～36頁参照〕。《終ワッタカラ・終ワッタノデ》。⑰「たてまつれ」は、動・ラ行四段・命令・謙譲の用法。この場合は、天の王が翁に命じているので、翁に対する直接的な謙譲と見るのは間違いで、天女であるかぐや姫を翁に対して、この場に連れ出す動作について、翁が姫に謙譲している立場での用法である。《姫ヲコノ場ニオ連レ致シナサイ・姫ヲココニオ出シ申セ》。⑱「の給ふ」は、動・ハ行四段・連体・「言ふ」の尊敬語。当然翁が天の王に対しての尊敬《オッシャッタ》。「に」は、助・接続・原因・理由の用法。直後の翁が不思議で納得できない原因理由は、直前の天の王が「の給ふ」ことにある《…ノデ・…カラ》。「侍り」は、動詞・ラ変・連用・丁寧の補助動詞。《ホンノワズカノ間ダケトオッシャッタノデ不思議デ変ニ思イマシタ》。⑲「ぞ」は、係助・強意の用法。結びは文末の「らん」＝助動・推量・連体。「おはす」は動・ラ行四段・終止・で、この場合は「あり・居り」の尊敬語《イラッシャル》。《カグヤ姫ト申ス人ガキットイラッシャルノデショウ》。⑳「え」は、上代語では下一段の動詞で、可能の意味を表した。その連用形が固定化して、後に否定語を伴って使われるようになり陳述の副詞として使われるようになった。その時期が平安時代のことであったので、学校文法では陳述の副詞となっている［詳細は「文法編上巻」119頁参照］。「おはします」は、（あり・居り・来）などの尊敬のサ行四段動詞で、その連用形にさらに尊敬の「ます」が着いて複合した一語＝この場合は翁が姫を尊敬しているので《イラッシャル》。文末の「まじ（助動詞・打消推量）」は、前に陳述の副詞「え」を受けているので、助動詞・不可能の用法。《トテモ出テイラッシャルコトハ出来マスマイ》。㉑「いかでか」は、陳述の副詞「いかで」に疑問・反語の係助詞「か」がついた複合の陳述副詞。後に推量の助動詞などを伴って使われたときには反語で強調表現になることが多い＝《ドウシテ…ダロウカソンナ必要ハナイダロウ》［詳細は「文法編上巻」125・6頁参照］。「おはせ」は、直前の⑳で説明したように動・サ変「おはす」の未然＋「む（ん）」、助動・推量・連体・が着いた強調的表現。《ドウシテイツマデモイラッシャルノデショウ。（早ク出テイラッシャイ）》。㉒「すなはち」は、本来「即座・同時・直後」など時間的に短い情態を表現する名詞に遣われていたが、平安末期頃から漢文訓読の一般化するうちに、《スグニ・直チニ》など情態副詞に使われるようになった。この時代（竹取物語の成立の頃）には名詞の用法が普通であった。㉓「え」は前出の⑳で説明済み。「まじけれ」は、助動・打消推量「まじ」の已然。「まじ」の活用は、形容詞シク活用型〔その成立や使用の時代など詳細については「第二編文法編下巻」（２０５〜２０９頁）参照〕。《トテモ止メルコトガデキソウモナイノデ》。㉔「ここにも」の「ここに」は、本来場所を示す指示代名詞であるが、話し手の居る場所、翁の家にいる自分＝一人称を指して言うようになった。その場合には「に」をつけて言う。「も」は《翁ヤ嫗ダケデナク自分モ》の意味（係助詞・同類の例示の用法）。「で」は、この場合は（活用語「あり＝ラ変動詞」の未然形についている）接続助詞・打消の用法である。格助詞にも「で」はあるが、体言か活用語の連体形に接続する点で識別する。《私トシテモ、本心デハナクテ》。㉕「昇らん」は、動・ラ行四段・未然＋「ん＝む」助動・推量・意思の用法、この「ん＝む」は、活用語の未然形に続く（「昇らん」の「らん」を助動詞・推量と見間違わないように）。「だに」は、副助詞・最小条件〔詳細は文法編58頁参照〕。「給へ」は尊敬の補助動詞・命令形。尊敬すべき相手に命令することは失礼になるので、当然依頼表現を用いる。《セメテ私ガ昇ロウトスルノダケデモ見送ッテ下サイ》。㉖「は」も「ぞ」も係助詞であるが、「ぞ」

はこの場合疑問の終助詞的用方。《捨テテオ昇リニナルノデスカ》。㉗「具して」は、《供連レテ＝イッショニ連レテ》「おはせ」は前の㉑で説明済み。動詞・サ変・命令に、「ね」上代語の終助・依頼の用法が付いた語。《一緒ニ連レテ行ッテクダサイヨ》。㉘「生（ウまたはム）まれ」は、自動詞・下二段・連用に着いた「ぬる」は、助動・完了の連体。「なら」は助動・断定・未然。未然形に付いた「ば」は、助・接続の仮定条件法＝《モシ私ガコノ人間世界ニ生マレテイタナラバ》。㉙「本意（ほい）なく」は形容・ク活用の連用《自分ノ本心ドオリデハナイ・思イ通リデナイ》。「こそ」は活用語の連用形や体言その他の語に着く係助詞・強意で、文末は已然形終止の係り結びを表す。「おぼえ」は、「思ふ」の未然形「思は」に、上代語の自発の助動詞「ゆ」が着いて、後に「おもほゆ」となりさらに、（も＝mo）のm音が同じ唇破裂音の鼻音（ぼ＝bo）のb音となると同時に、三字目の「ほ」が脱落して「おぼゆ」の連用形「おぼえ」と変化した語に、ラ変動詞「侍り」の已然形がついた語句である〔このm音とb音については、第一篇「言語・音韻編」145頁に詳述〕。「侍れ」が結びの語で、丁寧の補助動詞。《私ノ本心デ無クトテモ残念デゴザイマス》。㉚「べき」が完了の助動詞「ぬ・つ」を伴って使われたときは「べし」の強調法として使われることが多いという事も既に記述済み。さらに文末も係助詞が前に使われていないのに、連体終止法の余情止めを用いている。《悲シサノアマリ、昇ッテ行ク空カラ落チテシマイソウナ気ガイタシマスヨ…》。

（四）『かぐや姫の昇天』【例文二（その四の２）】

２．【本文】――　天人の中に持たせたる箱あり。天《あま》の羽衣《はごろも》入れり。又あるは不死の薬入れり。ひとりの天人言ふ。「①壺《つぼ》なる御薬《みくすり》たてまつれ。穢き所の物②きこしめしたれば、御心地《ここち》悪しからむ物ぞ」とてもて寄りたれば、わづか嘗《な》め給ひて、すこし形見とて、脱ぎおく衣《きぬ》に包まんとすれば、③ある天人包ませず。御衣《みぞ》を取り出でて着せんとす。その時に、かぐや姫「しばし待て」と言ふ。「衣着せつる人は、④心異《こと》になるなりといふ。物一こと言ひおくべき事ありけり」と言ひて、文書く。天人、おそしと心もとながり給ひ、かぐや姫「⑤もの知らぬことなの給ひそ」とて、いみじく静かに、公《おほやけ》に御文《ふみ》たてまつり給ふ。あはてぬさまなり。

「かくあまたの人を賜《たま》ひて止《とど》めさせ給へど、許さぬ迎へまうで来て、⑥とりいてまかりぬれば、くちおしく悲しき事。宮仕《みやづか》へ⑦仕《つか》うまつらずなりぬるも、かくわづらはしき身にて侍れば、⑧心得ず思《おぼ》しめされつらめども、心強くうけたまはらずなりにし事、⑨なめげなるものに⑩思《おぼ》しめし止《とど》められぬるなん、心に

とどまり侍《はべ》りぬる」とて、

今はとて天の羽衣きるおりぞ君をあはれと思ひいでける

とて、壺の薬そへて、頭中将《とうのちうじやう》呼び寄せてたてまつらす。中将に天人とりてつたふ。中将とりつれば、ふと天の羽衣うち着せたてまつりつれば、翁をいとほしく、悲しと思しつる事も失せぬ。この衣着つる人は、物思ひなくなりにければ、車に乗りて、百人ばかり天人具《ぐ》して昇《のぼ》りぬ。

3．【本文二 その四の２】 語句の解説と語訳

①「壺なる」の「なる」は、前文の⑤の「なる」と同じ成立で存在を示す「ある」であるが、前文の場合の対象は人であるから「にいる」と今日では言うが、この場合は薬＝物に対して言っているからそのまま《壺ノ中ニアル》が現代語である。「たてまつれ」は、本来「与える・やる」の謙譲語（ラ行・四段）である。この場合は、「ひとりの天人」がその壺を持たせている部下の天人に対して、自分たちの立場を姫よりも下位にあると認識して、上位の天人が下位の天人に対して命令している場面である。《壺ノ中ニアルオ薬ヲ姫ニ差シ上ゲナサイ》。②「きこしめす」は、「きく」動・カ行四段・未然「きこ」、＋「す」上代語の助動・尊敬が

付いた「きかす＝kikasu」の母音a音がo音転化した複合動・サ行四段・「きこす」の連用・「きこし」、＋「召す」動・サ行四段・尊敬の補助動詞が着いた（動詞の「召す」が付くのであるから当然「きこす」の連用形「きこし―」に付く）複合動詞の一語「きこしめす」である。「きこしめす」の意味は、本来「聞く・食ふ・治む」などの動作の主体者に対しての尊敬語である。「たれば」は、「たれ」助動・完了・已然＋「ば」助・接続の確定条件。《召シ上ガッテコラレタカラ》。③この場合の「ある」については、前文の（2の③162頁）の解説・③の説明と同様で、天人の「存在」を言っているから、《ソコニイル天人ハ》である（連体詞の《アル天人ハ》ではない）。④「異に」は、本来、形容動・連用・の副詞法、それに断定的に言うラ変の動詞の「成る＝niaru」の連体形についた伝聞・推定の助動詞「なり」が付いた句（伝聞・推定の『なり』は、活用語の終止形につくが、ラ変動詞には連体形につく）。《人間ノ心トハ替ワッテシマウト聞イテイマス》。⑤「もの知らぬ」の「もの」は、今日では《話ノ分カラナイ・無粋ナ・気ノ利カナイ》など、そこまで述べてきたことの主意を纏めて一つの名詞的な扱いをしている。「なの給ひそ」の説明については［前記（その3）の解説⑱で］説明済み［詳細については「文法編（下巻）」95～97頁参照］。《モノノ情理ノ分カラヌコトヲオッシャイマスナ》。⑥「とりいて」は「とり率て」で、《探シ出シテ（無理ニデモ）天上へ連レテ》の意味。「まかりぬれば」は《コノ地上カラオ別レシテシマイマスノデ》［「罷り」については「姫の昇天」(その一)解説⑰にて説明済み」。《私ヲ引キ連レテ天上へ行ッテシマイマスノデ》。⑦「仕へまつる」は、《スル・行ウ》の謙譲の補助動詞「仕ふまつる」のｈ音が脱落して、ウ音便化した複合語の未然形。《宮中ヘノオ仕エヲ致サナカッタノモ》。⑧「心得ず」は、《ナゼナノカ理由ガ分カラナイ》。「思しめされつらめども」は、尊敬の動・サ行四段「思しめす」の未然・「思しめさ」＋助動・尊敬「る」の連用・「れ」＋、「つ」助動・完了＋「らめ」助動・推量・已然＋「ども」助・逆接の続いた形。《訳ガ分カラナイトオ思イニナラレタコトデショウケレドモ》。⑨形容動詞「なめげなり」の連体形《なめげなる》は本来、形容詞「なめし《無礼ナ・無作法ナ》」の語幹「なめ」に、外見がそのように感じられる気配を示す名詞化する接尾語（―げ）が付いたことばから転成した形容動詞。《無礼ナ者ダト》。⑩「思しめし」は直前の⑧と同じ。「られ」助動・尊敬・連用＋助動・完了「ぬ」の連体「ぬる」＋「なん」係助・強意＝《オ心ニオ思イ止メラレテシマッタコトガ》。この場合の「止む」の主体者は、帝であることは、その前後に尊敬語の「思しめし」と「られ」が使われていることで判断できる。直後の「心にとどまり」は、謙譲の補助動詞「侍る」を遣っていることから、その主体者は自分であることを判別する（最後の「ぬる」は言うまでもなく⑩の係助詞「なん」の結びであるから、助動・完了の連体である）。⑪最後の「ける」は助動・過去「けり」の連体。直前の「きるおりぞ」の係助詞・強意「ぞ」の結びである。《イマサラ帝ヲシミジミオ懐カシク思イ出シテイルコトデゴザイマス》。⑫「ふと」情態副詞。何の前触れも無く突然行動をする状態を言う。《突然・急ニ・サット》。⑬「物思ひ」は、この場合は長い間慣れ親しんできた両親や一族に使えてきた人への人間らしい気心。《不憫・イトオシイ・懐カシクテタマラナイ》など。

3.【本文二の　四の1と2の通釈】

（1）コウシテイルウチニ、宵モ過ギテ、夜中ノ十二時頃ニ、家ノアタリガ昼ノ明ルサニモ増シテ、一面ニ光リ輝キ、満月ノ十倍ホドノ明ルサナノデ、ソコニイル人タチノ毛ノ穴サエモ見エルホドデアル。大空カラ人ガ、雲ニ乗ッテ降リテキテ、地上カラ五尺程度上ガッタトコロニ、立チ並ンデイル。コレヲ見テ、家ノ内外ニイル人タチノ心ハ、何カモノニ襲ワレテイルヨウニオビエテ、コチラカラ戦オウトイウ気カモ無クナッテイタ。ヤット気カヲ取リ直シテ、弓矢ヲ取リ構エテ射ヨウトスルガ、手ニカモ入ラナクナッテ、萎縮シタヨウニ物ニ寄リカカッテシマッタ。中ニハ気ノ強イモノガイテ我慢シテ射ヨウトスルケレドモ、矢ハ見当違イノ方向ヘ外レテ行ッタノデ、激シク戦イモシナイデ、気持チガ放心状態ノヨウニナリ、タダ呆然ト見守リ合ッテイタ。

立チ並ンデイル天人タチハ、着テイル服装ノ清ラカナコトハ、コノ人間世界ノ何物ニモ比ベヨウガナイ。空ヲ飛ブ車ヲ一台用意シテイル。ソノ車ニハ薄絹ノ嵩ガサシ掛ケテアル。天人ノ中デ王ト思ワレル人ガ、翁ノ家ノ中ニ向カッテ、「造麻呂ヨ、出テ来イ」トイウト、今マデ強ガッテイタ造麻呂モ、何カモノニ酔ッタヨウナ気ガシテ、ヨロヨロト出テ行ッテウツ臥セニ倒レタ。王ト思ワレル人ガ言ウニハ、「翁ヨ、コノ幼イカグヤ姫ヲ大切ニ養イ、少々ノ善行ヲ尽クシタコトニヨッテ、オ前ノ助ケニナルヨウニ、ホンノ少シノ間ダケト思ッテ、姫ヲオ前ノ元ニ下シタノデアルガ、オ前ハ長イ年月、タクサンノオ金ヲ賜ッテ、身分ガ変ワッテ別人ノヨウニ成ッテシマッタ。カグヤ姫ハ、月ノ世界ニイルトキニ罪ヲ作ラレタノデ、コノヨウナ賤シイオ前ノトコロニ、シバラクノ間イラッシャッタノデアル。今ハソノ罪ヲ償ウ期限ガスッカリ終ワッタノデコウシテ迎エニ来タノニ、翁ハ泣キ嘆クガ、ソレハドウニモナラナイコトデアル。姫ヲ早クココニオ連レ致シナサイ。」ト言ウ。翁ガ答エテ申シ上ゲル、「カグヤ姫ヲオ育テ申シ上ゲルコトコレマデニ二十余年ニナリマシタ。ソレヲホンノシバラクノ間トオッシャルノデ不思議ニ思イマシタ。マタ別ノトコロニカグヤ姫ト申ス人ガイラッシャルノデショウ。」トイウ。「ココニイラッシャルカグヤ姫ハ、思イ病気ヲ患ッテイラッシャイマスカラ、トテモ外ニ出ルナドオ出来ニナリマスマイ」ト申スト、ソレニ対シテノ天人ノ返答ハ無クテ屋根ノ上ニ飛ブ車ヲ寄セテ、「サア、カグヤ姫ヨ、コンナ汚ラワシイ所ニイツマデモイラッシャルコトガアリマショウカ」、トイウ。固ク締メ切ッテアッタ場所ノ戸ガ、直チニスルスルト開イテシマッタ。格子戸ナドモ、人ノ手ヲ使ワナクテモ開イテシマッタ。翁ノ妻ガ抱イテイタカグヤ姫モ、外ニ出テシマッタ。トテモ止メルコトガ出来ソウニナイカラ、タダ仰ギ見テ泣イテイルバカリデアル。竹取ノ翁ガ心乱シテ泣キ伏シテイルトコロニ近寄ッテ、カグヤ姫ハ言ウ「私トシテモ本心デモナクテコノヨウニ月ノ世界へ行クノデスカラ、セメテ天上へ昇ッテユク時ダケデモ見送ッテ下サイ」ト言ウケレヂモ、「ドウシテコレホド悲シイノニオ見送リイタスコトガ出来マショウカ。私ヲドウシヨウト思ッテ私ヲ捨テテ月ノ世界へ昇ッテユカレルノデショウ。私ヲイッショニ連レテ行ッテクダサイ」ト言ッテ、泣キ伏シテイルノデ、姫モ心ガ乱レテシマッテイル。「オ手紙ヲ書イテオ別レシマショウ。私ヲ恋シク思ウソノ折々ニ、取リ出シテ見テクダサイ」ト言ッテ、泣キナガラ書ク手紙ノ言葉ハ、「モシ私ガコノ人間世界ニ生マレテイタ身ノ上デシタラ、嘆カナイデ気ノ済ムマデオソバニ居レマスノニコウシテオ別レシナケレバナラナイノハ、カエスガエスモ私ノ本心デハナイノニ残念ニ存ジマス。私ノ着物ヲ置イテユキマスノデ形見トシテ見テ下サイ。月ガ出ルヨウナ夜ニハ私ノ居ル月ヲ見テクダサイ。ゴ両親ヲオ見捨テシテ月ノ世界へ行ク空カラモ、落チテシマイソウナ気ガイタシマス。」ト書キ残シテオク。

（2）　天人ノ中ノアル者タチニ持タセタ箱ガアル。ソノ一ツニハ天ノ羽衣ガ入ッテイル。マタ外ノ天人ガ持ツ箱ニハ不死ノ薬ガ入ッテイル。一人ノ天人ガ言ウ。「壺ニアルオ薬ヲオ飲ミ下サイ。穢レタ世界ノ食べ物ヲ召シ上ガッタノデ、御気分ガサゾヨクナイデショウヨ」トイッテ壺ヲ持ッテ姫ニ近寄ルト、カグヤ姫ハ少シダケオ嘗メニナラレテ、少シダケ形見ニシヨウト思ッテ、脱イデオク着物ニ包モウトスルト、ソバニ居タ天人ハ包マセナイ。オ着物（天ノ羽衣）ヲ取リ出シテ姫ニ着セヨウトスル。ソノ時ニ、カグヤ姫ハ「シバラクオ待チナサイ」ト言ウ。「天ノ羽衣ヲ着（セラレ）タ人ハ、地上ノ人トハ心ガ変ワッタヨウニナッテシマウト言イマス。大事ナコトヲ一言イッテオキタイ事ガアルノデスヨ」ト言ッテ、手紙ヲ書ク。天人ハ、遅イト心ジレテオラレルガ、カグヤ姫ハ「人ノ情理ノ分カラナイコトヲオッシャイマスナ」ト言ッテ、タイソウ静カニ、帝ニオ手紙ヲ差シ上ゲナサル。落チ着イタ様子デアル。

『コノヨウニタクサンノ護衛ノ人ヲオ遣ワシ下サッテ、私ヲコノ世界ニオ止メ下サイマシタケレドモ、ドウシテモ許サレナイ天ノオ迎エガヤッテ来テ、私ヲ召シ連レテ行ッテシマイマスノデ、残念デ悲シイコトト思ッテオリマス。ワタシガ、宮中ニオ仕エシナカッタノモ、コノヨウナ煩ワシイ事情ノアル身デゴザイマスノデ、理解デキナイト思シ召サレタコトデショウケレドモ、私ガ強情ニモオ仰セヲオ受ケシナカッタコトヲ、無礼ナモノト思シ召サレ、イツマデモオ心ニ止メテ居ナサルコトガ、私ニトッテ何ヨリモ心残リニナッテシマイマス』ト書イテ、

今トナッテハコレマデト思ッテ　天ノ羽衣ヲ着ルトキニナッテ

イマサラシミジミト帝ヲ懐カシク思イ出シテオルノデゴザイマス

ト壺ノ薬ニ添エテ、頭中将ヲ呼ビ寄セテ、帝ニ献上サセル。天人ガ受ケ取ッテ中将ニ渡シタ。中将ハ受ケ取ルト、直グニ天人ガ姫ニ天ノ羽衣ヲサットオ着セ致スト、翁ヲイトオシク、不憫ダトオ思イニナッテイタ事モ消エテシマッタ。コノ羽衣ヲ着タ人ハ、人間世界ノ思イガナクナッテシマウノデ、（カグヤ姫ハ、モウ今ハ天人ニナッテ）飛ブ車ニ乗ッテ、百人バカリノ天人ヲ引キ連レテ月ノ世界ヘト昇天シテシマッタ。

4．【本文　その三の1・2】の補説と鑑賞

①　この『かぐや姫の昇天』の節について、作者は幾つかの説話・民話の典型的手法を取り入れている。【例文二】の補説・鑑賞の（2）の中ほどで少し記述したが、この作者の最も書きたかったことは、当時の悪徳政治家五人の実情でもあったのであろうが、この部分「『大系』の3節から7節の部分」については、ほとんど今日の高校の古典教材として取り扱われていない。［一部の教科書では、四節の『蓬

莱の玉の枝』、あるいは七節の『燕の子安貝』をわずか目にする程度である」古典の教材に採択されている部分の最も多いのがこの『昇天』の節と、最後の『富士の山』の2節である。

いつの時代においても物語文学のテーマは、男女の心昂ぶる純愛の諸相と、どうにも避けがたい離別への哀惜という両極の情緒の真相が取り扱われて永遠である。『竹取物語』の作者は、宮中に伺候する下級官吏で、常々自分の生活範囲に存在する女御・更衣など女官たちの日常的な事が観察できる立場にいたことが想像される。当時の大和民族のうち識字能力を会得していたものは三十パーセントに満ちていなかったと言われている。その時代において、ほぼ八十パーセントの能力を持つ上流社会に生活する女官たちを読者対象に、五人の悪徳政治家をモデルにして政治全体の正常化に目を向けさせようと物語の前半において、戯画的で面白い内容として取り上げ、五人の貴公子になんとなく違和感や嫌悪感を抱かせる。それに引き続いて、清潔で誰しも宮仕えする女官たちの憧れの中心者である若い帝が、かぐや姫の相手として登場する後半部において、女官たちの読書意欲は遺憾なく旺盛になっている。この物語から読み取れる感動は作者の構成力にあり、叙述面でも状況描写ならば静から動へ，男女の心理描写ならば冷静から時機を経て知人的感情から友情へ、そして恋心から愛情へ、というような浅薄無情から濃厚熱烈へと漸層法的な表記法による構成で描写が続けられることにより、読者を引き込む手法を心得て用いている。読者の女官たちは、おのずと魅了され、自己の感動を周りの人に伝え、多くの女官に広まり、女官だけでなく識字能力の乏しい一般生活者に対しては読み聞かせも含めて、当時の生活者に広まることを予想して書いたのであろうと考えられる。

②

時の帝の求婚を耳にした後、かぐや姫は、月が美しい夜になると縁側に出て、満月前後の月の美しさを鑑賞する表情ではなく、悲哀の面持ちを湛えて眺める夜が続く状況描写をしながらも、作者は姫の悲しそうな表情が月の精であると客観的に描写をしていたものの、満月の夜に至ると姫は『人目も今ははばからず泣きたまふ』と、これまで自分の秘密を隠し続けた苦しみが、ついに隠し切れず、正直で純粋な姫は自己感情を率直に態度に表してしまう。翁夫婦は当然、姫を取り巻く周りの人々にも気づかれる。姫の告白を聞いた翁たちは、これまでの素直で明るく、和やかで上品な姫とのこの上ない幸せな生活から、突然驚きと悲しみの沼底に落ち込んでしまう。

翁たちの今後の生活の深刻さや、姫の想像もつかなかった翁夫婦とその近辺に登場する人たちとの身分の驚きも、作者の文章構成の技術である。また古来、月についての言い伝えは多く、特に八月十五夜（陰暦）の月は、現代でも農業の神を祭る祈年祭や収穫祭が各地で行われている。しかし一方では、この日に死人を出すと、その死者は月の世界へ昇天して立派な仏になるが、その一族は次第に衰亡してゆくと言われている。偶然に幸運を手にした者の子孫は栄えないと世俗では言われてきた。翁が偶然に竹の中からかぐや姫を見つけて後、『竹取るに、節を隔ててよごとに金ある竹を見つくること重なりぬ。』（第一節『かぐや姫の生ひ立ち』）そして『翁やうやう豊かになり行く』。この時点において翁は最盛期に向かっていた。しかし、この八月十五日の夜に月から天人が降下し、その夜に姫が昇天すると言う構成も、大和民族の間に伝えられてきた口承民話を作者は使っているのである。十五夜の満月は、毎月あるが、その月を眺めて観賞する事は忌事（タブー）であった（例えば『源氏物語（宿木）』・『十訓抄』・『後撰集』などにもその例は描かれている）。

③　大和民族の仏教的・民俗的認識の伝承面から見て、この作者が重視していると思われることが2点ある。その一つは、月の世界から飛ぶ車を用意して来た天人たちは、翁の家近くの地上五尺ほどのところに立ち並んで、その中の王と思われる天人が翁に向かって姫を連れ出すように命ずるが、翁の返答の虚偽は完全に見通していて無視し、『屋の上に飛ぶ車を寄せ』る。それまで地上五尺のところに降下して立ち並んでいた天人たちが、穢れた人間世界に接近する限度がこの位置なのであろう。「仏教思想では「厭離穢土《おんりえど》」と言っている。その対立的な思想が、煌びやかに光り輝く素晴らしい極楽浄土を求めてやまない考えを「欣求浄土《ごんぐじょうど》」と言っている。」その後すぐさま天人たちは、翁の館の「屋の上」まで飛ぶ車を

近づけたのである。この行為は屋根には、既にこの時代以前から行われていた家屋建築の際の民俗的習慣であったと考えられる『棟の具し』［（屋根棟工事＝棟の備え＝『備え』は、動詞・下二段・連用・名詞法＝「設備」］＝儀式のための日本家屋の建築様式と考えられる。地方によっては、九尺か六尺の正方形の小屋根が着いた煙出しをかねているものである。この建築様式は、木造建築になった奈良・平安時代以前、上古の時代の草葺屋根の頃の様式として、屋根の中央付近に室内の煙出しだけでなく換気・採光の用法として既に使われ、次第に家族・家屋の安全のための儀式として、この『具し』の意味があった。この儀式は、今日においても日本の各地でも行われている［個人的な経験から認識させられた事ではあるが、現在四国今治市の島での生活以前に、それまで愛知県の地方都市に住居を新築した際も、また愛知から遠く離れたこの島においても］家の新築の際には地鎮祭・上棟式を行い、棟の中央部分に穴を開けて、地鎮祭の時に神主が使った幣をこの穴に挿し、家の安全とこれからここに住む家族の健康と繁栄を祈念する神事が行われているのである。（この『棟の具し』は、サ変動詞・連用形の名詞法である）。つまり天人たちは人間世界における風俗習慣を知り尽くし、その家の最も中心的位置から、かぐや姫を月の世界へと昇天させようと言う配慮を作者が記述していると考えるのが妥当と思われる。［余談ではあるが、我々民間人の習慣的行事でも最初の建築士に『自然災害の多い日本列島では、自然の神々に対して「魂鎮め＝（タマシズメ）」として行われてきた儀式＝地鎮祭を、いつ誰にしてもらうか』と言うことをたずねられた時、少し違和感を覚えたことを思い出す」今日当然の如く、公的で立派な科学館や文化会館などの新設の際においても、まだ古代から伝わるこの習俗は引き継がれているのである。遠く古代ギリシャのオリンピアで行われた聖火の採火行事において行われたことが、今日も、ライターやマッチを使わなくて、直接太陽から点火している事も同様の発想による祭りであろう。」という事に関わる習俗をこの『竹取物語』の作者はさりげなく筆にしていることがまた興味深い。

④

さらに大和民族の一般生活に存在する民俗的な言い伝えに関係して、翁の返答の嘘を無視して、天の王と思われる天人が『いざかぐや姫、穢きところにいかでか久しくおはせむ』と呼びかける。若いかぐや姫は今までにも天の王に昇天の延期を懇願していた。この十五夜になっても翁両親への自分の心情や、帝への伺候についても断り続けてきたこと、帝や翁両親それぞれに、手紙を書いたり、昇天の決断に迷い続けたりしていた。この世とあの世をうろうろした情態にあった。もし露深い夏の夜ならば、その周りを霊魂（俗に言う火の魂）が飛び交う状況の時に、天の王から『魂呼《タマヨ》ばい』を受け、ついに側に控えていた天人により、薬を飲まされ、羽衣を着せられて昇天の時に至るのである。上代における屋根棟を使った家屋はよほどの金満家か、上流階級の者の館であるが、その棟木の両端に風穴の小窓を開けて棟木の保存を考えた築造だけではなく、死者の浄土への願いが籠められた仕様でもあったと言われている。

⑤　作者がこの八節（『姫の昇天』の節）で描こうとした親子の情愛の深厚と死別の美化表現についてである。八月の望月に近づくにつれて、姫は月からの迎いが来ることについて翁夫婦の嘆きを思い、苦悩に耐えながら悲しんできた。その苦悩の表情に気づいた翁夫妻は心配して姫に聞き質す。姫は自分の真実を静かに説明するが、翁夫妻には通じない。翁は自分を棄てて月の世界へ行くなら、自分も連れて行って欲しいと心を乱し無理を言う。このあたりの二人の心の通じ合いの表現については、読者には充分に親子のまことの人間愛か感じられる。

　この事実を耳にした時の帝は、直ちに翁の家に多くの護衛を送り、姫を月からの迎いの天使たちから防衛しようと抵抗する。如何なる事でもなし得る天皇の力とて、人間世界とは次元の異なる天上への旅立ち（＝死）に対しては如何ともなし得ないのが現実なのである。前述した「古事記」でのイザナミが最後に火の神を出産して死に黄泉の国に居るのを知ってイザナギが逢いに行くが、当時上代における「死の世界」は「黄泉の国＝（真っ暗な闇の国）」であった、その後、飛鳥・白鳳・天平文化の寺院建築・仏像彫刻など仏教芸術の時代を経て、日本民族の「死」への考え方が変化したことの文学上における一例であろう。親子の人間愛以上にどうにもならない複雑深遠であって、それでなお真実の愛情が男性と女性との恋情である。この『竹取物語』に引用した『かぐや姫の昇天』例文一の冒頭部分は十数行省略しているが、その直前の八節『帝の求婚』の最後に、帝はかぐや姫に対して《常日ゴロ自分ニ仕エテクレル人タチヲ見テイルガ、ソレラノ女性タチトハ全ク比較ニモナラナイホド「けうらなり＝清ラカデ美シイ」》と感じて、求婚するも、姫は逢わずに断りの『うた』を返す。姫は断ったものの、その後も帝から届く『文』に対しては、その都度その『文』の内容に関わるふさわしい木や草を添えて返事をしていたと、八節を、作者は閉めている。

この『竹取物語』全体で『うた』は十五首出てくるが、いずれも形態上は（短歌）になっている。しかし、この八節の帝の求婚のうたと姫の断りの返歌、そしてここに例文として採り上げた九節『かぐや姫の昇天』の最後に詠まれた姫の「不死の薬」を添えた別れの歌で、初めて姫は人間として帝への自分の本心をうち明けて逝くのである。そして最終節の帝が富士山頂で燃やして、月に居る姫に届けようとして詠んだ『うた』を加えた最後の四首は、それぞれ問答歌になっている。さらにそれらの『うた』が、前部においては現実の情景が、後部において各自の本心が表出されている。このような歌い方には古来倭民族が伝承し、仕来たりとしてきた伝統の形であり、神に民衆の願いの代表として呪詛宣託した真意が基本となっている。つまり日本民族の伝統文芸の一つとしての『古謡』の内容が採られている。[『うた』の詳細については、別の『和歌文学』の巻において詳述したい」『竹取物語』の中の十五首の『うた』は、時代から観て、「短歌」への移行時期であるが、主人公「竹取の翁」が生きた頃の説話文学である。作者はそのことを考慮しつつ、読み手にはあまり古い感じを与えないようにも配慮している事が察知される。

かぐや姫の物語には、このようにいろいろな内容が含まれ、読み加えながら改めて『物語のいでき初めの祖』たる由縁が認識される「説話文学」の代表作の一つである。

（5）『かぐや姫の昇天』に付いての設問

【例文二　その一】について次の設問に答えなさい。

1．語句の解説の傍線部⑪「さのみやは」を現代語訳する場合に、次に続く「とて」との間に言葉を補わなければ正しい訳にはなりません。その語を補って「とて」までの現代語訳を答えなさい。

《解答》「　　　　　　　　　　　　　　　」

2．この文中に、「なむ（ん）」の用いられた句が次の4か所あるが、一つは（A）「係助詞」の「なむ（ん）」で、他の一つは（B）「完了の助動詞（ぬ）の未然形（な）に推量・意思の助動詞（む＝ん）の二種類がある。それぞれ（A・B）のどれか（　）内に記号で答えなさい。

①（　）たち別れなん事
②（　）契りありけるによりなん
③（　）へぬるになん有りける。
④（　）まかりなんとする

3．文中の傍線部⑱（A）「思し嘆かんが悲しき事」と、その直後の（B）「春より思ひ嘆き侍るなり」の傍線部の語の違いが分るように、それぞれ「　」内の現代語訳をして答えなさい。

（A）「　　　　」

（B）「　　　　」

4．次に文中に、敬語が五語使われている。その敬語の部分だけを「　　」内に抜き出して、下の（　　）に、その種類の略記号で答えなさい。

＝略記号＝尊敬語（S）　丁寧語（T）　謙譲語（K）

『こは、なでふ事のたまふぞ。竹の中より見つけきこえたりしかど、菜種の大きさおはせしを、わが丈たち並ぶまで養ひ奉りたる我子を、なに人か迎へきこえん。』

①「　　　　」（　　）②「　　　　」（　　）

③「　　　　」（　　）④「　　　　」（　　）

⑤「　　　　」（　　）

5．文中の傍線部（29）『たち別れなむ事を』は、後の語句のどの語句に直接かかるのか。その語句を一句取り出して答えなさい。

《解答》「　　　　」

【例文二　その二】について次の各設問に答えなさい。

1．次の各語句の中に使われている副詞についてだけ「　　」内に抜き出し、その意味用法に付いて、下の（　）内に記号を書き入れて答えなさい。

記号＝情態副詞（J）　程度副詞（T）　陳述副詞（c）

ア．『かばかり守る所に』＝「　　　　」（　　）

イ．『つゆも、物空にかけらば』

＝「　　　　」（　　）

ウ．『よもあらじ』＝「　　　　」（　　）

エ．『さらに許されぬによりて』

＝「　　　　」（　　）

2．次の文中の傍線が付いた語について、a その品詞名を記し、b 活用語であればその活用形を記入し、c それぞれの文法的意味用法を答えなさい。

『かの都の人は、いと（ア）けうらに老いをせずなん。思ふ事も（イ）なく侍るなり。（ウ）さる所へ罷らむずるも、（エ）いみじくも侍らず。』

（ア）a「　　　　」b（　　）形 c＝

（イ）a「　　　　」b（　　）形　c＝

（ウ）a「　　　　」b（　　）形　c＝

（エ）a「　　　　」b（　　）形　c＝

3．① かぐや姫は、月に向って、月の王や父母に対してどのような事をお願いしていたのか。文中の語句を抜き出して答えなさい。

《解答》「　　　　　　　　　　　」

3．② 姫の願いが聞き入れられなくて、姫はひどく悲しんでいるが、姫の悲しみの根本的な心情をどのように表現しているか。それぞれ、その最も明瞭に表現されている箇所を文中から抜き出して答えなさい。

《解答》「　　　　　　　　　　　」

【例文　その三】について次の設問に答えなさい。

1．次の各句の傍線の語に付いて、古典において使われる意味と、今日、日常的に使っている意味が違っている。その違いについて簡単に答えなさい。

① 『物におそはるるやうにて』

古＝

現＝

② 『まもり合へり』

古＝

現＝

③ 『おさなき人』

古＝

現＝

2．天人たちが降りてきた時の状況について、次の項目に答えなさい。

① 天人たちはどこまで降りてきましたか。

＝

② 天人たちが来た時に、姫の護衛の様子が最も端的に表現されている箇所を6字で答えなさい。

＝

③ 天の王に呼び出された時の翁の様子が端的に表現されている部分を抜き出しなさい。

＝

④ 姫が、月へ返る時に翁夫婦に残して行った物二つをあげて答えなさい。

＝（　　　　）と（　　　　）

【例文　その四】について、次の設問に答えなさい。

1. 天人は、かぐや姫に、薬と羽衣を用意して月の世界から持って来た。それぞれどのような効き目のあるものか。本文中に書かれている語句で、それぞれ十字以内を抜き出して答えなさい。

（薬）＝「　　　　　　　　　　」

（羽衣）＝「　　　　　　　　　　」

2. 姫は、頭中将に依頼して、二つの物を渡したが、それは何ですか。

『　　　　』と『　　　　』

3. 姫が、帝に差し出した手紙の中心は、和歌の末句であるが、その前の詞書の手紙文中に、二つの事が書かれている。その2点を簡単に纏めて答えなさい。

「　　　　　　　」と「　　　　　　　」

4. この例文中に、『心』が六箇所に出ている。それぞれ誰のどのような心＝気持ちか。簡単に答えなさい。

① 「御心悪いしからむ」（　　　　）＝

② 「心異になるなり」（　　　　）＝

③ 「心もとながり」（　　　　）＝

④ 「心得ず思しめされ」（　　　　）＝

⑤ 「心強くうけたまはらず」（　　　　）＝

⑥ 「心にとどまり侍り」（　　　　）＝

5. 姫が帝に差し出した手紙文中に、次のように敬語が十三語使われている。誰が誰に対する敬語であるのかについては、差出人と受取人が分っているから分るであろうが、敬語の種類と、その用語が自立動詞か、補助動詞なのか。区別をして答えなさい。その用語の中に助動詞が三語加わっている。その三語の記号に○印を付け、なお、敬語の記号は、最初の【例文（4）】と同様、尊敬（S）・丁寧（T）・謙譲（k）とし、自立動詞（J）・補助動詞（H）の記号を使って答えなさい。

『かくあまたの人を（ア）賜ひて止め（イ）させ（ウ）給へど、許さぬ迎え（エ）まうで来て、とりいで（オ）まかりぬれば、くちをしく悲しき事、宮仕へ（カ）仕うまつらずなりぬるも、かくわづらはしき身にて（キ）侍れば、心得ず（ク）思しめさ（ケ）れつらめども、心強く（コ）うけたまはらずなりにし事、なめげなるものに、（サ）思しめし止め（シ）られむるなん、心にとどまり（ス）侍りぬる』。

（ア）「　　」（　　）（イ）「　　」（　　）
（ウ）「　　」（　　）（エ）「　　」（　　）
（オ）「　　」（　　）（カ）「　　」（　　）
（キ）「　　」（　　）（ク）「　　」（　　）
（ケ）「　　」（　　）（コ）「　　」（　　）
（サ）「　　」（　　）（シ）「　　」（　　）
（ス）「　　」（　　）

三．『ふじの山』の例文

1．【本文】——その後《のち》、翁・女、血の涙を流して①惑《まど》へどかひなし。あの書き置きし文を読み聞かせけれど、「②何《なに》せむにか③命もをしからむ。たがためにか。④何事《なにごと》も用もなし」とて、薬も食《く》はず、⑤やがて起きもあがらで、病み臥せり。中将、人々引き具して⑥帰り参りて、かぐや姫を、⑦え戦ひ止めずなりぬる事、こまごまと奏《そう》す。薬の壺に御文そへ、参らす。ひろげて御覧じて、⑧いといたくあはれがらせ給ひて、物も⑨きこしめさず。御遊びなどもなかりけり。大臣上達《かんだちべ》を召して、「⑩いずれの山か天に近き」と問はせ給ふに、ある人奏す、「駿河の国に⑪あるなる山なむ、この都も近く、天も近く侍る」と奏す。これを⑫聞《き》かせ給《たま》ひて、

逢《あふ》ふことも　⑬涙に浮かぶ我身《わがみ》には　⑭死なぬ薬も　⑮何にかはせむ

かの奉《たてまつ》る不死の薬に、また、壺具して、御使に賜《たま》はす。勅使には、⑯つきのいはかさと言ふ人を召して、駿河の国に⑰あなる山の頂に⑱もてつくべきよし仰せ給ふ。峰にて⑲すべきやう教へさせ給ふ。御文、不死の薬の壺ならべて、火をつけて⑳燃《も》やすべきよし仰《おほ》せ給《たま》ふ。㉑そのよしうけたまはりて、㉒つはものどもあまた具して㉓山へ登りけるよりなむ、㉔その山をふじの山とは名づけける。その煙いまだ雲の中へ㉕立ち上るとぞ言ひ伝へたる。

2.【本文についての 語句の解説と語訳】

①『かひなし』は複合形容詞で一語このことばは、この『竹取物語』七節［燕の子安貝］を起源説話として遣われ出した語でもある。《非常ニ悲シク悶エテ判断モ出来ナイホド苦シンダガドウニモナラナカッタ》。②「何せむ」だけでも反語法で《何ニナロウカ、何ニモナラナイ》と言う意味である。「にか」の「に」は、助・格・原因理由・＋「か」係助・反語を使って、直前の「何せむ」を強調している。姫の思いやりに対して、今の自分のやりきれない気持ちを、強い反語法を用いて表現している。《不死ノ薬ナド「今ノ私ニ何ニシヨウトシテイルノカ」何

ニモナラナイ》。③「惜しから」は形容・シク活・未然・＋「む」助動・推量の連体（直前の係助詞「か」の結び）が付いた語。《命ナドナンデ惜シカロウ》。④《何事モモウ役ニハタタナイ》。⑤「やがて」について〔詳述は文法編・上巻・105頁参照〕はこの場合《ソノママ》という情態副詞。⑥《（朝廷ニ）帰ッテ、（天皇ノ御前ニ）参内シテ》。⑦「え」は陳述の副詞〔詳細はこの⑤同様118頁参照〕。《トテモ（カグヤ姫を）戦イ留メルコトガ出来ナカッタコトニツイテ》。⑧《（帝は）トテモヒドク、シミジミト不憫ニ思シ召シテ》。⑨《オ食事モ召シ上ラズ》〔「きこしめす」についての詳細は、⑤・⑦同様170頁参照〕。⑩「か」は助・係・疑問、結語は「近き」（形容・ク活用・連体）＝《ドノ山ガ天ニ一番近イノカ》。⑪「なる」は助動・伝聞、「なむ」は係助・強意、結語は後述の「侍る」動詞・ラ変・連体。＝《アルト言ウ山ガ、》。⑫主語が天皇であるから、「せ」は、助動・尊敬・連用＋「給うひ」は、動・ハ行四段・尊敬・連用＋「て」助・接続＝この場合のように、尊敬語が二語続く場合は敬語法の最高表現で、天皇や皇族関係にのみ遣われる。その原則を心得ていると、主語は誰か？、この「せ」は使役か尊敬か？という問題に対しての判別法である。＝《オ聞キニナラレテ》。⑬この場合「涙」は、上代語で使われた形容詞「無し」の語幹「な」に、原因・理由を表す接尾語の「み」がついた「無み」と、自分が悲しみのために流したなみだに、自分自身が浮かんで海の波に揺られているよういるような、茫然自失の意味を掛けた和歌の修辞法の一つの「掛詞」。〔和歌の修辞法については、このシリーズ『文芸篇・韻文』の巻で詳細の予定〕＝《…悲シミニ流レル涙ニ私自身ガ無クナッテシマイ、涙ノ海ノ波ニ揺ラレテ落チ着カナイ身デアルノニ…》。⑭「死なむ」は、動詞・ナ変・未然「死な」＋「ぬ」助動・打消・連体＝《死ナナイデアロウ》。〔『死』と『なむ』に分けては間違い。この点についても『文法編76頁参照』⑮「何」疑問語＋係助・反語・強意「か・は」＋助動・推量・連体、結語「む」＝最高の強調法《何ノ役ニ立トウカ何ニモナラナイダロウゾ》⑯応神天皇時代の半島からの帰化人「調《つき》氏」一族の姓。「いは」は富士山の（岩石）・「かさ」は（月の暈）と作者の戯れの命名。⑰古来「あるなる」の音節「る」が、漢文訓読が進み「あんなる」と撥音便化して使われていたが、平安時代には（ん）の表記はしなかった。「なる」はもともと（耳に物音の鳴るのが聞こえる＝音（ね）あり＝neari の二重母音の前母音脱落）と言う意味から成立した言葉であるから、聴受《…ノヨウニ聞コエル・…ノ音ガスル》↓伝聞《…ト聞イテイル・…ダトイウ事ダ》↓推定《…ノヨウダ》と言う順に遣い方が変って、平安時代にはこの三用法があった〔詳細は「文法編」下巻の191頁参照〕。《アルト聞イテイル山》。⑱「べき」は、助動「べし」の命令・連体《持ッテユクヨウニト言ウゴ命令ヲ下サレル》。⑲「べき」は助動・義務《シナケレバナラナイ方法ヲオ教エニナラレタ》。⑳「べき」は、直前の「べき」と同じ。「よし」＝《方法・使い方》。「仰せ給ふ」は、「言ふ」の尊敬語「仰す」＋尊敬の補助動詞「給ふ」が着いた複合語＝二重の尊敬語＝《オ教エニナラレタ》。㉑《ソノ仕方ノゴ命令ヲ承ッテ》。㉒「つはもの」は「つよ者」の音通変化した語（異説が多い）。㉓「ける」は助動・過去・連体であるから名詞の「事」の省略。「なむ」は係助・強意。《登ッタ事カラシテ》。㉔最後の「ける」は直前の係助詞「なむ」の結語で、助動・過去回想・連体。＝《ソレ以来ズウットソノ山ヲ「富士ノ山」ト名ヅケタトイウコトダソウダ》。㉕「ぞ」は係助・強意。最後の「たる」は助動・完了・存続の用法。前の「ぞ」の結語。《立チ昇ルト言イ伝エテイル》。

3.【本文の通釈】

ソノ後、翁トソノ妻トハ、ヒドク悲シンデ、血ノ涙ヲ流シテ嘆イタガ、何ノ効果モナイ。姫ノ書キ残シタアノ手紙ヲ読ミ聞カセタケレドモ、「不死ノ薬ナドドウシヨウトスルノカ今ノ私ニハ命ナド惜シクハナイノダ。イッタイ誰ノタメニ生キナガラエヨウト言ウノカ。何事モモウ役ニハタタナイ」ト言ッテ、薬モ飲マズ、ソノママ起キ上ガロウトモセズ、病ミ臥シテイル。中将ハ遣ワサレタ武士タチヲ引キ連レテ、朝廷ニ帰ッテ帝ノ前ニ参内シ、トテモカグヤ姫ヲ戦イ止メル事ガ出来ナカッタコトヲ、詳細ニ奏上シタ。ソシテ不死ノ薬ノ壺ニ姫カラノオ手紙ヲ添エテ、帝ニ差シ上ゲタ。帝ハオ手紙ヲ御覧ニナッテ、トテモヒドクシミジミト不憫ニ思シ召シテ、食事モ召シ上ガラナイ。管弦ノオ遊ビモナサラナイノデアッタ。仕エル大臣ヤ上達部ヲオ呼ビニナッテ、「ドノ山ガ天ニ一番近イノカ」トオ尋ネニナルノデ、側ニイル者ガ申シ上ゲルノニ、「駿河ノ国ニ在ルトイウ山ガ、コノ都ニモ近ク、天ニモ近ウゴザ

イマス」ト申シ上ゲル。コレヲオ聞キニナッテ、
　モウ再ビ姫ニ逢ウコトモナイノデソノ悲シミニ流レル涙ニ私自身ノ心ガナクナリ
　　涙ノ海ノ波ニ揺ラレ落チ着カナイ身デアルノニ不死ノ薬ナドナンノ役ニ立トウカ
姫ガ帝ニ差シ上ゲタ不死ノ薬ニ、マタ壺ヲ添エテオ使イノ者ニ下サレル。勅使ニハ月ノイワカサト言ウ人ヲオ呼ビニナッテ、駿河ノ国ニアルトイウ山ノ頂上ニ持ッテユクヨウニト御命令ヲ仰セ付ケラレル。ソノ頂上デシナケレバナラナイ役目ヲ御教示ナサル。オ手紙ト不死ノ薬ノ壺ヲナラベテ、火ヲツケテ燃ヤサネバナラナイ任務ヲ仰セラレタ。ソノ任務ノ内容ヲ承ッテ、兵士タチヲ大勢連レテ山ヘ登ッタ。ソレ以来ソノ山ヲ「フジノ山」ト名ヅケタトイウコトダ。ソノ煙ガイマダニ雲ノ中ニ立チ上ッテイルノダト言イ伝エテイル。

4.【本文の 補説・鑑賞】

① 高校の古典教材には【例文二】に次いで、この（結び）の「ふじの山」が最も多く採択されている。古典朗読の上手な生徒などが模範読みするだけで、充分作者の締めくくりの内容が把握できるのは、説話や昔話に多い山・川・地名など「地名由来説話」や、この節での勅命を拝した武士の名が、「月（調）のいはかさ（岩暈）」と言う洒落が話の落ちとして、分かりやすく面白く提示されているからである。

② また、「ふじ」については、幾つかの説はあるが、まず一つは、この『竹取物語』の帝の勅命を拝して「調（つき）の岩暈」が、不死の薬を持って多くの武士をひき従えてこの山に登ったと言う意味から、「ふし」熟語に変えて『富士の山』

としたのである。この統率責任者の「つきのいはかさ」の名前は作者の着想であろうが、調氏の祖先は、高句麗が半島制圧の乱戦当時に半島から大挙をなして、九州筑後に逃げ込んだ頃の調（ちょう）氏一族であり、その子孫は応神天皇の時代に帰化して朝廷に仕えていた（この時機に大和民族の名乗にだけ使われていた「つき」と改名したものか、訓読みにも「調」＝「つき」はない。「月」と関わる名乗りは高校で日本史を学習すれば誰しも学習して記憶にあるのは、秦の始皇帝の末裔と自称して帰化して来た弓月の君一族が百数十県の大集団で渡来したのが応神天皇の時代の事である。）。「いわかさ」の行動については、当時の社会風潮としては、名を成し知名度があったと思われるが、竹取物語の作者は、先の巻で取り上げた五人の求婚者のように批判の対象者とは見ておらず、帝から多くの武士を賜って山頂で任務を果たしたというのは作者の創作であろう。『調氏《ちょう》』をこの物語に合わせて、「つき氏」と名乗らせ、「いはかさ」も富士山の『岩』と月の『暈』を重ねたユーモラスな名前の武士に、この任務に相応しく創作したものであろう。

しかしこのように絶対的権威を掌握してきた天皇家の権力も、次第に揺らぎ始めたのは天皇家を取り巻く帰化人や有力貴族の台頭により、政治機構は荘園制社会へと進行し始めていた。そのような時代を背景として『竹取物語』の世の天皇の権威が、時の権力を掌握し始めた貴族たちの力に圧され、『王朝時代』と言われる庶民生活との格差を造りつつあった。

そのような時代に在った時の帝には、不老不死の薬よりも、姫への深い恋心のほうが価値は大きいのだという帝の気持ちが、月へ届くような高い場所から燃やして天上に返った姫へと送り届けたのである。活火山である富士山が、創作当時実際に噴煙を噴き上げていたとして描いているのは、作者の筆の技である。同時代の作品である『古今和歌集』の「仮名序」［延喜5（905）年4月）］には、『今はふじの山も、煙たたずなり、・・・歌にのみぞ、心をなぐさみける』とあり、『竹取物語』のこの十節目は、作者の全くの創作的な手腕と考えられる。

『富士山』について最も古い文献では、『常陸風土記』の筑波郡の項に「福慈岳」と記述され、『万葉集』には有名な山部宿祢赤人の、長歌「不尽の山を望める歌（317）」から「反歌（321）」までの五首には「不尽山」と表記されているが、いづれにしても昔話を根拠としてその由来をもっとも明瞭に記述しているのは「竹取物語」の命名由来説話であろうとして、今日でも『富士山』が一般的表記になっている。

③

最後に、昔話の語り口の典型として、『今は昔・・・と言ふものありけり。』で始まり、その締め括りが『・・・とぞ言ひ伝へたる。』で終結する。その意味においてもこの『竹取物語』は、昔話として内容・形態ともに規範的な物語として、先に述べた［第二節『竹取物語』のはじめの概要の末文で、源為憲の『三宝会詞』に見られるように］、『磯海の砂ほども』多くの物語が書かれても人の心に残らないものは次々と消失してゆく。いつの時代の人にも感動を感じさせ、読み続けられた価値ある物語が古典と成り得るのである。そのような意味において、主人公（シテ）にかぐや姫と、脇役（ワキ）の竹取の翁が織り成す人間の物語の、構成と場面［一つ一つの短編小説的挿話］のその内容から成立している全体としての構造を、紫式部は『源氏物語』において「物語のいできはじめの祖」と評価し、その後の各時代における代表的な物語文学に対して、共通した物語の構想・形式と内容の規範とも言うべき古典である。以上多くの視点から記述して来たように、登場する人物名や人物その人などなどには、前節の『古事記』に登場する神々が現れたり、時代が下って『竹取物語』には、大陸や半島から渡来・帰化した人物が登場したり、その難民の中の知識人らしきものの成上がり者が現れたり、風刺・ユーモア・実話など生き生きと描きながらも最後には人間愛の二様性を、姫は翁両親と、伺候すべき宮廷（帝）にお仕え出来なかった我が身の立場を、一人の人間・女性として純粋に苦悩を訴えながら、決して自分の喜びではないことを告げて、月の世界へ返ることは、羽衣を止むを得ず着せられて、多くの見送る人々にその気心と共に全てのものを捨去って行ってしまったという悲恋の説話物語としての素材を基本に据えて、短編ながらも一貫して人間愛を主題として、その諸相を描き挙げている素晴らしい説話文学である。

5．『ふじの山』についての設問

1．帝は頭の中将から、翁の家での天人たちに対する防備が失敗した報告を聞き、またかぐや姫からの手紙を渡されたその後の、帝の心の変化が最もよく表現されている部分を、十五字以内で抜き出して答えなさい。

《解答》「　　　　　　　　　　　」

2．帝は、（A）なぜ大臣や上達部に『いづれの山か天に近き』と『問はせ給ふ』たのか。また（B）誰に命じられたのか。

（A）「　　　　　　　　　　　」

（B）「　　　　　　　　　　　」

3．その山の煙の意味には二通りあるが、（A）この説話物語の内容から言うと何の煙か。また（B）自然科学的に言うと何の煙であろうか。簡単に答えなさい。

（A）「　　　　　　　　　　　」

（B）「　　　　　　　　　　　」

第四章　『民話』について（『今昔物語集』と『宇治拾遺物語』を中心に）

1.『民話』の概念を把握するのに、日本文学大辞典を観ると、見出し項目に『民話』の見出しが無く『民譚』の説明部分に、《その目的は、特にある特定個人の空想または作為に基かない説話だけを区別するところにある。昔からの伝承説話を『昔話』と同じように見る見方もあるがそれは間違いであり『昔話』は、いつ・どこで・誰が言ったかという事実を示すことを重要視する性質があるのに対して、『民譚』では、ありそうな話まで、ある時・どこか遠い所で・ある人が空想的な話として作り変えて語る性質の意図が含まれている。・・・（中略）・・・『今昔物語集』や『宇治拾遺物語』などは、民譚伝承の様式を踏襲しようとしている》と叙述されている。『民話』の伝承説話文学としての性質・内容・範疇の概念がほぼ把握できる。つまり『昔』とは、神代といわれていた頃の日本列島が、およそ20億年以上前に地球上の総体的変動により、北大陸から分断し、数百万年前頃に今日のような列島状態になり、当時の列島の周りは潮流が激しく気流の寒暖の差も大きく、大陸からの分地となった。その後何万年もの間続いた潮流や気流の変化によって、これまで以上に列島海岸の各地帯は豊になり、数十万年前から日本列島各地に生息した人たち、つまり大和民族の元祖は、意外に生活がしやすかったということが、その後に各地方の氷河期の地層から発掘された生活跡の状況から証明されている。さらにその情況は、次第に気候が温暖になり、列島海岸部には人々の食餌となる物が，あらゆる土地で得られることを体験して、落ち着いた生活状況を形成し、あちらこちらに集落の形成された跡が残っていることからも証明されている。過去の発掘状況に就いての文献によると、大和民族が初めて集落らしい集団生活を始めたのは今から2〜5万年ほど昔の旧石器時代以前の頃といわれている。その頃から伝承されてきた歴史的·民族的·風土的なものについて空想的な話が徐々に多くなり『民話集』の成立に至ったと考えられる。

2.『民話』の古典教科書への採択は、ここまで説話文学の一類（ジャンル）として、『古事記』→『竹取物語』→『今昔物語集』→『宇治拾遺物語』と続く説話文学は『説話』ということだけでなく内容·構成·作者の態度や作意等の面について、相互に何らかの関わりがある作品群である。古典の代表作『古事記』の中から、スサノヲ命とヤマトタケル命の『神話』を取り上げて読んできた。引き続いてわが国最初の説話物語といわれる『竹取物語』を読み、最後になったが、説話文学の中における古代民衆の間に出来上がってきた民族中心の多種多様な話が語り継がれて来た昔話を、集大成した「ものがたり」の代表的『民話集』である『今昔物語集』と『宇治拾遺物語』の二編から、中·高校用の教科書に採択されている民話を取り上げてみたい。

『今昔物語集』の方からは僅か一編だけではあるが、各社の教科書に採択されている民話の中で最も多いのが『羅城門』であった。『宇治拾遺物語』の方からは、高校低学年には数編の民話が見られる。学習の参考図書として、この『説話物語文学の巻』を使用するならば、学習の早い時機からの順では、この最後に採り上げた民話集と、前の第二節『竹取物語』の《生い立ち》の例文を学習の参考として、最初に活用することになると思われる。第一節の『古事記』の二人の英雄神の神話は、前記したように、文法的に見て学校文法の基準である平安時代の文法より、もう一代前の上代に遣われていた表記法があるために、高校の高学年の最後に学ぶ教材として取り扱われている。いま一例の『竹取物語』の「かぐや姫の昇天」の例文は、高校では二・三年生の頃に学習する部分に配列されている。この点も最初に記述したように、教科書に多く採択されている古典の例文を選択してここに引用しているために、この参考書の初めの頁から読まなくても学習者諸君が、今参考資料としたい作品から使ってもらえるように、特に【語句の解説・語訳】の部分は、詳細に記述して纏めたつもりである。

この「説話物語文学」の最初に取り上げる古典的内容として、最も相応しい物語文学は《説話文学》である。ここに採り上げた数編の説話文学は、それぞれのジャンルのうち際立って素晴らしい作品であり、中・高校生のみならず、一般愛読者・読書愛好家の方々にも読んで頂き、嘗て若かりし頃の学び舎での学習状況にまつわる事柄を、回想・再発見して頂けるように、古典学習のみならず、歴史の授業や地理・民俗学・考古学関連事項を各節で記述した。特に意識的に付帯したのは、各節の初めの《概説》よりも、各例文の後に記述した《補説・鑑賞》の各項は、新旧の学説や筆者の好みから民俗学・考古学関連事項をやや独断的な感じで読み取られる危惧を抱きながらも書いてしまったような部分もある。

第一節　『今昔物語集』

『今昔物語集』＝＝わが国最古で最大の説話集として、三十一巻に編集されているが、その内三巻（八・十八・二十一巻）が欠損している。その編集はかなり整然としていて、一～五巻が『天竺＝インド』の仏教説話、六～九巻が『震旦＝中国』の仏教説話、十巻が『震旦』の世俗説話、十一～二十巻が『本朝＝日本』の仏教説話、二十二～三十一巻が本朝の世俗説話となっている。特に最後の二十七巻からの五巻には、「霊鬼→滑稽→盗賊→恋愛→漂流等々」譚と続く。『竹取物語』の初めの解説で述べた貴公子五人のかぐや姫への求婚譚が、全て失敗に終わる話と類似した説話が、この巻三十一の世俗的で伝説的説話の中37話中の33番目に取り扱われている伝承説話である。欠巻が前記の三巻あるが、今日まで伝わっている『今昔物語集』1079話の内の最終番に取り上げられている。かぐや姫の「生い立ち」や、翁の金満家への過程も同じである。然し求婚者の殿上人の数が三人であり、その難問は、「空に鳴る雷を持って来い」、「優曇華の花という花があるがその花を採って参れ」、

「打たぬに鳴る鼓と言うものがある。それを手に入れて参れ」のように、『竹取物語』の五人の難問とは異なっている。また時の帝の姫に対する気持ちも同様であるが、不老不死の薬の壺や天の羽衣の話も無く、富士の山での頂上で帝の命令に従って頭の中将が行う場面もなく、簡潔な口承説話となっている。したがって、『竹取物語』の十節『ふじの山』＝【例文三】は、古来の伝承説話の時代を想定しての創作である事が判る。歴史的に見るならば、当然『今昔物語集』に取り上げられた説話のほうが古いと考えられるが、この説話を基として『竹取物語』の作者が創作したという根拠もまた無いと言うのが今日の学説となっている。

編集人物の候補者として後の『宇治拾遺物語』の序文に書かれている源隆国の説があげられているが、多くの異説があり未定である。たとえ最初に『今昔物語集』として『今は昔、』で語られる説話を集めたとしても、それ以前の説話や地方の人々が話している昔話《口承説話》が取り入れられたり、その後多くの説話集から引用して（文承・書承説話）挿入されたり、また他の人物が各方面から聞き取った説話を加えたりして現存のものに出来上がっているため、成立年代も編集者も不詳になったと考えるのが正しい。然しどの文学史年表を観ても約１１２０年ごろと見ている。この時代背景には漢文訓読の最盛期であり、五七調・七五調、四六駢儷体など多くの文章技法を用いた美文調の旺盛な時代であったが、『今昔物語集』に限っては、民衆に読みやすく理解されやすいように、文章は簡単平明であり、誰にも理解されるように、現実的・写実的な表現となっていて、聞いても、また読んでも解るような言い回しや文章が使われていることが特徴である。この点は説話文学の特徴であると同時に、またこの説話集を編集した人物の留意点であったとも考えられる。その点は文中に日常的な口語体が、多く使われていることからも納得できる。その実態を次の例文で確認し、より原点に近い文章に触れてみよう。

二．『羅城門登上層見死人盗人語』＝第二十九巻　十八話
（本文は漢字カタカナ混じり文＝小学館『日本古典文学全集』より）

1．【本文】

①今昔《いまはむかし》、摂津ノ国辺《くにのほとり》ヨリ盗《ぬすみ》セムガ為ニ京ニ上《のぼり》ケル男《をのこ》ノ、日ノ未ダ明《あか》カリケレバ、②羅城門《らせいもん》ノ下ニ立隠《たちかく》レテ立《た》テリケルニ、③朱雀《しゅじゃく》ノ方《かた》ニ人重《ひとしげ》ク行《ありき》ケレバ、人ノ静マルマデト思テ、門ノ下ニ　⑤待立《まちた》テリケルニ、⑥山城《やましろ》ノ方《がた》ヨリ人共ノ数《あまた》来《きた》ル音《こゑ》ノシケレバ、⑦其《そ》レニ見《み》エジト思《おもひ》テ、⑧門《もん》ノ上層《うはこし》ニ　⑨和《やは》ラ掻《かか》ツリ登《のぼり》タリケルニ、見レバ⑩火髴《ひほのか》ニ燃《とも》シタリ。盗人《ぬすびと》、「怪《あやし》」ト思《おもひ》テ、⑪連子《れんじ》ヨリ臨《のぞき》ケレバ、若キ女《をむな》ノ死《しに》テ臥《ふし》タル有リ。其《そ》ノ枕上ニ火ヲ燃シテ、年極《としいみじ》ク老《おい》タル、嫗《おうな》ノ白髪《しらが》白キガ、其ノ死人《しにん》ノ⑫枕上《まくらがみ》ニ

居《ゐ》テ、死人ノ髪ヲ《を》⑬カナグリ抜《ぬ》キ取《と》ル也《なり》ケリ。

盗人此《こ》レヲ見ルニ、⑭心《こころ》モ不得《え》ネバ、「此レハ⑮若《も》シ鬼《おに》ニヤ有《あ》ラム」ト思テ怖《おそろし》ケレドモ、「若《も》シ死人ニテモゾ有ル。⑯恐《おど》シテ試《こころみ》ム」ト思《おもひ》テ、和《やは》ラ戸ヲ開《あけ》テ、刀ヲ抜《ぬき》テ、⑰『己《おのれ》ハ、己《おのれ》ハ』ト云《いひ》テ走リ寄《より》ケレバ、⑱嫗《おうな》手迷《てまど》ヒヲシテ、⑲手《て》ヲ摺《す》リテ迷《まど》ヘバ、盗人、⑳『此《こ》ハ何《なん》ゾノ嫗《おうな》ノ此《かく》ハシ居《ゐ》タルゾ』ト問《とひ》ケレバ、嫗、『己ガ㉑主《あるじ》ニテ御《おはし》マシツル人《ひと》ノ失《うせ》給《たま》ヘルヲ、㉒繚《あつか》フ人《ひと》ノ無《な》ケレバ、㉓此《かく》テ置《おき》奉《たてまつり》タル也《なり》。其ノ㉔御髪《みぐし》ノ長《たけ》ニ余《あまり》テ長ケレバ、其《それ》ヲ抜取《ぬきとり》テ㉕鬘《かつら》ニセムトテ抜ク也。助ケ給ヘ』ト云《いひ》ケレバ、盗人、死人ノ着《き》タル衣ト嫗ノ着タル衣ヲ抜取《ぬきとり》テアル㉖髪《かみ》トヲ奪取《ばいとり》テ、下走《おりはしり》テ逃《にげ》テ去《さり》ニケリ。

然《さ》テ其《そ》ノ上ノ層《こし》ニハ死人の骸骨《がいこつ》ゾ多《おほ》カリケル。死《しに》タル人ノ㉗葬《はうぶり》ナド否不為《えせぬ》ヲバ、此ノ門ノ上ニゾ置《おき》ケル。

此《こ》ノ事ハ其《そ》ノ㉘盗人ノ人ニ語《かたり》ケルヲ　㉙聞継《ききつぎ》テ此《か》ク㉚語《かた》リ伝《つた》ヘタルトヤ。

2. 解説と語訳

① 《今トナッテミレバモウズット昔ノ事デアルガ》という基本的な内容を意味

する、口承説話物語の語り始めの発句である『ムカシムカシ』という決まり文句。それに対応する締めくくりの最終文句は、《トコウ語リ伝エテイルトイウコトダ》の意味する『トナム語リ伝ヘタルトヤ』で、全三十一巻二〇四〇話が統一されている。② 平安京外郭の正門として、朱雀大路の南端に建てられた瓦造りの壮大な門で、上層には王城守護を祈って兜跋毘沙門天（トバツビシャモンテン）が祭られていた。③《朱雀大路ノホウデハ》＝「朱雀」は（すざく）とも言い、東西南北の南方を司る神で、ここでは朱雀大路の方向になる。「ニ」は、場所・方向を表す格助詞。④「重ク」は「繁ク」と同じで《頻繁ニ》。「ケレ（助動・過去・已然）＋バ（助・接続）＝…・テイタノデ…・タカラ」。⑤「リ（助動・完了・連用）＋ケル（助動・過去・連体）＋ニ（助・格助・時間）＝タ時…テ居タ時ニ」⑥羅城門の南側をさしている。⑦《山城ノ方カラタクサンノ人タチガ、マダ往キ来シテイル、ソノ人タチニ見ラレナイヨウニシヨウト思ッテ》⑧《羅城門ノ二階》⑨「掻ツリ」は、《手掛リニナル物ヲ探リナガラ》・「登」は、《足掛リニナルヨウナ物ヲ足先デ探リナガラヨジ登ル状態》。「タリケルニ」は、「タリ（助動・完了・連用）＋ケル（助動・過去・連体）＋ニ（助・順接）」＝《ソット用心深ク手足ヲ使ッテヨジ登ルト》。⑩《火ヲ微カニトボシテイル》。⑪《何本モノ細イ木ヲ縦ヤ横ニ打付ケタ窓カラ中ヲ覗クト》⑫《枕元》。「上」は、《アタリ・ホトリ・ソノ周辺》のこと。「居テ」は、《動カナイデジッと座ッテイル様子》。⑬「カナグリ」は、

《手ニ掴ンデ荒々シク振舞ウ様子》この場合は、《手デ髪ノ毛ヲ荒ッポク引キ毟ッテ居ルヨウデアル》。⑭「不得」を漢文訓読により「得ズ」と読んだ後、条件接続助詞「ば」に続ける形を取る場合に、打消の助動詞の最も古い用法の「ナ系列」の已然形（ね）［（文法編）下巻・139頁参照］を用いているので、不自然な表記になっている。《ドウモ納得ガ行カナイト思ッタノデ》。⑮この文節では、「・・ヤ・・・ム」が係結法になっている。つまり文中に強い疑問の係助詞「ヤ」が来て、句の終わりに推量の助動詞の連体形「ム」を伴う場合には強い疑問法になる。《モシヤ鬼デハナイダロウカ》。⑯当時、羅城門の二階には鬼が住んでいると言う噂が日常的であった。琵琶の名曲が聞こえたり、漢詩のすばらしい朗詠が風に流れて聞こえて来たりするというような、当時の資料に記録が多い。「試ム」の「ム」は、（助動・推量・意思の用法）＝《一度脅シテ試シテヤロウ》と言っている本人の気持ちには、《モシ本当ニ鬼ダッタラ大変ダガ》と思っている。死人については、丁重に葬られようが棄てられようが、生きている人間に対しては、たとえ亡霊の姿になっていようが火の玉のような霊魂になって現れようが危害は与えることはない。時代が下って江戸期の浮世絵や草子物の興味本位から幽霊と言うものを作り出している。⑰ここで始めて脅しを掛けた盗人から声を発している。脅し語であるから当然相手を罵り脅す罵声である《ヤイヤイ！コイツメ！コイツメ！》。⑱⑲は共に、荒々しい男に突然刀を振り回されて威嚇されたときの、慌てふためく老婆の動作の常套表現であるが、筆による描写の順序もその様相の捉え方も、実に写実的で的確な記述がなされている。⑱《嫗ハ咄嗟ノ事デウロタエ、ドウシタライイノカオロオロシテ》。⑲《嫗ガ盗人ニ向カッテ手ヲコスリ、命乞イヲスルノデ》。⑳ この一文の初めの「何」についた係助詞は、（疑問詞＋係助詞）＝「最大の疑問型」で、《一体ドウイウ素性ノ者ナノカ》と強く聞き質している。その結びは文末の「居タル」の「タル＝（助動・完了・連体）に、さらに押念の係助詞の終助詞的用法として最後に「ゾ」を付けている。《オ前ハ一体何者ナノカ、ココニ座ッテ何ヲシテイタノカ》。㉑「ニテ」は、（助動・断定「なり」・連用「ニ」）＋「テ」（助詞・単純接続）＝《主人デアッテ》。「御マシツル」は、「御まし」は、近世になって使われた「あり・をり」の丁寧の補助動詞＝《・・・デゴザイマス・・・デイラッシャイマス》。この場合はその連用形に、（助動・完了・連体「ツル」）が付いたもの＝《主人デアラレテ、オ亡クナリニナラレタノデゴザイマシタ》。㉒「繚フ」は、《執リ行ウ・死者ヲ葬ル行イヲスル＝葬儀ヲ行ウ》、「人ノ」は、《助・主格》＝《人ガ》、「無ケレバ」は、（形容・「無シ」の已然）＋バ（助・条件接続）＝「バ」が已然形から続く場合は確定条件法になる［文法編・下巻33・34頁参照］＝《人ガ居ナイカラ・人ガ居ナイノデ》。この『無ケレバ』と後の㉔『長ケレバ』は、文法上同じである。然し前の⑪『臨ケレバ』の文法上の違いを確認しておくこと。㉓《コノヨウニドウシヨウモナク、ココニ放置致シテオクノデス》。㉔「御髪ノ長ニ」、「ノ」は（助・主格）、「長」は、《背丈・身長》のことで、古来女性の髪は、背丈ほど長いのが美人の典型とされていた。《（ご主人様の）オ髪ノ長サガ背丈ヨリモ長イノデ》。㉕「トテ」には三つの解釈法があることも記述したが［文法編・下巻26頁参照］、直前に意思の動詞を伴うときは《…シヨウト思ッテ》となることが多い。㉖「アル髪」の「アル」は（存在の動詞「アル」＝死体から抜き取ってそこに置いてある髪）。「奪取り」については、本来は「うばひ」と言っていたが、平安時代には「ウ音」の省略語で『宇津保物語』などにも使われている。㉗「否不為」は文脈からそのまま訓読して仮名を当てている＝《トテモ葬儀ナド出スコトハ出来ナイ》＝ここにも平安貴族の繁栄と優雅の裏面に暗黒な貧困階層が広がっていた時代の恥部が簡潔な文で露呈されている。㉘「盗人ノ」は、「後の「語りケル」に係る。「ノ」は（助・主格＝ガ）。「ケル」は、（助動・過去・伝聞の用法・連体）＝《語ッタト言ウ》。「ケル」が連体形で「ヲ」に続いているから、その間に体言が略されている。㉙《（ソノ話ヲ）聞キ継イデ》。㉚《ト言ウヨウニ語リ伝エテイルト言ウコトデアルヨ。》これが『今昔物語集』全話の文末の決まり文句になっている。最後の「や」は係助詞の終助詞的用法で、作者は聞き手に話の余韻余情を残して終わっているのである。

3．通釈

今は昔、摂津の国のあたりから盗みを働こうと思って京に上って来た男が、まだ日が暮れないので、羅城門の下に立ち隠れていたが、朱雀大路の方はまだ人の行き来が激しい。そこで、人通りが静まるまでと思い、門の下に立って時刻を待っていると、山城の方から大勢の人がやってくる声がしたので、それに見られまいと門の二階にそっとよじ登った。見れば、ぼんやりと灯がともっている。

盗人はおかしなことだと思い、連子格子の窓から中をのぞいてみると、若い女が死んで横たわっている。その枕元に灯をともし、ひどく年老いた白髪の老婆がそこに座って、死人の髪を手荒く抜き取っているのだった。

盗人はこの様子を見て、どうにも合点がいかず、もしやこれは鬼ではなかろうかと思い、ぞっとしたが、あるいはすでに死んだ者かも知れぬ。ひとつおどしてためしてみようと気を取り直し、そっと戸をあけ刀を抜いて、『こいつめ！、こいつめ！』と叫んで走り掛かると、老婆はあわてふためき、手をすり合わせて狼狽する。そこで、盗人が、『婆あ、お前はいったい何者だ。何をしているのだ』と聞くと、老婆は、『実はこの方は私の主人でいらっしゃいますが、お亡くなりになって、葬式をしてくれる人もおりませんので、こうしてここにお置きしているのです。そのおぐしが丈に余るほど長いので、それを抜き取り鬘にしようと思って抜いているのです。どうぞ、お助けくだされ』と言う。それを聞いて、盗人は死人の着ていた着物と老婆の着衣、それに抜き取ってあった髪の毛まで奪い取って、二階からかけ降り、どこへとも知れず逃げ去った。

ところで、この二階には死人の骸骨がたくさん転がっていた。葬式などできない死人をこの門の上に捨てて置いたのである。このことはその盗人が人に語ったのを聞き継いで、こう語り伝えていると言う事だよ。

4．補説・鑑賞

1．この説話集が編集された時代背景は、ここに取り上げた『羅城門』の話でもわかるように、794年平安遷都から百年の間の事であると考えられる。特に先の一で記述した内容でも、二二巻から三一巻（本朝の世俗説話）の部分には当時の状況が端的明瞭に描かれている。具体的には天皇家と藤原氏との間で、次々と続いた薬子の変［810年藤原薬子が兄仲成と共に、藤原氏の勢力挽回を謀った乱］・承和の変［842年、淳和・仁明両天皇の皇太子問題に関して他の豪族（大伴・橘など）からの候補者が現れたのを藤原良房が登場し、天皇家は藤原氏以外関係させないことについての抗争］・応天門の変［866年に起こった王手門火災は、門の管理役左大臣源信と不仲にあった大納言伴善男の子、中庸の放火である事が判明した事件］。・安和の変［967（安和2）年源満仲ら数名の陰謀に因り為平親王の擁立の陰謀が密告。藤原師輔は源家などに朝廷での勢力が移ることを恐れて反対したことにより生じた事件」など、治世の上層部において混乱していて、一般庶民の生活が安定するはずはない。貴族や寺社、地方豪族からの租税の経路が破綻し、中央集権政治は崩壊していた。その中に在っての庶民の生活ぶりは、この『羅城門』の如く、薄暗い夕暮のような雰囲気の中で死体同様、全て生活力を放棄するか、その生活を捨て去った者から、あたかも死人の髪の毛を引き抜くように、残り物を奪って静やかながら自己の思うように生きるしかないのである。その一人がこの主人公の盗人の様に事の良し悪しは別として、生き活きと本来の（人間性）を回復したような姿で描かれている。【序でながら、第一篇（言語・音韻編）の最後の練習問題の例文に、「近代の古典文学」の内でも「小説の神様」と言われている芥川龍之介の『羅生門』を取り上げた。いうまでも無く『羅生門』は、『羅城門』を素材とはしているが、龍之介の深い読み加えがあちこちに見られる。彼のこの作品は、まだ学生時代（大正四年二十三歳）の最初の小説である。この両文例を二編並べて龍之介は、どこにどういう事を付け加えて、読者に新しい感動を呼び起こそうとしているのか、点検作業を重ねるうちに龍之介の小説の方法技術が分り、話の展開のうまさやことばの巧みさが感知されることと思う。】

2．この時代においては時の政治の中枢だけが舞台でなく、民衆の生活舞台を中軸にして描れた説話物語などに注目し、地方で語られてきた説話を拾い集め、後世に残そうと言う発想を以って、加筆されることも許容して、種々雑多ではあっても口承説話・書承伝説を見忘れ見捨てることなく、広く掘り起こそうと言う発想である。

当時の時点では関心の低い世俗に伝わり残る説話物語を、多種多様な視点（例えば、すでに大正末期の研究者の資料であるが、『今昔』三十一巻の三分の二が本朝の部である。そのうち日本六十余州において千四百以上の地名が出ている。一度も出ていないのが壱岐・対馬・石見だけである。また登場人物でも、仏陀・高僧・皇帝・天皇・皇族・貴族・・・官人・武将・学者・学生・農民・樵・漁夫から盗人に至るまで、あらゆる階層にわたる人物が登場し、すべての人間に作者は興味を持って描き出している。）であっても、一千話を超える民話を集大成した最初の作者の、鮮烈多才な卓越した想像力と構成能力を備えた資質の人物である。しかもこの第一次編集者は、この説話集自体の性質同様、個人の作品にすることなく、後代に続く庶民の口承説話を書き加え、自分が読み落とした古来の書承説話の挿入を後人に期待していたのである。さらに、その情景を如実に言い伝えている説話が『今昔物語集』には多いが、一でも既述したように、全巻三十一巻の内の三分の二が本朝の説話であり、しかもそのうち、また三分の二が世俗・霊鬼・悪行譚などと言う庶民を中心とした話である。この物語集の前半の十巻には、最初の五巻が天竺（インド）に関わる説話で、次の五巻が震旦（中国）に関する話で纏められている。このことから見ても最初の編集担当者の緻密で周到な意思は、最後の完成時まで引き継がれていたことが理解される。

3．当時の中間官人である受領や領主《ずりょう》・名主などの生活状況や失敗談など、それぞれ簡潔な和漢混交文に日常的な俗語表現を交えた表現により、庶民一般の生活実態が生き活きと写し描かれている。文学史の上から見ても、当然、次の中世初期の異質な活気ある華やかな文学と、人間省察の文学の時代が到来することを予想していたのであろう。例えば直ぐに思い出されるのは、琵琶を奏でて平曲を通じて語った『平家物語』を初め、保元・平治と言う軍記物語に見られる厳しい武士階級の上下関係にある矛盾を戦場で戦う武将の心の中にも、上からの醜い圧力をはね返そうとする人間愛の諸相を生み出す活力と、もう一面、当時現実に起こった天変地異の状況下にあって、王朝的価値が空洞化しながらも、人と住まいの関係が変転しつつある世の中を認めながら、如何に生きて行くべきかと言う人間本来の活きる気力を、挫折と諦観を超えて書き綴った鴨長明の『方丈記』とが、この説話物語集の次に現れる事を暗示させていると感じるのである。

この【例文】の主人公のように、自己の周りはきわめて荒廃し沈滞状況にあって、この盗人だけは潜在的に活力を抱き続けていた。これはちょうど王朝貴族の最盛期に女流作家連中が、この『今昔物語集』の最初の編集人と同様の存在であることを想像させているように思うのである。それら女流作家の王朝物語文学の華々しさの裏面に存在し、秘かに貧しく生きていた庶民が語り続けて来た口承・書承説話文学というものの存在を表示している。

京の都が衰退直前の、いわば大きく長く花開いて来た王朝文学も衰退しつつある状況を描き出す場面の素材を、この一つの説話物語の中に多様に扱い、鬼気迫る迫力をかもし出している。まず話の舞台となる場所は、平安京を取りめぐる外郭「羅城」の正門である。すでにこの頃その周辺は寂れて、門には鬼が棲むと言われていた。事件の場面は薄暗いその二階である。時刻は「日ノ未ダ明ケレバ」と言う時であるが、南面には連子格子が張られていて中は暗い。門の二階の様子は、暗いのでよくのぞいてみると、『若キ女ノ死ニテ臥シタルアリ。ソノ枕上ニ火ヲ燃シテ、年老イタル嫗ノ白髪白キガ』その死体の髪の毛をむしり取っているらしい。その他「上ノ層ニハ死人ノ骸骨ゾ多カリケル」のがどうにか判る程度である。登場人物は、一人は『摂津ノ国ノ辺ヨリ盗センガ為ニ京ニ上リケル男』＝盗人と、もう一人は『年老いたる嫗の白髪白き』＝老婆の二人である。

盗人が、門の二階の様子をのぞき見て想像してから、階下に降りて門外へ逃げ去るまでの行動の変化（事件）は、まず最近の噂のように《もしかすると鬼ではないか》と《恐ろしく》思った↓《もしかすると死人の亡霊かも知れんぞ》↓《威して確かめてやろう》↓《「おいおい！」と呼びかけながら刀を抜き、老婆に襲い掛かる》↓老婆とのことばのやり取りによって、これまで仕えていた女主人の髪と着物を剝ぎ取って生きる代にしようとしている《普通の老婆だと判断した》↓老婆が盗んだ物を盗人は、自分の生きる代とするために《横領して逃げた》＝＝社会秩序を組織した堅実に治世活動が出来なくなると世間はこのように乱れ、悪人が増え（老婆のような）、しかもその上にさらに悪い人間が現れ（この盗人のような）、一段と世の中が崩壊してゆくことを物語っている。

4．学習者諸君が、教科書で読む『羅城門』の文章と、この【例文】の文章を見比べてかなりの違和感を抱いたと思うが、それが古典に取り組む最初の抵抗感になることがある。古典に馴染むか馴染めないかである。古典が面白くなるかならないかの最初の障害物になる。その障害を跳ね除けるには、まず教科書の文章を読んで↓誦んで内容を充分に把握する事。例えば、この【例文】やその他の日本古典文学全集にある『羅城門』の文章を何回も素読することである。そこで気付く事は、まず一つは、古典用語＝特に付属語については ほとんど、前時期王朝時代の語と代わりはないが、その遣われている自立語の頻度は、やはり宮廷用語・貴族用語・女性言葉が激減して、地方名や凡俗なことば・庶民の日常用語・罵声や感動詞・死者・霊魂・妖怪などという言葉が急増していることに気づく。もう一つは、その自立語の読み方や、用言の送り仮名の混乱不統一・助辞の仮名遣いの混乱が気になる。日本の歴史上、最初に仮名遣いの混乱を整理し国民的範囲に及んで、平安時代の文法の基準を構築したのは、1360年頃に、源知行（行阿）の『行阿仮名遣書』である。［〈言語・音韻編〉84〜86頁に既述したように］後に有名になった『定家仮名遣』の底本である。

その頃の表記文字の最も混乱した時期に、『今昔物語集』など文章に書きなれない地方の人物の手によって、書き残された説話集などから集められたものであり、その時期は、AD・1000年を挟んだ前後20・30年の、五十年ばかりの間である。しかしこの説話文学の表記の障害も素読を繰り返す中で、順応性豊かな学習者諸君の年齢ならば、断然克服可能である。歴史的に見て次の表記文字の混乱期は、江戸中期といわれているが、この時期には優れた国学者が多く排出し、精密完成を目標にした学問的に究明を深めた時期であって、この時期の国語問題は、説話のAD・1000年の頃とは質的に異なっている。ただ、同音連語の言葉について、当時の基準（定家仮名遣）に合わない言葉を1659語取り出して、元禄8（1695）年に『蜆縮涼鼓集』二巻で指摘した「蔌父」（詳細不明）と言う京の人が、「しじみ・ちぢむ・すずし・つづみ」の濁音の混乱を指摘しているが、京も関東も北陸も「ジ＝チ・ズ＝ヅ」の音の区別がなく、ただ当時筑紫だけが区別していた（「国語学辞典」による）と言う程度であったが、政治の中心が江戸に移ったその後の江戸文学では、人称代名詞を初め近代用語が多くなり表記にも変化は当然現れてきた。江戸用語を使いながらも混乱は無く基準に従った表記によって江戸文学は、俳諧・町人もの・歌舞伎・浄瑠璃文学など、多く国民文学として大した仮名遣いの問題も無く読み続けられていた。むしろ戦後の当用漢字・仮名遣い制定後の、急激に発達した各種マスコミ関係により徐々に発生した表記法の混乱のほうが、1000年前の状況に近いと思われる。明治・大正の近代の古典と言われた作品には、わが国のみならず世界中の人にも読まれている名作が多く、学習者諸君にも是非とも読んで欲しい作品が多い。その中にはとても1850字の当用漢字では、近代の古典は読み込めない。その後35年を経て昭和56（1981）年に、常用漢字が制定され2136字に増え、許容範囲も広げれれた。その［適用の範囲］も、『法令・公用文書・新聞・雑誌・放送等における漢字使用』と指示され、『学術・技術などの専門用語や、文芸または個々人の表記にまでこれを及ぼそうとするものではない。』と、範囲外を示して無理を避けている。それだけに使用する国民には、厳正に守るべき責任をもって、誠実に実行する義務が求められている。［私的な事を記述するが、昭和45（1970）年5月27日の「国語審議会」の第74回総会資料に提出された『当用漢字改定音訓表（案）』という136頁と付表2頁の白表紙本と、9月末までに意見書を回答して返送するようにと言う指示書の添付が、その後の6・7月頃に、突然手元に文化庁から送付があり驚いたことを覚えている。もはや50年も昔のこととなったが、筆者の考え方にはこの本のタイトルのように、表記に付いても漢字使用に関しても『日本語を科学する』視点から、手書きの原稿用紙80枚ほどの回答を提出した後、常に新聞等の表記について注意をしながら観ているが、良く守られている。ただ、外来語（カタカナ用語）が多くなった事が今後の問題点になるだろうと思っている」。

5.『今昔物語集』の問題

1.『羅城門』の最初の文であるが、この文中の記号の傍線の語について、後の問いに答えなさい。

『摂津ノ国辺《くにのほとり》ヨリ盗《ぬすみ》セムガ為ニ京ニ上《のぼり》ケル男《をのこ》ノ、日ノ未ダ明《あか》カリケレバ、②羅城門《らせいもん》ノ下ニ立隠《たちかく》レテ立《た》テリケルニ、③朱雀《しゅじゃく》ノ方《かた》ニ人重《ひとしげ》ク行《ありき》ケレバ、人ノ静マルマデト思テ、門ノ下ニ　⑤待立《まちた》テリケルニ、⑥山城《やましろ》ノ方《がた》ヨリ人共ノ数来《あまたきた》ル音《こゑ》ノシケレバ、⑦其《そ》レニ見《み》エジト思《おも》ヒテ、⑧門《もん》ノ上層《うはこし》ニ　⑨和《やは》ラ掻《かか》ツリ登《のぼり》タリケルニ、見レバ⑩火髴《ひほのか》ニ燃《とも》シタリ。』

①右の文中の、「ノ」は、a主格《ガ》と、b連体格《ノ》の助詞ばかりであるが、「ニ」は、一語だけc形容動詞の連用形の活用語尾の（ニ）がある。その他の「ニ」も格助詞である。「ニ」の格助詞は、d時間《時ニ》e場所・方向《デ・ノ方へ》 f目的・理由《ノタメニ・カラ》の3種類である。（「に」には、その他に《手段、方法、比喩、添加、資格、強調》などの用法もあるが、この問題文中には上記三種だけである）それぞれ解答欄に記号で答えなさい。

《解答》（あ）「　」（い）「　」（う）「　」（え）「　」
（お）「　」（か）「　」（き）「　」（く）「　」（け）「　」
「　」（こ）「　」（さ）「　」（し）「　」（す）「　」
（せ）「　」（そ）「　」（た）「　」（ち）「　」（つ）
「　」（て）「　」（と）「　」（な）「　」

②この民話では、時代の末期的状況の不安定で不気味な暗さがよくえがかれている。次の項目について、その状況描写がよく描かれていると思われる部分を文中の、それぞれの箇所から取り出して簡単に答えなさい。

ア．時刻について＝
イ．物語の舞台（場所）＝
ウ．舞台の特異性＝
エ．登場人物の行動状況＝

③羅城門の下で人通りの静まるのを待っている時に、この男は何をしようと考えていたと想像できるか。文中にその事が端的に書き表されている部分を、5文字以内を抜き出して答えなさい。

＝「　　　　」

④老婆に、「恐シテ試ミム」と思ったその瞬間の、この男の気持ちは、先ほど門の下で待っていた時に考えていた気持ちと矛盾していないかどうか。どちらかを選んで答えなさい。

＝　ア　同じ気持ち　イ　矛盾している

第二節　『宇治拾遺物語』

神々を主人公にした英雄神話『古事記』の二編を読み、天女と帝の深く信の情愛、古代から貧しい中でも正直に人助けを重ねながら生きてきた竹取などの庶民が、希代の富豪者に変身して行く痛快な説話あるいは姫と、翁夫妻や時の帝の愛情を振り切って天上へと去ってしまう悲劇の物語『竹取物語』という口承説話を読んできた。続いて、これまでの創作的説話物語と異なり、民衆の中で語り続けられてきた民話を集大成した『今昔物語集』から、当時の時代背景を最も的確に写実した話を一篇読み終えた。

最後に鎌倉時代の初め頃に編集されたと見られる、庶民的な色調の強い物語風や童話・笑話など説話文学として完成されたと言っても過言ではないのが、この『宇治拾遺物語』である。流布本の序文に書かれているように、宇治大納言の源隆国が、平等院の南に在る南泉房に三ヶ月ほど籠って、多くの知的な友から昔話を聴き出し、その中から隆国が取り上げ拾い出し、後世に遺そうと考えて纏めた。それがこの説話物語の基本であることから『宇治拾遺物語』と言う書名が付けられたと言う説が定説になっている。しかし友から聴き取った昔話の中には、すでに『今昔物語集』と同じ話やその他、その時期までの説話作品、例えば『打聞集《うちぎきしゅう》』・『宝物集《ほうぶつしゅう》』・『古事談《こじだん》』・『発心集《ほっしんしゅう》』などに有る説話と類似している話も含まれているなど、十五巻一九七話全てが新しい話ばかりではなく、その後に多くが補充されてこの内容になったという事もまた定説となっている。

『今昔物語集』が擬似漢文体で、やや堅い感じがするのに対して、この『宇治拾遺物語』は、漢語や二字の漢字熟語が少なく漢文体ではなく、当時の人たちに読みやすい日常語（口語）を交えた和文体で表記されている。内容も、当時の他の説話のような教訓的・啓蒙的な香りも薄く、庶民生活に見られたり感じられたりする、明るく開放的な笑いや洒落・滑稽な話が多くなっている。その面から『宇治拾遺物語』の説話は、高校の低学年の教科書に採択が多い。その内、最も多く取り扱われている次の二編の例文を考察してみたい。

一・『児のかいもちするに空寝したる事』（巻一ノ一二）

（1）【本文】　①是《これ》も今は昔、比叡《ひえ》の山に②児《ちご》ありけり。僧たち、③宵《よひ》のつれづれに、「④いざ、⑤かいもちひせん」といひけるを、此児《このちご》、⑥心《こころ》よせに聞《き》きけり。⑦さりとて、⑧し出《い》ださんを待ちて⑨寝《ね》ざらんも⑩わろかりなんと思ひて、⑪片方《かたがた》によりて、⑫寝《ね》たるよしにて、⑬出《い》でくるを待ちけるに、⑭すでにし出だしたるさまにて、⑮ひしめきあひたり。

この児、⑯定《さだめ》て⑰おどろかさんずらんと、待ちゐたるに、僧の、「⑱もの申《まうし》さぶらはん。⑲おどろかせ給《たま》へ」といふを、うれしとは思へども、ただ⑳一度にいらへんも、㉑待《ま》ちけるかともぞ㉒思《おも》ふとて、いま一こゑよばれていらへんと、㉓念《ねん》じて寝《ね》たる程《ほど》に、「㉔や、㉕なおこし奉《たてまつ》りそ。をさなき人は、㉖寝《ね》いり給《たまひ》にけり」といふこゑのしければ、㉗あな、㉘わびしと思ひて、㉙今《いま》一度おこせかしと、㉚思《おも》ひ寝《ね》に聞《き》けば、ひしひしと、ただ㉛食ひに食ふ音のしければ、㉜すべなくて、㉝無期《むご》ののちに、「㉞えい」といらへたりければ、僧達笑ふ事《こと》㉟かぎりなし。

（2）傍線部の解説と語訳

①『今昔物語集』では全て「今は昔」で語り始められていたが、『宇治拾遺物語』では、いろいろな語り始めの発語を用いている。《コノ話モ今カラ見レバ昔ノコトデアル》。②前にも記したように「『竹取物語』【例文一】の語句の説明③」昔物語の最初に使われる『けり』は助動・過去・伝聞の用法で解釈する。《少年ガイタソウダ。……タトサ》。これも古語では人物の存在表現も物と同様『あり』で表わした。今日でも和歌山・奈良・三重など大台が原山系では日常語として、区別なく遣っている。③古代において『夜＝日没後』については、まず『枕草子』の序段に見る『夕

くれ（くれ・ゆふ）』を含めて現在の九時頃までを『よひ』と言った。その後、夜明けがたの四時頃までを『よ・よる』と言い、特に真夜中の十時から二時三時頃までが『よなか・よは』と言われていた。夜明け前の四時から六時頃までを、「あかつき（あかとき）」→「あけぼの（あさぼらけ）」→「しののめ」の三段階に分けて遣われたのが標準であった。太陽の出没により（季節により一時間あまりの差があるが）夕方五時頃から七時頃を『たそがれ時《誰そ向ふに在るは彼か＝誰そ彼は》』、夜明け方の四時頃から六時頃を『かはたれ時《彼方に在るは誰か》』と言うこともある。［『つれづれ』は、《何モスルコトガ無イ暇・所在無イ時》＝（名詞）＋「に」（助・格・原因理由の用法）］。④「いざ」は、《自分自身ニ・周リニ居ル仲間ニ、元気ヨク誘発スル感動詞》。この説話の中に他にも感動詞が使われている。古典学習初期段階で読むこの文での学習の目的の一つ。⑤糯米だけでなく、普通米に糯米を加えて作った「掻キ餅飯」のこと。今日で言う《ボタ餅・オハギ》の類。「せん」＝サ変動「す」・未然「せ」＋助動・推量・意思「む」＝［本来の大和ことばには「ん」は無かったが、平安時代に漢文訓読の影響により「ん」が使われ始め、この時代にはほとんど意思を示す「む」は（ん）と発音し、表記もされる様になっていた］。⑥連語（複合）動詞『心寄す』のサ行下二・連用・名詞法「心寄せ」＋「に」助・対称格＝《心ヲ寄セルモノニシテ・期対シテ》。⑦「然ありとて」の、音韻変化の第1原則＝二重母音の前母音と破裂音k音の脱落に因る（sikaaritote→saritote

＝さりとて）＝《ソウダカラトイッテ》「とて」には三つの解釈法がある。〔（文法編）下巻の26・7頁参照〕⑧平安後期にはすでに漢文訓読学習が、地方の主な格式ある家庭の男児には習わされていた。その影響もあり、本来大和ことばには無かった（ん）音や拗音・破裂音も日常的に使われるようになっていた。この文中にも同じ用法が多い。連語動詞『し出だす』の動・サ行四段・未然＋「む＝ん」助動・推量・婉曲の用法＝当時はこれらの「ん」は（ム）音に近い（ん）である。例えば「神主・髪挿・三・丹」などと同じ程度の（ん）であったと思われる。つまり［kamnusi・kamizasi・sammi＝三位一体・itami＝伊丹］［音韻編参照］＝《作リ上ゲルノヲ・シ上ゲルノヲ》。⑨動・下二・未然「寝」＋「ざら」助動・打消・未然＋「ん＝む」助動・推量・連体＝《寝ナイノモ・寝ナイデイルノモ》。⑩「わろかり」は、古い形容詞「わろし」の連用形に、ラ変動詞の（ari）が付いて複合した、いわゆるカリ活用の形容詞。形容・連用「わろかり」＋「なむ＝なん」＝助動・完了「ぬ」の未然「な」＋「む＝ん」助動・推量＝完了の助動詞と共に使われる「む・べし」は強調法になる。＝《トテモ悪イコトダロウ・キット悪イニチガイナイ》。⑪《片端・片隅》⑫「よし」は古代用法の「寄す」の用法であって、根本にする物・事に近寄せて関連付けようとする心理状態を表現している。＝《口実・言イ訳・理由・関係・方法など》。鎌倉時代になると上の語を名詞化して遣われるようになる。この場合がそうで《寝タフリヲシテ》。⑬複合動詞「出で来」の連体＝《出来上ガル》。⑭「すでに」は情態副詞。＝《モウ、スッカリト・スベテ出来上ガッテ》。⑮「あふ」は（互いに集中して一生懸命になっている様子を表す接尾語）＝《出来上ガッタカイモチヒヲ僧タチガ集中シテ騒ギナガラ食べ合ッテイル》。⑯《キット・カナラズ》＝情態副詞。⑰「驚かす」は、自然現象の地震や雷など、突然に起こる大きなゴロゴロと言う轟音の擬音語であると言われている。「むずらん」は、もともと「むとすらむ」である。ここに遣われている助動詞・断定の「と」や、同じ「なり」の連用形「に」などが、他の語に続いた場合に次の語を濁音化して消える用法がある。これがその一例である（「にて」＝「で」）。＝《起コシテクレルダロウ・起コシテクレルニチガイナイ》。⑱他人に物を話し掛けようとする時の遠慮がちで謙虚なものの言い方。道の途中で人にものを聞きたい時や電話の掛けはじめなどの呼掛け感動詞の語源である。＝《モシモシ》。直訳すれば《私ハ今アナタニモノヲ申シ上ゲヨウト思ッテイルノデゴザイマス》。⑲「給へ」＝尊敬語の命令形は依頼の用法になる（原則）。＝《目ヲ覚マシテ下サイ・オキテ下サイ》。⑳「いらふ」は「弄う」で《適当ニ返事ヲシテオク》「こたふ」は、《相手ノ質問ニマトモニ答エヲ返ス》の違いがあったが、鎌倉時代からこの美妙な違いは無くなり全て「こたふ」になった。《一度ダケデ返事ヲスルノモ》。㉑この場合の「ける」は、単純過去。「か」は疑問の終助詞。《待ッテイタノカ》。㉒「ぞ」は係助詞、その結びは「思ふ」で、動・ハ行・四段・連体。《僧タチガ思ウカモシレナイト児ハ思ッテ》。「とて」には基本的には三つの解釈があるが、この場合はそのうちの《思ッテ》〔(文法編)26頁参照〕。㉓《心ヲコメテ祈ル》と《ジット我慢スル》の二つの解釈法があるが、神仏に関わる記述の中で使われている場合には「祈る」、その他は「我慢する」が判別の基本。㉔この感動詞も、僧が児に呼びかけている場面であるから呼掛感動詞。⑱の「モシモシ」よりはややぞんざいな呼掛けである。《オイオイ!》。㉕「な・・・そ」の間に用言の連用形が入るが、そのことばについて禁止を表す〔(文法編)95頁参照〕。間に入っている「奉り」は、先輩の僧たちが「起こす」対象としている児に対して、いたわり可愛がる気持ちで待遇しているので謙譲の補助動詞である。《オ起シ申スナ↓起シテ上ゲナイホウガイイヨ》。㉖「にけり」は、助動・完了・連用「に」+助動・過去・終止「けり」=過去完了の形であるが、今日ではほとんどの場合、過去か完了のいずれかで表現しているが、この場合に限って、本来の形で解釈するのがよい。《寝入ッテシマワレタヨ》。㉗「あな」は児自身の感情を表す感動感動詞。㉘本来うまく予定通りに進んでいた物事が、突然順調に進行しなくなったり、落ち込んでしまったりした時に感じる心理用語で、《情ケナイ・切ナイ・辛イ・ガッカリ》など。㉙「かし」は活用語の命令形に付いて遣われた時には、強い押念の終助詞である。《モウ一度起コシテクレレバヨイノニナア》。㉚「思ひ寝」で一語の複合名詞。《思イナガラ寝テ聞イテイルト》。㉛上下に同じことばの間に使われる「に」は、強調の連用修飾格の助詞。《シキリニ・夢中ニ・盛ンニ・一生懸命ニ》など。終りの「の」は、主格の助詞。《シキリニ食ベテイル音ガ》。㉜「すべ」

は、「術」で、《シナケレバナラナイ手段・方法》のこと＝《ドウニモ致シ方ナクテ》。㉝「無期」は、《イツマデトイウ期限ノ無イコト》を言うので、《長イ間・時間ガ過ギテ》。→《長イ時間ガ過ギテ拍子抜ケシタ頃ニ》。㉞「えい」は児の返事であるから応答感動詞。「ハイ」。㉟「限りなし」は、前の㉝の「無期」と同じで、強調法。『宇治拾遺物語』の各説話の終結は『今昔物語集』の様に一定していない。

（3）通釈

これも今となっては昔の話であるが、比叡山に一人の稚児がいたそうだ。僧たちが、宵の退屈しのぎに、『さあ、ぼた餅を作ろう』と言ったのを、この稚児は、期待をして聞いた。だからと言って、作り上げるのを待って寝ないでいるというのも調子が悪いだろうと思って、部屋の片隅によって、寝ているふりをして、待っていたところもはや出来た様子で、僧たちはお互いに騒がしくしている。

この稚児は、きっと起こしてくれるだろうと、待っていたところが、僧が、『もしもし、目を覚まして下さいよ』と言うのを、嬉しいとは思ったけれども、ただ一度だけで返事をするのも、待っていたのかと僧たちが思うかもしれないと考えて、もう一度呼ばれてから返事をしようと、じっと我慢して寝ているうちに、『やあやあ、起こして上げないほうがいいよ。幼い人は寝込んでしまっていらっしゃるのだろうよ』と言う声がしたので、稚児は、ああ残念なことだと思って、もう一度起こして欲しいなあと、思いながら寝たふりをして聞いていると、むしゃむしゃとしきりに僧たちが食べている音がしたので、どうにもがまんできなくなって、ずいぶん時間がたった後に、『はい！』と返事をしたので、僧たちはこの上なく大笑いをしたと言うことだ。

(4) 補説・鑑賞

1.『宇治拾遺物語』最初の前書きに、この説話物語の内容面の特徴として、「他の説話のような教訓的・啓蒙的な香りも薄く、…明るく開放的な笑いや洒落・滑稽な話が多く……」と書いたが、この【例文一】がまさにその典型のような説話である。

舞台は、天台宗総本山の比叡山延暦寺である。この頃より既に500年も前に高僧の最澄が座主として建立された名刹である。そのような立派な寺院に修行僧として参加しようというには、それなりの格式のある家柄の者に限られていた。修行に入るまでの家庭教育では、人との接し方や人前での作法など、当時として子供なりのしつけが行き届いており、稚児ながら、上品で素直な子供である。若くても年上の僧たちには、大人しくよく言うことを聞く者が入門してくるものだと思われていた。それだけに、受け入れる側の若い修行僧たちも、一応の敬意と責任を感じながら迎え入れるのである。

然しこの話の発端は、日々の厳しい修行の中での、『宵のつれづれに』誰かの思い着きであろうが、「さあ、ぼた餅でもつくろうじゃないか」と言い出したものがいた。このような時刻には、年齢の離れた稚児の居場所はいつも部屋の片側で一人取り残されて読経か写経をしているのであろうが、たまたま横にでもなっていたのであろう。稚児は『ぼた餅』を小耳に挟んでしまいながらも、自分が参加するタイミングを失ってしまったのである。最初は幼いころからしつけられた品位を保ってはいたが、ことの状況が次第に進むにつれて、稚児の食欲は次第に膨らみ「もう一度声を掛けられたら」と期待するがその期待も、思いやりのある優しい一人の僧の言葉によって打ち消されてしまう。絶望的になった稚児の期待は、これまで我慢してきて自己の品位と忍耐力も忘れて、ついに『無期の後に《エイ》といらへ』てしまったのである。食欲の一番旺盛な歳頃の稚児にとっては、もうどうにも我慢しきれなくなり、品位や体裁という表面上の形よりも本来の稚児の食欲のほうが勝って強く、ずいぶん時間がたった後に、稚児はまことに真剣そのものの気持ちから『はい！』と返事をした瞬間に、先輩僧たちには一様に、稚児のその気持ちがすべて理解できるというところに、この話のユーモラスな味わいが引き立って、一段と面白い落ちとなっている。

2. いま一つこの【例文一】で取り上げたいことは、文章の表記の問題であるが、この点については次の【例文二】の文章とあわせて考察したい。

二・『絵仏師良秀師家の焼《やくる》を見てよろこぶ事』　巻三の六

（1）【本文】①これも今《いま》は昔《むかし》、②絵仏師《えぶっし》良秀といふ③ありけり。家の隣より、火いできて、④風《かぜ》おしおほひて、せめければ、逃出《にげいで》て、大路へ出でにけり。⑤人《ひと》の書《か》かす仏もおはしけり。また衣着ぬ妻子なども、⑥さながら内《うち》にありけり。⑦それも知《し》らず、⑧ただ⑨にげ出《い》でたるを事《こと》にして、⑩むかひのつらにたてり。みれば、すでに我が家にうつりて、煙《けむり》⑪ほのほくゆりけるまで、⑫大かた、むかひのつらに⑬立《たち》てながめければ、⑭「あさましきこと」とて、人ども、来《き》⑮とぶらひけれども、さわがず。⑯『いかに』と人いひければ、むかひにたちて、家のやくるをみて、打うなづきて、時々笑ひけり。⑰『哀《あはれ》、⑱しつるせうとく哉《かな》。年比は、⑲わろく書きける⑳ものかな』といふ時に、とぶらひに来るもの共㉑『こはいかに、㉒かくては㉓たち給へるぞ。㉔あさましきことかな。㉕物《もの》のつき給へるか』といひければ、㉖『何条《なんでふ》物の㉗つくべきぞ。年比《としごろ》、不動尊の火焔《くわえん》を㉘あしく書きける也。今見れば、㉙かうこそ燃《も》えけれと、㉚心《こころ》得《え》つるなり。是《これ》こそ、せうとくよ。此《この》道をたてて

㉛世《よ》にあらんには、㉜仏だによく書《か》き奉《たてまつ》らば、百千の家も㉝いできなん。㉞わたう達《たち》こそ、㉟させる能《のう》もおはせねば、物をも㊱惜《をし》み給へ』といひて、㊲あざわらひてこそたてりけれ。

その後《ご》㊳にや、良秀が㊴よぢり不動《ふどう》とて、いまに人々《ひとびと》㊵めであへり。

（2）語句の解説と語訳

①《コレモ今トナッテハズウット昔ノ話デアルガ》この話の前にすでに昔話が続いて、語られていたことを示した言い方である事が「これも」という助・係・同類の暗示を示す「モ」で分る。② 良秀は実在した人物のようではあるが、詳細については不明。仏像を描くことを専門にしていた。③「いふ」の次に体言が省略されている。昔話の最初に使われている「けり」は、前記した様に助動・過去・伝聞推定で解釈する。《言ウ人ガイタソウダ》。④「押し覆い」は《覆イカブサッテ》の意味で、この場合はその状況を強調している。⑤「人」は仏の絵を注文した人。「おはし」は、「ある」の尊敬語。《人ニ頼マレタ仏様モ家ニハオイデデシタ》。⑥「さながら」は、「然ながら」で、「然」は副詞（さ）＋接続助詞「ながら」で、《元ノママ・以前ノ通リ・ソックリソノママ、マルデ・チョウド》。「ながら」が逆接助詞の場合には、《ソウデハアルガ・ソウダトシテモ・ソウハ言ッテモ》となるが、この場合

には前者である．《ソノママ家ニイタ》。⑦ 指示語「それ」の被指示語の部分は、前文の『人の書かする～内にありけり』までを指すから、《ソンナコトモオ構イナシニ》の意味。⑧ 情態副詞《タダ・普通ニ・ソノママ》。⑨《自分ダケガ逃ゲ出シタコトヲヨイコトニシテ》↑↓［妻子が家の中にいることを知りながら］。⑩《側・旁・方》の意味が普通であるが《面》と見て《真正面》がこの場合状況的に適合する。《道路ノ向ウ側ノ真正面ニ立ッテイタ》⑪「くゆりける」は、「燻りける・薫りける」で《煙ガクスブッタ・匂イガ立込メタ》↓《煙ヤ炎ガ立上ル頃マデ》。⑫「大かた」は、名詞・副詞・接続詞の三品詞に遣われる。名詞は《辺リ全体・世間一般》、副詞は《オオヨソ・大体・一通リ・全ク》、接続詞は《ソモソモ・一体》＝話の転換の用法。この場合は、副詞の用法で《ダイタイズウット》の意味。⑬《真正面ニ立ッテ眺メテイタノデ》。⑭「あさまし」は、本来大和ことばでは、思いもよらない出来事に遭遇した時の呆れた心理状態を、軽蔑の気持ちを含めた動詞「浅（あさ）む」と言ったのが語源であるから、善悪に関係なく意外なことに驚き呆れている心理状態を表現した形容詞。《タイヘンダ・意外ダ・驚クバカリダ・素晴ラシクテ驚クバカリダ、意外デ不愉快ダ・呆レテ興ザメダ・情ケナイ・嘆カワシイ、卑シイ・見苦シイ・貧シイ、》などがあるが、この場合は、三つに分けた最初のグループで訳するのが良い。⑮《（近クノ人タチガ）見舞イニ来タケレドモ》。⑯本来は、物事の状況や理由について、疑問を持って訊く場合の発語として遣われた＝《如何デスカ・ドウデスカ・ドウシタノデスカ・大丈夫デスカ》。⑰感動感動詞《アア・エエ・オオ》。⑱「せうとく」には、「所得」と「抄徳」の二説がある。意味はともに《モウケモノ・ウマイコトシタ》の意味。＝《コレハ大変モウケモノダヨ》。⑲後の㉘の「あし＝悪し」と共に関連して観ると理解しやすい。価値基準の判別を、良い方から平安時代では、［良し↓よろし↓わろし↓悪し］の順に表現されていた。つまり今日の標準で表現するならば、《（大変）良イ↓（良イトハ言エナイガ）悪クハナイ↓（悪イトハ言エナイガ）良クハナイ↓（大変）悪イ》。⑳形式名詞「もの」＋助・終・詠嘆「かな」＝詠嘆の複合終助詞《モノダナア・マッタク・・ダナア》。㉑「ここは、近称の指示代名詞。「いかに」は⑯と同じ。㉒「かくて」は、副・指示の「斯く」＋助・接続の「て」＝《コノヨウナ状態デ・コウシテ、ソレデハ・ソレカラ＝前半の2語は副詞の場合、後の2語は話題の転換の接続助詞》。㉓「給へるぞ」は、補助動・ハ行・四段・已然「給へ」＋助動・完了・存続の用法「り」の連体「る」＋「ぞ」助・係・強調＝終助詞的用法（前に疑問語「いかに」を伴う場合には、押念の気持ちが強調される）＝《コレハドウシテコノ大変ナ時ニ立ッテイラッシャルノデスカ》。㉔「あさまし」は⑭で基本的な意味は記述したが、現代語訳をする時には、この場合は、前の現代語訳の例の二番目のグループから選ぶのが良い。「かな」は、終助詞・詠嘆。《ナント呆レ果テタコトダヨ》。㉕「物の」の「の」は主格の助詞。「物」は、有形の物ではなく、古来呪術で遣う無形のものを言っている。《恐ロシイ魔物・化ケ物・怪物・物ノ怪・怨霊など》。「つき給へるか」は直前の「たち給へるぞ」と同じ。《ナニカヘンナ怨霊ノヨウナモノデモ着キナサッタノデハナイデショウカ》。㉖「何条＝なにでふ」は、［先の【例文一】の語の現代語訳の項⑰＝152頁で説明したとおり］断定の助動詞が他の語と同化する場合に濁音化することばで「なにといふ」＝（nanitoihu）の（to）の前後の母音（i）音が同化すると同時に濁音化して、発音は、すでにこの時期には（でふ＝ジョウ）＝拗音も使用していた［「言語音韻編」45〜53頁参照］。その発音どおりの漢字を当てた語である。意味用法は、後に疑問の終助詞などを伴って、反語の陳述副詞として、《ドウシテ・・・カ、ソンナコトハマッタクナイ・ナンデ・・・カ、ソノヨウナコトハ有リ得ナイ》。㉗「べき」＝助動・推量・連体（後に体言などが省略されている）＝（26・27）の現代語訳＝《何デソノヨウナ怨霊ナドガ取リ付クハズガアロウカ、イヤマッタクソノヨウナコトハアリエナイヨ》。㉘「あしく」は、前の⑲にて解説済み。㉙「かう」は、㉒の「斯く」のウ音便で、（ku）の破裂音（k）音の脱落による。「こそ」は助・係・強調。結びは、助動・過去「けり」の・已然「けれ」。《炎トイウモノハコノ様ニ燃エルモノダト》。㉚「つる」助動・完了・連体＋「なり」助動・断定・終止。《納得ガ出来タノデアル・理解シタノデアル》。㉛《世間ニ認メラレヨウトスルニハ》。「あらん」は、「あら」動・ラ変「あり」の・未然＋「む＝ん」助動・推量・意思［「む」に付いては、すでに【例文一】の語句の解説⑤で説明済み］。㉜「だに」は、助・副・限定《セメテ・・・ダケデモ・ソレサエモ》。「よく」は⑲で既述。「奉らば」は、上の語の「書き」の補助動詞・謙譲・未然「奉ら」＋「ば」助・接続＝仮定条件法《セメテ仏様ダケデモ良クオ書キ致スコトガ出来タナラバ》。㉝「なん」は、助動・完了「ぬ」の未然「な」＋助動・推量「む」の終止＝未来完了型＝《出来テシマウダロウ・出来ルニチガイナイ》。㉞「わたう」は、「我党」で二人称の人代名詞、親しい相手か、やや軽蔑した時の用語。「こそ」は助・係・強調。結びは、会話文の終わりに使われている「惜み給へ」の補助動詞「給へ」で、ハ行四段・已然。《アナタ（オ前）タチコソ物惜シミヲシナサイヨ》。㉟「させる」は、副詞「然＝さ」＋動・サ変・未然「せ」＋助動・完了「り」の連体「る」が複合して出来た連体詞で［『文法編』［上巻］131頁参照］、意味は《ソウシタ・コレトイッタ・タイシタ》の直後に否定語を伴って用いられることが多い。この場合は「おはせねば」の「ね」が助動・打消「ず」の已然「ね」。＝《タイシタ能カモオ持チ合ワセデナイカラ》。㊱《大事ニシテクダサイヨ》。㊲「こそ」助・係・強意。結びは終わりの「けれ」助動・過去・已然＝《小バカニシタヨウニ笑ッテ、ソノママ立ッテイタ》。㊳「に」助動・断定「なり」の連用＋「や」助・係・疑問（あとに「ある」などが省略）＝《・・・デアロウカ》。㊴「よじり不動」＝《火炎ノ描キ方ガイカニモ燃エテイルヨウニ、生キ活キト写実的ニ描カレタ不動尊》。「とて」は、助・格「と」＋「て」助・接続で、複合した助詞であるが、学校文法では「とて」で格助詞と見ている。［その解釈法についてはすでに前の『今昔物語集』の【例文一】の語句の解説㉕や、『宇治拾遺物語』の【例文一】の同⑦でも既述。また文法編下巻の26・7頁参照されたい」。㊵「めでへり」の「めで」は、動・ダ行下二段・連用＋「あへ」動・ハ行四段・已然＋「り」助動・完了・終止＝《誉メアッタ》。

（３）通釈

これも今となっては昔の話。絵仏師の良秀という人がいたそうだ。隣家から火事が起こり、風が火をあおって迫ってきたので、向いの大通りへ飛び出してしまった。家には人から頼まれて仏画も大事においてあった。急なことで着物などもまだ着整えていない、裸同然な妻子などもそのまま内の中にいた。それもお構いなしに、ただ自分だけが逃げ出したことをいいことにして、大通りの向こう側に立っていた。見ると、もはや火は自分の家に移って、煙や炎が立ち上るまで、ずうっと家の向こう側に立って眺めていたので、これは大変だといって、人々が見舞いに駆けつけて来たけれども、仏師は少しも動じない。『どうですか大丈夫か』と人が言ったところ、向こう側に立ったままで、自分の家が燃えるのを見ながら、頷いては、時々笑ってもいた。『アア！これは大変なもうけものをしたよ。今までは、上手でもない絵を描いてきたものだよ』と言う時に、見舞いに来ていた人たちが、『これは一体どうして、嬉しそうに立っていらっしゃるのですか。全くあきれ果てたことだよ。何か怪しげな妖怪でも乗り移られましたか』と言ったので、『何でそんなものが取り付くはずがあろうか、それはないよ。これまで不動尊の火炎の絵を下手に描いて来たのだ。今見ると、炎はこのように燃えるものだと、納得したのだ。これこそ収穫だよ。絵仏師の道を志して世間に認められようとするからには、仏さえ良くお描き致したならば、家などは百軒でも千軒でも建てる事はできるだろう。あなた達こそ、特別な才能もお持ちではないだろうから、何かと物を大事にして下さいよ』といって、あざ笑って立っていた。

その後のことであろうか、「良秀のよじり不動」と言って、いまだに人々が称賛しているのである。

（4）補説・鑑賞

① この説話もわずか10行余りの短い昔話であるが、その中で見事に、仏師と一般庶民の心理状況を描き出している。普通ならば、仏師が庶民を説得し人間の生き方を説く立場である。ところがその点が逆転しているところに一つの意外性が感じられて聞き手（読み手）の関心を引き付けている。主人公を説明したあと直ぐに、事件（非日常的出来事＝火事）の話に入っている。その事件が拡大し、さらに拡大するまでの描写の間に、仏師の行動と表情を述べ、加えて仏師の家の中の状況を、物（描き掛けの仏画や書き上げた仏画）と人（まだ衣着ぬ妻子）で表現している。仏師は一人（向かいの大路の面に立って）自家の燃えるのを見ている。その仏師の状況を見

た近所の人たちが心配して駆けつけ見舞い言葉を掛けるが、仏師の気持ちを知った人たちは、「あさましきことかな。物のつき給へるか」とあきれ果てている。仏師の関心が、人よりも物にある事が、『物を惜しみ給へ』と言って人々をあざ笑って、その場を去った仏師の態度に対して、聞き手《読み手》は、許しがたい仏師だと大いに憤りを感じている一方で、常識的な配慮のある火事場に駆けつけた近所の人々に対して大いに好意を抱いて聞いている。然し最後の一行『いまだ人々めであへり』の締めくくりにおいて、あれほど反感を抱いていた人々も、この仏師を許していたのだと言う結末で、この民話が終結していることが、この『宇治拾遺物語』の特徴を如実に現しているのである。つまり、この短い文章の中で事件の変化を述べ、聞き手に緊張感を抱かせながら、人々と仏師との会話を分りやすい当時の言葉で、生き活きと描き出し、しかもそれらの表現が充分に効果的であり、人々の仏師に対する配慮に深い同感を与えている。その上で最後の一句で、人々はこの仏師をすでに許しているのだと、この『宇治拾遺物語』の編集者は、人間すべてに好意を抱きながら、この物語を編集していることが感じられる。短いが素晴らしい説話である。

② 『今昔物語集』の【例文】について、最後の項で芥川龍之介の『羅生門』にも触れたが、この【例文二】＝『絵仏師良秀』の話についても、やはり『現代国語』の一・二年生の教材として扱われる部分に、龍之介の『地獄変』が多くの教科書に採択されている。この参考書を読んでいる学習者諸君の内には、既に『現国』で『地獄変』

の学習を終えた人もいるやも知れぬが、龍之介が『地獄変』においてこの良秀に魅力を感じた部分は、近所の心優しき人々が駆けつけて、自分の家が火事で燃えている、しかもまだ家の中には妻子も残っているというのに、その家が燃えるのを見ながら、時々笑い頷いているのを見て『物のつき給へるか』と、訝る人々の当然の心理状況よりも、『今見れば、かうこそ燃えけれと、心得つるなり。』に有ったのである。その直前にこの説話には、『年頃、不動尊の火焔をあしく書きける也。』と自己批判しながら実物の火炎を目の当たりに見た良秀は、心から納得したのである。妻子の命がどうなるかよりも、絵仏師としての技量を気にする良秀の芸術至上主義に同感して、この昔話を採取した近代文学の第一人者である理知深い龍之介に与えられた標榜は『醜悪な人生と、芸術至上主義の短編小説家』の心の裡には、それに反発してより強固な人道主義を読者に感知させようとしていなかったであろうか。

③『宇治拾遺物語』のいま一つの特徴は、王朝物語群とは、その写実性・現実性において格段の差があることは、説話文学と物語文学の本質的な相違点の一つであるが、同じ説話文学でも、『日本霊異記・三宝絵詞・打聞集』などの仏教説話文学では、仏師の説教の材料や修行僧の覚書など仏教色の濃厚な説話の中の話であって、それらの説話の中にあるそれぞれの説話は、新鮮味が薄れてしまっている。『今昔物語集』などでも、部立てがなされ、説話の内容によりそれぞれの巻に整理されている。従って『今昔』から90話近くの引用もあり、『宇治拾遺』は197話の物語を構成して

いるが、ともに説話の書かれている順に読んだ時、同じ説話でも仏教説話や『今昔』で読む時よりも、『宇治拾遺』の中で読んだほうが格段に新鮮味を感じる。その感覚は同じ部類の中で読む時には、読者の方で先入観が出来ていることを『宇治拾遺』の編集者はよく心得ているから、197話の多種多彩な内容の配列を、編集者の感覚や構成力・対照する主人公や事件を配慮して、一見無秩序にならべている。ここにこの説話集としてのもう一つの魅力があるから、今日まで古典的価値を各時代の読者は捉えていたのであろう。この流れを受け継いだのが兼好法師の『徒然草』であるが、機会があれば［「文芸編」（随筆の巻）］で採り上げたい。

④【例文一】の「補説・鑑賞」で述べた仮名遣いの問題であるが、当時中央では、文筆を使い慣れた多くの王朝貴族たちが、それぞれに仮名文の和文を書き綴っていた。例えば、藤原道綱母「蜻蛉日記」・清少納言「枕草子」・和泉式部「日記」・紫式部「源氏物語・日記」・菅原孝標女「更級日記」などは、当時の文章の基本的な書き方を心得ていた。しかしここに例示した『今昔・宇治拾遺』などに集められた昔話は、たとえ地方の『風土記』などに記録されているものを引用しているとしても、その話は聴き書きであろうし、地方の口語で話された説話であろうから、中央の書きなれた王朝文学者の仮名遣いの標準に合わない部分が自ずと眼立つようになり、先に既述したような『行阿仮名遣書＝定家仮名遣』［『今昔物語集』の【例文一】（補説・鑑賞）の4］に抵触するという結果に至り、仮名遣いの混乱という誇りを招く結果

になっているのである。

⑤　例えば、用言の送り仮名や漢字の不統一が目立つが、その原因には、説話集の聞き書き担当者の違いや、書承説話の場合は原点の書き写しの混乱など、いろいろなことが考えられる。

最後の、この二編の民話文学を発想の種として、現代の人々に新しい視点を煌かせて覚醒を促した芥川龍之介の幾つかの作品を紹介しておきたい。龍之介の作品第一号は、前記したように二十三歳のまだ学生時代の作物である。その原点である「羅城門」と、彼の作品第一号の『羅生門』をこのシリーズで採り上げた。以下、翌年大正五年に『今昔物語集』（巻二十八の第二十話）・『宇治拾遺物語』（巻二の第七話）を原典に『鼻』、大学卒業時には、『今昔』（巻二十六の第十七話）を原点とした『芋粥』が刊行されている。卒業後も、二十五歳で『偸盗』＝『今昔』（巻二十九の第三話）、翌二十六歳で、『地獄変』＝『宇治拾遺物語』の【例文二】［この項の２でも］で採り上げた（巻三の第六話）『絵仏師良秀』の説話である。彼はこの歳に塚本文子と結婚しているが、小学生の国語教材にもなっている『蜘蛛の糸』や、外にも『枯野抄』・『奉教人の死』・『開化の殺人』［最後の４作品は説話文学とは関係はないが、結婚の年にこのような作品が発表されている。『枯野抄』については、もし俳諧文学の章をこのシリーズに加える事が出来ればその時に詳述したいと考えている］。その他、『今昔』（巻二十九の第二十三話）を原点とした『藪の中』や、（同じく巻十九の第五話）『六の宮の姫君』などがある。

(5)『宇治拾遺物語』【例文一・二】についての問題

(一)【例文一】について次の設問に答えなさい。

1. 次の文は、【例文一】の初めの四行である。文中の傍線の各語の(A)品詞と、もし傍線の語が用言であれば、その(B)活用形も、記入して答えなさい。

『是も今は昔、比叡の山に児ありけり。僧たち、宵のつれづれに、「いざ、かいもちひせむ」といひけるを、この児、心よせに聞きけり。し出さんを待ちて、寝ざらんもわろかりなんと思ひて、片方によりて、寝たるよしにて、出でくるを待ちけるに、すでにし出したるさまにて、ひしめきあひたり。』

《解答》『昔』=「　」(　)形
『あり』=「　」(　)形
『つれづれに』=「　」(　)形
『いざ』=「　」(　)形
『こ』=「　」(　)形
『し出さ』=「　」(　)形
『わろかり』=「　」(　)形
『より』=「　」(　)形
『すでに』=「　」(　)形
『ひしめきあひ』=「　」(　)形

2. 次の語句に付いての問いに答えなさい。

① 『定めておどろかさんずらん』とは、(A)誰が、(B)誰を、(c)どうしようとするのか。簡単に答えなさい。

《解答》(A)「　」(B)「　」
(C)「　」

② 『あな、わびし』とは、(A)誰が(B)なぜ、(c)「わびし」と思ったか。(c)の現代語訳を書いて答えなさい。

《解答》(A)「　」(B)「　」
(C)「　」

③ 『すべなくて』とは、(A)誰が、(B)なぜそう思ったのか、そして結果的に「児」は(c)どうしたか。

《解答》(A)「　」(B)「　」
(C)「　」

(二)【例文二】に付いての質問に答えなさい。

1. 次の文中の、傍線の付属語について、助詞は、その「種類」と、(文法的意味用法)を記入し、助動詞に付いては、その「種類」と、(文法的意味用法)の他その下に=活用形を記入して答えなさい。

『これも今①は昔、絵仏師良秀というふあり②けり。家の隣③より、火いできて、風おしおほひて、せめ④ければ、逃げ出て、大路へ出で⑤にけり。人の書かす仏もおはしけり。また衣着⑥ぬ妻子なども、(A)さながら内⑦にありけり。(B)それも知ら⑧ず、ただにげ出で⑨たるを事にして、むかひのつらにたて⑩り。』

《解答》

①『は』「　　」(　　)=　　形
②『けり』「　　」(　　)=　　形
③『より』「　　」(　　)=　　形
④『けれ』「　　」(　　)=　　形
⑤『に』「　　」(　　)=　　形
⑥『ぬ』「　　」(　　)=　　形
⑦『に』「　　」(　　)=　　形
⑧『ず』「　　」(　　)=　　形
⑨『たる』「　　」(　　)=　　形
⑩『り』「　　」(　　)=　　形

2. 右文中の二重傍線(A)『さながら』の現代語訳を答えなさい。

=「　　」

3. 同じく(B)『それ』とは、文中のどこを指して言っているのか。その部分の初めと終わりの4字ずつを抜き出して答えなさい。

=「　　」~「　　」

4. この【例文二】の中ほどに、仏師良秀は、《自分の家が燃えているのを見て、うなづきながら、時々笑っていた》と描かれているが、良秀は何に感じてうなづいているのか。文中からその理由となる部分を、初めと終わりの六字ずつを抜き出して答えなさい。

=「　　」~「　　」

5. 次の文中の傍線の語に付いて、後の問いに答えなさい。

『・・・「①此の道をたてて世にあらんには、

仏だによく書き奉らば、百千の家もいできなん。わたう達②こそ、③させる能もおはせねば、物をも惜しみ給へ」といひて、あざわらひてこそたてりけれ』。

①の「此（こ）の道」とは何の道か。この【例文二】全体から考えて、簡単に答えなさい。

＝「　　の道」

②の場合の「こそ」の結びの語はどれか。その後の句中から一語を抜き出して答えなさい。

＝「　　」

③の「させる」の《現代語訳》を先に書いて、その（品詞名）を付け加えて答えなさい。

＝《　　》（　　）詞

「説話物語」全体についての設問の解説と解答例

『古事記』に付いての設問（111～114頁）＝本文中にも記述したように、この教材は高校の高学年において扱われる説話文学であるので、設問もかなり高度で難解な問題が多い。初めて学ぶ際に、教科の先生が説明し要点を板書されるような事は欠かさずメモをしておく事である。

（一）の1、2の問題も、教科書には直接出てはこない。教科書の傍注に小さく説明される場合はあるが、本文には記述されていない事項である。この参考書では、19頁からの、［（一『・・・神話』までの概説）で詳しく説明あり。］

《解答》1．父神『伊邪那岐命』　母神『伊邪那美命』
2．姉二人　長姉　『天照大神』＝天空における太陽の神次姉　『月読命』＝夜の世界を司り、月の神として季節や暦を定め、食料を作り出す神

（二）【例文一】の1は、文法問題であり、上級学年における設問であるから紛らわしいことばがある中で設定される事が多い。したがって、設問の語についての機能や接続関係を確実に自分のものにしておく事が前提条件である。過去の助動詞が問題にされているので、その二語を思い浮かべ、単純過去の『き』は特殊活用、『けり』の方は過去・回想の情意的助動詞で、成立が「き」＋「あり」であるからラ変型に活用することで、文中から探し出す。

《解答》①「待ちし時」＝上の語が動詞の連用形で下に続く「時」が名詞であるから「し」が（連体形）＝《夕時》②「言ひしが如」＝連用形から続いている「し」であるから過去の助動詞で、「こと」という形式名詞の省略と見て、「し」は（連体形）＝《タコトノヨウニ》③「飲みき。」＝「飲み」がマ行四段活用の連用形だから、「き」は過去の助動詞であり、句点で終わっているから終止形である。④「伏し寝き。」の「し」は、サ行四段活用「伏す」の連用形の活用語尾であり過去の助動詞ではない。ナ行下二段の「寝（ぬ）」の連用形「寝（ね）」に句点が付いているから「き」は過去の助

動詞「き」の（終止形）である。⑤「たまひしかば、」＝「たまひ」がハ行四段活用動詞の連用形であり、条件接続の助詞「ば」に続いている。「ば」は未然形から続くと仮定条件法になるが、平安時代の文法を基準としている「き」には、未然形を認めていない。奈良時代には「き」に「せ」という未然形が使われていたが、この場合は「き」の已然形であるから、「しかば」は、《タノデ・タカラ》というように確定条件法で解釈する。⑥「流れき。」＝「流れ」はラ行下二段活用動詞の連用形であるから、その形に続いた「き」は過去の助動詞終止形である。（以上の文中の傍線部が回答例。傍線―の語が過去の助動詞。二重線　部の語が、終止形以外の次の語を取り出した現代語訳）。

2．の「つ」に付いての設問である。（112頁上）

①この「つ」は、古語の格助詞で、「天つ神・沖つ白波・天つ羽衣・目つ毛」など決まった言葉に残ってはいるがすでに死語に近いことばとなっている。②「一つ」で数詞。「一」を基数詞と言い、それについて基数詞を補助する機能を持つ「つ」などを助数詞という。この「つ」の場合は、数を言う古来の数え方は、ヒ・フ・ミ・ヨ・・・と数を数えるときに、手の指をい本ずつ立てて数えるから「たつ」の「つ」が語源だという説がある。③「坐しつ」の「ます」は上代語で「あり・居り、行く・来」の尊敬語として使われたり、尊敬の補助動詞に使われたりした語である。この場合はその上の語の「降り坐しつ」の補助動詞・連用形であるから、それに付いた「つ」は完了の助動詞・終止形である。④「立つ」はタ行四段活用動詞・終止形の活用語尾。

《解答》①「助詞・連体格」＝（なし）②「名詞の中の数詞・助数詞」＝（なし）③「助動詞・完了」＝（終止形）④「動詞・四段活用」＝（終止形）

(三)『倭健命神話』に付いての設問（113頁下）

1．この【例文】にも「天皇」としか記述されていないが、57頁［二中巻「倭健命伝説」に到るまでの梗概」の後半部を参考にして解答の参考にして欲しい。

《解答》「父親」＝「景行天皇」「母親」＝「針

間之伊那毘能大郎女＝播磨ノ国稲美野ノ若イ乙女」

2．「叔母」と書かれた時は、。自分の父母の妹に当る人を言い、「伯母」と書かれた時には父母の姉に当る人の事を指して言う。

《解答》①「倭比賣命」または「倭姫命」②「伊勢の大神宮」③46頁に『姨倭比賣命に白したまひけらく、』に続いてタケル命が語った部分が記述されている。＝『天皇既に吾死ね』〜『思ほし看すなり』④『草那芸剣』と『中に何かが入っている嚢』⑤『嚢の中を見て火打石があるのを見つけて、剣でなぎ倒した草に火をつけて自らの命を救った』

3．①【例文ア】『給ふ』が、自立動詞か補助動詞かを判別する設問。

《解答》A「大きな矛を恵与された」＝自立動詞

B「…とおっしゃられた。」補助動詞［現代語でも「本が机の上にある。」と「本が机の上に置いてある。」の二つの「ある」や、「庭に犬がいる。」と「庭で犬が鳴いている。」の二つの「いる」は、前のAとBの違いと同様である。②この設問も自立動詞と補助動詞を判別する設問。

Aのほうが、「・・・て申した事」であるから補助動詞であり、Bの方は「弟橘比賣命がおっしゃった事」であるから自立動詞と判別できる。③野生の植物の蒜には、防虫や毒消し作用があるという事で、動物の目や鼻などに当ると刺激が強く、害虫などから身を守ることが知られていた。そのようなことが記述されている箇所は、『咋ひ残したまひし蒜の・・・乃ち打ち殺したまひき』。④『阿豆麻』⑤『片歌』⑥『白』色⑦『国のまほろば』＝死を前に、故郷の倭を偲んで最初の歌に思いを込めて詠み、その後にはその故郷のすばらしさを重ね綴ってよみあげた頭括型の歌になっている。『真秀ろば＝真に国中で最も先端(穂先)といっても良い所』。

(四)『竹取物語』に付いての設問(134頁)＝この例文は、高校の初級学年において扱われる教材であり、設問も基礎基本の問題が多い。

(1)『知りぬ』の前文の部分はその理由が書かれていて、翁が結論付けている部分はその後に書かれている。

《解答》『子となり給ふべき人なめり』

（2）古代から今日に到るまでの間に、同じ用語でも次第にその意味合いが変化してきている。この点も古典を学習する場合に基礎的な確認の要点である。

①『うつくし』は漢字で書くと『愛し』である。したがって、当時の基本的な意味は、《愛らしい・可愛らしい・いとしい》である。平安時代も後期になってから《美しい・貴零打・つんと澄ました美人》の意味に使われるようになったことばである。②『居る』は、本来一定の場所に動かずじっと坐っている状態を示すことばであった。『立つ』の対立語である。部屋には、いるが何か仕事や作業をしている情態の場合には、人でも「ある」を用いて表現した。③『やうやう』現代語では母音調和により『ようよう』である。平安時代以前は、『だんだん・しだいに』の意味だけであったが、平安末期頃から『やっとのことで・そろそろと・ゆっくりと・どうにか』などの意味に使われるようになって来たことば。④『あそぶ』は、詩歌・管弦を伴って、儀式や祭りという日常生活とは異なった楽しみを言うことば。今日では、仕事や勉強など有意義な事をしないで時間を過ごす事を言うことばであり、飲食・ゲーム・賭け事などのこと。

（3）語句の開設の部分でも記述したように、基本的に、昔話のはじめに使われている過去の助動詞『けり』は、伝聞・推定の用法として、《・・・ダトイウコトダソウダ》と現代語訳する事が望ましいように、この昔話は、ずうっと以前から伝えられてきた物語であるという事を作者や語り手は言い伝えたいのであると考えられる。

（4）①『節を隔ててよごとに金ある竹を見つくる事かさなりぬ』②『髪上げなどさうして、髪上げさせ、裳着す。』③『名を三室戸の斎部のあきたをよびてつけさす。・・・このほど三日うちあげ遊ぶ。よろずの遊びをぞしける。』

（五）『かぐや姫の昇天』《その一》に付いての設問（185頁）

（1）『竹取物語』の例文では、高等学校の二・三年生の段階において扱われる部分である。したがってその設問も、やや難問が増えてくる。指示語の『さ』の内容と、反語の用法が分っているかどうかを見る問題である。

《解答》《このように、いつまでもお話しなくて居られましょうか。いやそれは無理なことでしょうと思いまして…》
(2) この設問に対しては、係助詞の『なむ』は、(体言・活用語の連体形・その他、副詞・助詞にも付く)。もし終助詞の『なむ』があれば、終助詞は(活用語の未然形に付く)。最後に未来完了型の『なむ』、つまり(完了の助動詞『ぬ』の未然形『な』+推量の助動詞『む』の終止・連体形『む』)の三種の、語の上からの接続関係と、次への続き具合で判断する。
この場合の《解答》は、順に、(B)・(A)・(A)・(B)である。
(3) この問題は、『思す』が、相手の気持ちを推察しての尊敬語である事が把握されているかどうかを見る問題であり、他方の『思ふ』を何により、どう判断しているかを見る設問である。つまり、(B)の方は、あとに『侍り』(この場合は、「あり・居り」の丁寧の補助動詞)の理解の仕方を見ているのである。(A)は、この事実を、もし父母(竹取夫婦)が知ったら、さぞ悲しまれることだろうと、相手への尊敬語として使われ、(B)の方は、姫が『侍り』で丁寧に心を表わして居る。
(A)《両親がきっと嘆き悲しまれる事だろう事が私には悲しい事》。(B)《この春から私は思い嘆いていたのであります》。
(4) 敬語の語数が指定されている事がヒントになっているが、入試問題ではこのようなヒントはないでしょう。
《解答》①「のたまふ」(S)・②「きこえ」(K)・③「おはせ」(S)・④「奉り」(K)・⑤「きこえ」(K)
(5) 古文を、ただ現代語訳しただけでは、理解度の判定とはならない、その内容を充分理解しているかどうかを試みる設問であり、よく出される問題。＝この句の未来完了型のあとの「…ことを」の具体的な心情を一言加えて現代語訳すると、以下の約一行の文は挿入文である事が判る。つまり《ここで突然お別れしてしまわなければならない悲しみを》↓(人々も姫と)↓《解答》『同じ心になげかしがりけり。』

(六)【例文　その二】に付いての設問（186頁）

（1）《解答》ア．「かばかり」（T）．イ．「つゆ」（T）．ウ．「よも」（J）．エ．「さらに」（C）。

（2）《解答》アa「形容動詞」b（連用形）c《清らかに・清楚で》イa「形容詞」b（連用形）c《ない》ウa「連体詞」b（活用なし）c《そのような》エa「形容詞」b（連用形）c《たいそう・たいして》

（3）《解答》①『今年ばかりの暇』を。②『さる所へ罷らむずるも、いみじくも侍らず。』

(七)【例文　その三】の設問＝恐らくどの先生も授業中に説明されている問題。聞き手の諸君がどれほど集中して聴いていたかが試される設問。このような抽象的・客観用語にも慣れている年齢であろうという事も考慮して設定されている。（187頁）

（1）《解答》①［古］　精神的な恐怖感を与える［現］　暴力的行為で脅す　②［古］　じいっと見つめる　［現］　身を守る　③［古］　精神的に幼稚な人、［現］年齢的に幼い人

（2）この設問も、授業中の先生の説明に対しての要点をメモしておくことが、解答作成について参考になる事が多い。

《解答》①　地面より五尺（約150㎝）ほど上がった位置　②『まもり合へり』③『うつ伏しに伏せり。』④（衣服＝衣）と（手紙）

(八)【例文　その四】（188頁）

（1）《解答》（薬）『不死の薬』　（羽衣）『人間の気心がなくなる』

（2）《解答》『不死の薬』と『手紙』

（3）《解答》（礼文）『多くの護衛兵を派遣してくれた事に対して』と（詫び状）『求められた宮仕えを断った事に付いて』

（4）《解答》①（姫）＝人間界の物を食べて、月の者としての気分　②（羽衣を着た人）＝人間の気心を失ってしまう　③（天人）＝早く月の世界へ戻りたいというあせりの心　④（帝）＝私（姫）が断る理由が知りたい気持ち　⑤（姫）＝最後まで帝の勧めを断っていた姫の気持ち　⑥（姫）＝断り続けた私の無礼を許されないと言う不安

（5）《解答》ア、「K」（J）イ、「S」（助動詞）

ウ、「S」（H） エ、「K」（J） オ、「K」（J）
カ、「K」（J） キ、「T」（H） ク、「T」（J）
ケ、「S」（助動詞） コ、「K」（J） サ、「S」
（J） シ、「S」（助動詞） ス、「T」（H）

(九)『ふじの山』に付いての設問（198頁）

（1）要所を的確に取り出す練習問題。《解答》『いたくあはれがらせ給ひて、物もきこしめさず、御遊びなどもなかりけり。』

（2）（A）「月に返ったかぐや姫が居る、最も近い場所を求めて」（B）「つきのいはかさ」

（3）（A）帝に命じられた事をした時の煙 （B）活火山としての噴煙

(十)『今昔物語集』に付いての設問（219頁）

『今昔物語集』・『宇治拾遺物語』については、その項目のはじめにも記述したように、高校の低学年の教材としてとり上げられているものが多いので、設問についても基礎基本に関する問題が多くなる。

（1）①の文法問題も、付属語のはじめに学習する格助詞の明確な判断力が身に着いたかどうかを診る問題である。「の」についてこの例題文には、主格の《ガ》と、連体格の《ノ》しか出てこないが、「の」にはもう一つ連用修飾格の助詞《デアル・ノヨウニ》がある〔『文法編下巻』《10頁》参照〕。また「に」の用法も多いが、それぞれに場所・地方・方向に関する語に伴って使われている「に」は場所・方向の用法であり、この問題では『（い）・（か）・（け）・（し）・（て）』、時刻に関する語の後に使われている「に」は、時格の用法と判断できる。それはこの中では『（き）・（す）・（と）』である。最後の（な）は、形容動詞の「ほのかなり」の連用形・活用語尾である。

《解答》（あ）＝「b」（い）＝「e」（う）＝「a」（え）＝「a」（お）＝「b」（か）＝「a」（き）＝「d」（く）＝「b」（け）＝「e」（こ）＝「a」（さ）＝「b」（し）＝「e」（す）＝「d」（せ）＝「b」（そ）＝「b」（た）＝「a」（ち）＝「a」（つ）＝「b」（て）＝「e」（と）＝「d」（な）＝「c」

②は、説話の基本構成のアウトラインとして、いつ・どこで・誰が・どうしたという視点を把握する問題である。

ア、「日の明かりければ」＝（モウ直グ日モ暮レルダロウ）＝夕方　イ、薄暗い羅城門の二階ウ、薄暗くなった門の二階に、骸骨となった死体も転がっているが、その中の若い女の死体の枕元で、明かりを燈しながら年老いた白髪の老婆が、その死体の髪の毛をむしり取っている。エ、登場人物は、盗人と老婆の二人であるが、共に現在を生き抜くためには、悪行をしなければ生きられないという互いの勝手な正当化による行為をしているが、若い男の力には抵抗できず、羅城門に来た当初の目的を成し遂げて、盗人は姿をくらました。

③は、「盗セム」④では、以下に盗人とは言え若い女性の死体から髪を抜き取ろうなどと言う行為は、人間の為すべき事ではない。人の心を持たない鬼か死霊ではなかろうかと瞬間人間らしい正義感から『恐シテ試ミム』と考えたのである。正解＝イ。

（十二）『宇治拾遺物語』の「例文一・二」について設問（242頁〜244頁）

「例文二」の冒頭でも記述したように、この話は高校の古典の教科書では最初に取り上げられている。

1．の文法問題にしても自立語の基礎基本の問題が設定されている。自立語には活用しない言葉（体言）と、活用することば（用言）があり、（体言）には、「名詞・数詞・代名詞」、（用言）には、「動詞・形容詞・形容動詞」があることをまず思い出し、それぞれのことばの特質と相違点を回想しながら一層確認を深めてゆく問題である。

《解答》『昔』Ａ「名詞」『あり』Ａ「動詞」Ｂ（連用形）『つれづれに』Ａ「形容動詞」Ｂ（連用形）『いざ』Ａ「感動詞」『こ』Ａ「代名詞」『し出さ』Ａ「動詞」Ｂ（未然形）『わろかり』Ａ「形容詞」Ｂ（連用形）『より』Ａ「動詞」Ｂ（連用形）『すでに』Ａ「副詞」『ひしめきあひ』Ａ「動詞」Ｂ（連用形）

2．は内容把握の設問である。

①《解答》（Ａ）「僧たちが」（Ｂ）「自分（児）を」（Ｃ）「起こしてくれる（一緒に掻き餅を食べようと誘ってくれる）」

②《解答》（Ａ）「児が」（Ｂ）「思いやりのある心優しい先輩の僧が、起こさない方がいいと児を起こすのを止めたから」（Ｃ）「情けない・つまら

ない＝落胆した気持ちの表現」

③《解答》（A）「児が」（B）「起きて行って先輩の僧たちと掻き餅を食べる機会を失したので」（C）「しばらく時間が経過した後に返事をして起きて行った」

［例文二］の設問（243頁）

1．この設問も、付属語の分野には進むが、そのうちの基本的問題であり、しかも幾つかの意味用法があって、その判別が出来るように力を確かにする問題である。先ず①の「は」は、その語の文末まで機能するので格助詞のように勘違いする事がある。また口語文法には係助詞はなく、文語の「は・も・こそ」は「副助詞」に、「か・ぞ・や」は「終助詞」に分けられる。もちろん助詞には活用はない。②の「けり」は、「き」と共に、過去回想の助動詞であるが、「けり」の方がより一層情意をこめた表現を含んでいる。特に、昔話のはじめに使われている「けり」は、たびたび繰り返すが「過去からの伝聞推定」の用法である。⑤と⑦の「に」は、先ず⑤の「に」は動詞「出で」の連用形に続いてあとに②と同じ「過去」の自動詞を伴っているから完了の助動詞「ぬ」の連用形である。したがって、この場合には「過去完了」の形である。然し⑦の「に」は、前の語が「（家の）内」と「場所」を示す語に続いている助詞である。同じ「に」であるが品詞が別である。⑥の「ぬ」と⑧の「ず」は、共に「打消」の助動詞である。終わりの⑨・⑩は、ともに「完了」の助動詞であるが、それぞれの上からの接続が異なっている。

《解答》①『は』「係助詞」（取立て強調）②『けり』「助動詞」（過去・伝聞推定）＝終止形 ③『より』「格助詞」（起点）④『けれ』「助動詞」（過去・単純）＝已然形 ⑤『に』「助動詞」（完了）＝連用形 ⑥『ぬ』「助動詞」（打消）＝連体形 ⑦『に』「格助詞」（場所）⑧『ず』「助動詞」（打消）＝連用形の中止法 ⑨『たる』「助動詞」（完了）＝連体形 ⑩『り』「助動詞」（完了）＝終止形

2．前の設問【例文一】の1よりやや古語的な用語の設問であるから、その語の成立を調べた上で理解すると確認ができる。［前記同様『文法編』（上巻）の123頁に詳細］。

《解答》「そのまま（の様子で）」

3．《ソンナコトモオ構イナシニ》という気持ちであるから、その被指示語は直前である。

《解答》「人の書かする」～「内にありけり」

4．仏師の良秀は、これまで気がかりになっていたことに気づいて納得したのである。その事が、家も、その内の中に残っている妻子よりも、彼にとっては重要な事なのである。それを見つけたといって喜んでいるのである。

《解答》『今見れば』～『つるなり』

5．①の「此の道」は、良秀が専門としている道の事である。

《解答》①「絵仏師」②「これと言うほどもない・格別な」の後には必ず名詞（体言）が付くので、連体詞である。

《解答》《コレト言ウホドモナイ、格別ナ》「連体形」

③「宇治拾遺物語」の時代まで『こそ』が「係助詞」として《係り結びの法則》が成立していたが、今日の口語文法として『こそ』だけが「副助詞」として使われるようになる時代の分岐点で、《結びの流れ・解消》が盛んに使用されている時の作品である。『こそ』の結びは「已然形」である。

《解答》「けれ」

あとがき

『日本語を科学する』の第三篇に入ったが、ここからは『文芸』の分野に関する古典作品について考察を進めてゆく。「言語・音韻」編・「文法」編で、「音韻→語→文節→文→文章」と分析的に考察し検証してきた。これに続いて、文章を幾つか順序だてて構成して、筆者の主張する主題を読者に分りやすく筆は進められてゆく。「はじめに」でも既述したように、高校の国語教科書に採択されている文芸作品のうち、文学史的に見て古代文芸の内から、最も古い神話・民話・昔話という説話文学から採り上げた。

神話に関して『古事記』の中から二例、「物語のいできはじめの祖」といわれている『竹取物語』、民話の代表作品『今昔物語集』から一例、『宇治拾遺物語』から二例を採り上げて、高校生諸君の学習参考書として編集した。

いずれも高校の古典授業でかならず学習する作品ばかりであり、【語句の解説・語訳】については、既版の『言語・音韻編』や『文法編』をその都度再確認しながら、丁寧詳細に解説したつもりである。学習時に前記二参考書を常に座右に置いて確認しつつ進めると、一層理解が深まり記憶も充実する事と考える。また各【例文】の終わりの項の【補説・鑑賞】の項目では、各説話に対して一層の興味と理解が深まるように、昔日の授業ノートの雑記から、◎印の部分を取り出して加筆しながら、この高校古典授業の『文芸』参考書としては、これだけでは当然不足であり、まだ物語文学・随筆日記文学・詩歌俳諧文学が残っている。この『説話物語文学編』のどの【例文】を読んでも、当時の社会背景を直視しながら登場人物について限りない人間愛が—たとえ神話についても—描かれている。

本文中にも各所に記述したが、本来日本民族の特性として人に対する情愛が細やかで、謙虚である事はすでに『倭人伝』などにも書かれていることであるが、健康な若者は辛抱強く力を惜しまず働き、特に手先が器用で外国人に比べても物作りの技量に卓越しているという特質がある。日本の若年労働者にそれだけの技量特質があるということは、幼少時から日常生活において、反復練習、試行錯誤、再興気力を持ち続けて『学習』に対する持続力の強い事が要因である。失敗の原因について、冷静に直視し、熟考する根気を条件としている。まず自分がしてきた事についてはじめから点検しなおす、先輩・両親・関係者に訊いて参考にする。最後に関係資料を読み直すという手順で、失敗の考察を深めて、次へのステップとする手立てを知っている。一度や二度の失敗で挫けていたのでは何も成功に結びつかない。学習者諸君のような若い年齢層の時期に、この生きる姿勢を築き上げることを忘れないという事は、いつも先生方から聞いていることであろう。それは自己形成の力量と、その可能性を最も豊富に持っている年齢だからである。

一つの目標だけに集中して技量を磨き上げるのも良いが「一芸に秀づれば全てに

通づ」と言われている」、やはり人間としては、理想的には「全面発達」が望ましい。昨年の春の全国野球大会に甲子園へ、再び三度出場した西の裏日本のある高校は、旧制中学創設以来「文武両道」を目標に掲げ、学習と部活動の両立に努力してきた歴史のある学校である。嘗て全国高校生の生活指導研究協議会の事務局を担当していた時、無気力で沈滞した高校が多くなっていた頃、全国各地域の中から、クラブやサークル活動を通じて、高校生青年の生きる喜びと真実を回復させている活気あふれる学校を〈高校生の世界〉三部作の一編に『生きがいを求めて』というタイトルのドキュメンタリーな新書版の報告書（1967年刊行）、を通じて、十校ほど紹介した中の一校がこの高校であったことを思い出した。

はじめは一つの事に集中して進めているうちに、それをさらに進化発展させようとする時には、どうしても関連事項に付いての試行錯誤を繰り返さねばならなくなる。その過程において、新しい知識と技量が理解されてゆく。この力は学習者諸君のような若さと集中力が必要なのである。

例えば誰しもこれから気づく事であろうが、子供の頃に覚えた自転車・スキー・水泳・お琴やピアノなどは、わずか二・三年経験した事でも、十年以上も経過したからとて忘れることなく、そのまま操作可能なのである。高校教員の晩年になって、修学旅行に替わってスキー教室になった時に、生徒とともに出かけたが、30年以上の空白期間があってもすぐさま、普通にスキーで滑る事ができたのを経験しているが、七十五歳の時に初めてパソコンを手にして、二ヶ月毎週二回のパソコン教室に通ったけれども、以来毎日少しずつ使用はしているが、いまだに並んでいる母音キーの打ち間違いを続けてしまうような情態から考えると、ものを覚えようというのには、その時期が重要であるとしみじみ痛感している。

この『説話文学』の章に続けて、『日記・物語文学』の章が残っている。書き出すと少しでも丁寧に分り易く書きたくなって、思いが膨らみ予定よりも頁数が増えてしまった。

昨年政治の舞台やマスコミで取り上げられていた今治市の獣医大学建設問題の舞台であるこの島にも、ここ数年来特に猪が繁殖し、島のみかん畑や、拙宅の被害は甚大でその防御策としての工事などにより、執筆も予定よりも半年も遅れてしまった。それにも拘らず（株）ブレーンのみなさま方からは温情溢れる激励を賜り、末筆ながら深く感謝申し上げます。

令和二年三月

著者

【参考資料】

『教育小六法』　《学陽書房》

『高等学校新学習指導要領』　《学事出版》

『国語学辞典』　《東京堂》

『日本国語大辞典』　《小学館》

『日本語源大辞典』　《小学館》

『明鏡国語辞典』　《大修館書店》

『古語林』　《大修館書店》

『日本古典文学大系』　《岩波書店》

『日本古典文学全集』　《小学館》

『世界文学辞典』　《角川書店》

『日本史大辞典』　《平凡社》

『日本古代史大辞典』　《大和書房》

『歴史考古学大辞典』　《吉川弘文館》

『日本考古学辞典』　《東京堂出版》

『民俗学辞典』　《東京堂出版》

『日本の歴史』（1〜4）　《中公文庫》

『倭人伝を読みなおす』（森浩一著）　《ちくま新書》

『日本神話の構造』　《弘文堂》

『日本神話の系譜』　《講談者》

『日本文学大辞典』　《新潮社》

塩谷 典（しおたに つかさ）
昭和7年（1932）名古屋市生まれ。三重県立尾鷲高等学校を始め、愛知県立熱田高等学校など公立高校に38年在職。定年後は私立名古屋大谷高等学校など、教員歴は43年に及ぶ。その他、名古屋市少年補導運営協議会委員、全国高等学校生活指導研究協議会役員などを歴任。その間、論文、記事、報告書など多数執筆。現在、愛媛県今治市在住。著書に「日本語を科学する—言語・音韻編」（北辰堂出版）、「日本語を科学する—文法編〈上巻〉」「日本語を科学する—文法編〈下巻〉」（展望社）など。

日本語を科学する《説話物語文学編》

令和2年4月24日発行
著者 / 塩谷 典
発行者 / 唐澤明義
制作 / 株式会社ブレーン
発行 / 株式会社展望社
〒112-0002 東京都文京区小石川3-1-7エコービルⅡ 202
TEL:03-3814-1997 FAX:03-3814-3063
http://tembo-books.jp/
印刷製本 / モリモト印刷株式会社

ISBN 978-4-88546-377-8 定価はカバーに表記